蜀葵
1987

禹风 著

北京出版集团
北京十月文艺出版社

目录

霉味的火焰，时光的小旋涡

——《蜀葵1987》代序

何同彬

在记忆的蜂巢里为自己营造容纳思想幼虫的房屋。

——本雅明

禹风的上一部长篇《静安1976》被他自己命名为一种“怀旧小说”，通过几名小学生的童年视界，怀念1970年代末上海弄堂里小市民热闹、卑微、局促、平庸的日常生活。新长篇《蜀葵1987》可以视作他把怀旧的时空顺延到1980年代的续作，小说的主人公自然成长为高中生和大学生，聚焦于他们的青春、爱情、成长和历史选择，因此从延续性上来看，这部作品也可以题为“圆舞浜1987”。

陈丹燕由圣彼得堡浪漫的、凋败的、梦幻的古典气息，想到了上海租界精美的老房子里年久失修的水龙头、废弃不用的暖水管子、生了锈的黑色栏杆，以及堆满废物的黑暗走廊上雕花的漂亮木楼梯，她感慨道：“一个城市不被赞同的历史就用这样的方式存在于人的生活中，用自己凋败的凄美温润着他们的空想。于是在圣彼得堡，有了无边无际的忧郁，而在上海，有了无穷无尽的怀旧。”从1990年代开始，文学和流行文化中就涌动起无穷无尽的“上海怀旧”，对接的是1930年代十里洋场的“海上繁华梦”，然而那些大量文学书写中的“上海并非实指，而是一幅超级幻象，一个象征，一则寓言和神话，它是充分‘非在地化’或‘去地域化’的，既和上海的现实缺乏联系，也和历史没有瓜葛”（刘复生《一曲长恨，繁花落尽——“上海故事”的前世今生》）。禹风的“怀旧”显然是要规避这样一种空心化和去地域化的书写实践，比如，他在《静安1976》里选择了安静、克制、较少人注意的70年代，初稿“极端”地采用了上海方言的语言形式，力图以“私历史”的方式，释放城市的宝贵记忆：“如果我不讲述，我便不曾存在；如果我不记录，半个世纪的‘我的上海滩’就长眠记忆中。也许要为自己的惆怅找到烟囱，也许为那些不懂讲述和不愿讲述的亡者发出被迟滞的声音……”禹风像本雅明笔下的普鲁斯特那样，力图在小说中以时间流逝的最真实的形式（即空间化形式）、以“幸福的挽歌观念”，“将生活转化为回忆的宝藏”。（本雅明《普鲁斯特的形象》）

“《静安1976》是文字铺设的道路，是等待在那里的路径。顺着它，你足以返回时间深处，找寻令你逐渐失去安宁的那一条隐秘分界线。”《蜀葵1987》无疑更符合禹风的这种写作“预设”。在这部长篇新作中他返回了1980年代后期盛夏来临前的喧哗和躁动，以戏谑、讥诮又温存、诚挚的语调，通过几个年轻人成长中情感纠葛、前途命运的跌宕起伏，生动呈现了大时代前奏中潜隐的暗流涌动，精雕细刻出一个时代的青春期，一个特殊的、转瞬即逝的年代的魂魄，从而为那个后来真正使时代“失去安宁的隐秘分界线”留下文学记忆的深深的折痕。

禹风在《蜀葵1987》中为上海1980年代选择的“空间化形式”不再是弄堂、石库门，而是半城半郊，正在走向蜕变、衰落的工人新村，其中蕴含着丰富的时代隐喻。高中生秦陡岩眼里的圆舞浜是这样的：

> 他惊奇地观赏镶了花岗岩栏杆名声四扬的圆舞浜：死水宁静清澈，好比情夫被集体枪毙后的那个荡妇。深绿色老蜻蜓世故地在浜面上滑翔，圆球状复眼偷窥大城这著名工人新村。这里曾是苏维埃工人新村翻版，工人的乐园，工人的疗养地，工人的好房子好街坊，如今是工人历史性光辉的余斑，工业时代遗落于今天的活墓园……

旁边的臭河道“带来咳嗽药水、臭鸡蛋、薄荷粉和敌敌畏充分同流合污后的气息”。那个在《百炼成钢》（艾芜）、

《钢铁世家》（胡万春）、《上海的早晨》（周而复）、《曹杨新村的人们》（唐克新）等1950、1960年代的文学作品中环境美丽、光彩照人的工人新村，在1980年代已经凋敝为“活墓园”。建筑空间有展示和教化的作用，其背后是清晰可见的制度、秩序和意识形态。最初的工人新村不仅是一种建筑形式和居住制度，还是工人阶级的“幸福生活”的历史见证，更是工人阶级当家做主的国家制度的现实体现及其文化的自我投射，而它的衰落和凋敝其实也就象征和隐喻着其背后的文化和意识形态的蜕变。

> 秦陡岩看来，工人阶级是这么一种人：他们衣着寒酸心思很重；他们走路没有声音，眼睛却盯着你上下看；他们不看报纸不听广播，他们只对烟酒涨价指天骂娘……

工人新村的出现表明城市由商品和服务型行业占据主导的“消费城市”向以产业工人占重要地位的“生产城市”的转变，工人阶级在这种政治变革中以城市新主人的身份起到了关键的作用。但到了《蜀葵1987》中的1980年代后期，城市正在悄悄发生着功能的反转——由生产到消费，于是我们看到以秦陡岩、丁芬芳为代表的生活在工人新村的年轻人，越来越无法忍受它的偏僻和“土气”，越来越向往黄浦江、向往大城核心地带的“腔调”和“高级”。“石库门对工人新村的胜利，意味着传统意义上的工人阶级经过1950年到1976年的‘主宰期’，已经从城市的意识形态中心退出，成为上海的边缘阶层，取而代之的是更为庞杂而有活力的市民阶层。”（朱大可《石库门VS工人新村》）此后，工人新村将日益衰败，直至成为“旧型社区在新世纪的钢筋水泥”；生活在那里的人也更加边缘化，直至成为张怡微、王占黑等“80后”“90后”作家怀旧书写、现实书写中的“细民”和“街道英雄”：“衰败的工人群体，日益庞大的老龄化群体，以及低收入的外来务工群体。他们共生于一处，以迟缓的脚步追赶城市疯狂的发展速度，吞吐着代际内部的消化不良，接受一轮一轮的改造，也等待着随时可能降临的淘汰……”（王占黑《不成景观的景观》）《蜀葵1987》是这一切的“前史”，它着眼于通过工人新村新的代际主体的精神裂变，以成长小说的躁动和感伤，揭示出1980年代后期空间秩序瓦解的隐秘心史。

王德威曾经这样评价王安忆90年代的写作：“也许正是她被所居住的城市所赋予的风格：夸张枝蔓、躁动不安，却也充满了固执的生命力。”（《海派作家又见传人》）禹风的写作也有类似的特点，并不是每一个上海书写者都可以构筑这种风格，这一切必须建立在对上海这座城市的精神气质和市民生活的肌理完全把握的基础之上。《蜀葵1987》中旁逸斜出的“夸张枝蔓”，以及那种张爱玲、苏青式的世俗讥诮、机敏讽喻，都是得益于禹风对“圆舞浜”乃至上海的时代生活的深刻体察和精确雕镂。禹风既是建筑师，又是造梦人，他再造了1987年前后的上海圆舞浜，读者可以通过他细腻的笔触感受到那个时代、那个地方特殊的气味、氛围、景观、日常生活，秦陡岩、沈桐、丁芬芳、虹、潘海礁、甘婷婷……这些青年人诚挚、纯真、喧闹的友谊，对于爱情和性的迷恋、沉溺，对于个体选择和时代命运的迷惘、困惑，对于未来生活和广阔世界的好奇、渴望，那么多看起来极其平常、琐碎，同时又最隐晦不明、多愁善感的时刻，都以“幸福的挽歌形式”凝聚成时间和回忆的“梦境”。

禹风没有在他的80年代讲述中迎合宏大的时代共鸣，他仍旧执着地呈现着普通人的平淡庸常，他们的青春成长、个人主义和市民气息似乎游离于时代的波澜壮阔的主调之外，但其实却无可避免地共振于动荡的时代精神。

来吧，快快来吧，我们各怀心病，你是我良药。

这鸟城市灰蒙蒙死沉沉有啥了不起？你说你为啥不去香港、不去纽约、不去伦敦或者巴黎呢？

青春是巨大的广场，他站在广场中央，眼巴巴看着他舍不得的人朝各个方向走远。

就像秦陡岩不再适应圆舞浜干干净净的家、丁芬芳刻意远离自己的亲人，当许多个个体已经不满足于原有的稳定的文化系统和空间秩序，那也就意味着时代的大变革迫在眉睫——那个“花瓣带隐隐血色的大黑蜀葵”的出现看起来是奇迹，实际上是时代绕不过去的壮美的“灾异”。秦陡岩悲伤无奈地对沈桐说：“我只知道自己生活在潮湿的地方，也许，这种地方的火焰带着霉味，看起来都不像火光呢。”尔后，他与丁芬芳仪式性地完成了最后一次做爱，“一起投入时光织就的小旋涡”。这就是大时代每一个个体共同的经验和命运，他们并不是时代英雄，也无法成为自外于时代的袖手旁观者，他们不由自主地燃烧，带着自己的私心和局限，成为“时光织就的小旋涡”里“霉味的火焰”，不知道前途，也不知道归路。

“地方的形象是通过对感觉敏锐的作家的想象力形成的。通过他们的艺术光辉我们有幸品味到那些人们原本已经淡忘的经验。这里似乎存在一个悖论，即思想创造了距离，从而破坏了直接经验的即时性，然而，我们通过认真的反思在当前的现实中又找回到了过去那些难忘的时刻，并使其有了永恒的意义。”（段义孚《空间与地方：经验的视角》）这就是“圆舞浜”的意义，也是“1987”的意义，更是“黑蜀葵”的意义。禹风找回了那些难忘的时刻，并通过隐秘的反思构建了兼具个人性和历史性的特殊时空的永恒意义，但这意义就像秦陡岩永远无法找到原来的沈桐，不是实在的事物和观念，而是“寻找”这一行为自身——寻找并导向虚无。也即禹风自己对怀旧的定义：“载上不惧返回的灵魂，穿越那不可逆之境，回到抛荒时空，赶上从前那一场雪：一面面窗棂迸发幽蓝冰花……”

第一章

斯德哥尔摩的天如此湛蓝。

秦陡岩右手遮在额头上，眼睛往前看，他看见阳光下北欧城市黄色的石头建筑，缺乏游人的宁静街巷。换岗的皇宫卫兵懒洋洋骑在白骏马上，从他身边经过。

头一抬，蓝色天宇澄净无云，完全与秦陡岩熟悉的灰色天空不同。怎么形容这天空？好比横陈一个金发碧眼北欧女郎，让人一下子想不起圆脸扁身材的家乡妹。一只鲜红热气球滑入视野，航行高天。秦陡岩浑身一震，悲从中来。

他是来找人的，不是来旅游的。茫茫人海，几十年分开，又没理由通过当地警察局找，只能玩偶遇。偶遇？开玩笑！谈何容易？简直天方夜谭，浪漫没底线。

热气球如一只瓢虫，从秦陡岩眼睛里爬进去，爬到他心上。他是那么一个人，趴在热气球下面竹筐里，俯瞰欧洲老城，寻找一只曾痒痒过他的蚂蚁。他知道自己这姿势背对着天，苍穹在他背上，暗示他逆天行事，不会有啥好结果。

路的尽头，一个金发妇人走过来，在挺远的地方，她瞥了亚洲人一眼。这个亚洲人有点怪，他抬头久久地看热气球，仿如一个孩子。他的脸完全落在亮晃晃的阳光里了，阳光把他不同寻常的哀怨明净地衬托出来，仿佛他走遍了地球，没找到自己梦想。金发妇人心里顿时有了一点悲悯：这是一个亚洲人，亚洲人脸上往往看不到表情，独独这一个，却像幅古典油画，画意全在脸上。

秦陡岩低下脸，眼睛和金发妇人的蓝眸子刹那对看了一下。他通身一抖，妇人眼里的善意如闪电，击中了他满心的夜空。哭泣的冲动哽住他喉头，眼泪立刻盈满了眼眶。

金发妇人往前走了几步，步子迟疑着慢下来，她转身看看秦陡岩，正看见他侧过身抹掉腮上泪水。妇人朝秦陡岩走过来，柔声问："先生，先生！您不舒服吗？"

秦陡岩慌忙把手从脸上拿开，他绽出一种仪式性的微笑，如小黄瓜顶尖上也缀朵细细的花，他回答："哦！谢谢您，夫人，我没什么。"

他分明看见妇人关切而询问的神色，那种基督徒女人的善意，显然她并不信他的客套。他迟疑了一下，像被人逼到墙角的一只猫，弓起背喵喵："谢谢！我只是有点感伤，请由我自己去吧！"

金发妇人点点头，温柔地笑了："好的，先生。请原谅我的冒失。祝您愉快！"她转过身，继续往前走。秦陡岩目送她背影，喃喃自语：“女人啊，你何必管不住自己的爱心？你或者养几只猫狗吧。人可比猫狗麻烦多啦！”

他已在城市的中心区域走来逛去快三天了。这里是这国都城的心脏：古皇宫、商铺、剧院、花园和餐馆都在方寸地上。秦陡岩来自一个无比热闹的中国大城，他和他正寻找的人从小住过热闹大城无比喧嚷的城中心。可是，为什么那人却不出来拥抱不可或缺的热闹呢？若住得远，尚可以解释；若就住附近，三天不到红尘中来消遣，就太不符合她的性格和习惯啦。

秦陡岩又饥又渴，他该去吃喝点什么了。当心灵开出花朵的时候，身体往往成为被忽视的根茎。秦陡岩已很久没好好吃东西，他不是随便买个挤上黄芥末的热狗充饥，就是走到酒吧要一杯浓烈的本地生啤，似乎下一个五分钟他就要和他寻找的人来个久别后的邂逅，没时间浪费给食物。对他而言，心灵震颤高于肠胃蠕动，他是形而上的人，不是俗物。

由于失望而非食欲，他决定同自己的肉体妥协。他一边走向最近的餐厅，一边保持侦察兵眼神，到处搜寻。跃入眼帘的饭店靠在海湾探进城区的细长触角边，虽然还起伏蓝蓝咸水，看上去已是条内河河道。餐桌靠近水道布放，桌子上方有玻璃遮阳棚，棚子是敞开的。秦陡岩选择这家餐厅，除了近，还能保持对街市的视野。

“我要一杯自由古巴。”他对淡黄眉毛的侍者交代，“可乐加朗姆酒那种！”

侍者若无其事点点头，转身就跑回吧台后头去。秦陡岩听着碎冰块的声音，叹了一口气，排不尽的劳累跟着叹息涌出来，犹如褐色汁液从可乐罐喷溅。

嘟嘟冒气的鸡尾酒放在面前，上头还搁了片新鲜青柠檬。秦陡岩悄悄打量侍者，看出他有三十五六岁，不算毛头小伙子了。秦陡岩就从口袋里掏出皮夹，打开，两根指头稳妥地把那张藏了多年的旧照片拎出来。

“劳驾。”他微笑一下，仿佛他办的是什么正经公事，“您见过这个中国人吗？当然，这是她年轻时的照片，现在差不多是我这年纪了！”

秦陡岩没抱任何希望能得到线索，他只是坐下吃饭，要借着这加油的时间，继续为搜索做点什么，所以，侍者端详照片时，他跑神了，看见了远处的冰激凌店。

侍者对他说了句什么，他一下子没反应过来；等反应过来，着实吓一大跳：“什么？你见过她？”

“见过。”侍者真是个不会笑的北欧汉子，他蹙着眉毛，那抹淡黄留在了秦陡岩记忆里，“很多年以前。”

“多年以前？”秦陡岩的心一下子沉了下去，“那么说，她已经很多年没在附近出现了？”

侍者歪过头，像靠在自己左肩上回忆：“如果我没记错，那时候我还是中学生。这位姑娘她不会说本地话，还在学。她问过我一些问题，还冲我笑过。”

秦陡岩有点相信了："是的，你记住了她的笑。她笑起来，天气就晴朗了。"

"是的，先生。"侍者突然咧开嘴，笑了。

"你可以去费德朗语文学校查一查学生档案。"侍者放下托盘，直视他的眼睛，"我相信学校记着她什么信息。"

"太好了！谢谢你！"秦陡岩脸色由灰泛红。他欲言又止，不再解释。改口说，"我要一份烤鱼，配上烤小土豆，并且要一杯勃艮第红酒。"

侍者点点头，仿佛也从远处收心回来："好的，先生。马上！"

费德朗语文学校不在皇宫所在的本岛上，需要坐轮渡去。秦陡岩在网上查不到这学校的信息，只有一个孤零零地址，还是十来年前发布的。

他住在朋友替他订的私人客栈，这客栈的房间只供睡觉，都不带独立卫生间。公用淋浴设备和抽水马桶挤在底楼同一个空间，不过非常干净，还有一股好闻的清洁剂气味。秦陡岩回到客栈，方便了，洗浴了，到自己单人房休息。

他倚在小床上，打开电视机看一个瑞典语节目。电视里一些肥壮的白女人穿着迷彩服，脸上涂满油彩，在林子里追猎金色狐狸。秦陡岩看着看着打起盹来，他梦见了沈桐的父亲。

沈叔叔穿着洗得发白的天蓝人民装，戴一副藏青色干净袖套，靠在淮海公园门口大梧桐树干上，手里托一只油漆得棕亮的鸟笼；八哥在笼子里，头转来转去，看见秦陡岩走过来，就哇哇喊："秦老师来了！秦老师神气哆！"

沈叔叔的脸从雾气里浮了出来，他的皱纹深刻，好比小笼包子才出锅。他朝秦陡岩笑笑，笑容里有些古怪东西，很不纯净。

秦陡岩从背上卸下双肩包，放梧桐树干底下："爷叔，身体好？"

沈叔叔的眼睛对准了秦陡岩，他好像生了白内障，眼眶里浑淘淘。跟眼光一比，笑容倒清爽些。

"我写过信给你。"他一个字一个字对秦陡岩说。

"啊？"秦陡岩把脸扭转了，"我没有收到。"

"我的信没落款。"沈叔叔的语气不知是责备还是失望，"明白人看得出是我的信。"

秦陡岩想起自己研究生毕业当见习律师时收到的一封手写信，是钢笔一笔一画写的，字字都很用力。信内容是写信人碰到了麻烦，需要帮助，一切都要面谈。在信的最后，写信人说自己是秦陡岩熟人的父亲，秦陡岩若愿意，可以来老地方找他。

秦陡岩见习律师雏凤清于老凤声，天天忙得头脚倒悬。他琢磨了一下信的暗示，眼前浮现一条清静小马路，马路边有端庄的石库门房子……他像被烟头烫了手，把信扔出去，哧一声飞进字纸篓。他当时脸涨得通红，活像谁一把捏牢他子孙根，想同他谈谈条件。

秦陡岩把脸转回来，柔声对沈叔叔说："您老一个人过日子，事事小心，多多保重。这八哥认得我，恐怕也认得我上班的地方。要有什么急事，您放它去找我。"

沈叔叔摇摇头，这一摇头，露出了后脑勺翘起的白发，他没好好梳头。

老人低下脑袋："你不要听我讲故事！你不想听我讲故事！好小子，好小子！秦陡岩啊！"

秦陡岩弯下身子去取自己的双肩包，他也一个字一个字地说："不要同我讲故事！不要故事！"

他背好了包，在腰部系上便捷扣："您需要我帮办什么，我立即就到。打我律师事务所的电话就好。"

沈叔叔白乎乎的眼眶掉出一滴清澈的泪："我不需要帮办，我一个人过日子清清爽爽，我只想讲故事。你知道，故事压在我的心尖上，让我透不过气。"

秦陡岩捂住自己耳朵，往梧桐树粗大的树干间逃过去，他一口气奔跑起来，哪管街头车水马龙？如一只捞出水的活虾，他弹跳挣扎，往远处去了。

秦陡岩的头难受地使劲摇晃了一下，嘴里喊："啊呀，烦死我！"睁开眼睛，不过南柯一梦。他正在北欧这城市的客栈里打盹，电视还咿咿哇哇说着听不懂的瑞典语。

他觉得饿了，必须要出门去吃晚饭。他慢慢穿戴起来，下楼洗了一把脸。后面一天要去寻找费德朗语文学校，不能像往常那样爱饿一夜就饿一夜，要好好睡，第二天有力气推理猜想。

出门时候，客栈前头值夜的矮个子姑娘看着秦陡岩笑了一笑，笑容极其明朗纯正。秦陡岩心一暖："这里常常见到中国人吗？"

姑娘捋一下金色辫子："哪有？很少中国人。"她笑嘻嘻，"可以让我看看你国内的身份证吗？"

秦陡岩从皮夹里翻出身份证递给她，姑娘捂住嘴："看看！这是几位数字？我的天哪！我们的身份证编号不可能超过五位数！"

秦陡岩笑了："一个中国人，若是跑来这里过日子，能习惯吗？"

"不知道！"姑娘认真想了想，"这里有中餐馆，老板从不和邻居来往。"

"要是一个中国姑娘嫁到这里来呢？我是说，她嫁给你们的人。"秦陡岩问。

"不知道。哦，天哪！"金发姑娘摇着头，笑着不说话。

她告诉秦陡岩，往左边走一条街，左转有家希腊小饭店，要是你想往右，过三条街，有一个意大利比萨店。除此之外，只有去皇宫区了。

他推开客栈门，夜色寒凉。往左一片昏暗，往右昏暗一片。他想不出什么是希腊菜，那是个未知数。他决定走过三条小街，去吃一只圆圆的意大利热馅饼。

街不宽，离开古城墙不远，是城市中心的边缘地带，行人稀少。秦陡岩觉得暗淡的街灯让自己的灵魂孤单得现了形，正是投射在人行道上那一条又长又瘦的清冷黑影。自己这是在犯什么贱？寻找沈桐？为了什么？

沈桐怎样来到了北欧？她有没有常常回去从小长大的城市看望父亲？看父亲的时候是不是还在石库门房子的亭子间住？秦陡岩一概不知。他不想听故事，他曾经在长长的岁月里断绝了获得沈桐讯息的一切渠道，因为伤口没有痊愈，经不得碰触。长长岁月之后，伤口钙化了，只要不拿尖利东西去掏，不至于特别疼痛。

秦陡岩抓紧衣服领子，冷风直往脖子里灌。他看见了意大利比萨餐厅，这餐厅犹如舞台布景般不真实，在无垠黑暗里泛起一屋子黄色光晕。他推开薄薄玻璃门，走进店堂。店堂里有笼着铁网罩的天然气火炉，凉的身体起一阵温热的鸡皮疙瘩。

顶多三十来个小方餐桌，顾客不多，认真看几眼就能看全。秦陡岩靠着火炉坐下来，一位四十来岁的白人女侍走来，秦陡岩笑笑：“我饿了。要一种卖得最好的比萨，再要一杯卡布奇诺。”女侍快活地点点头，在他桌上放刀叉和胡椒罐盐罐，口袋里又扯出一瓶放了香草的橄榄油，一起摆开他面前。

秦陡岩抬起头张望，他眼睛定格在一个女客背上，心怦怦地跳了几跳。这是个中国女客？她的童花头发型让他想起自己寻找的人，她清秀的背影加强了这种感觉。

“你疯了！”他嘲笑自己，抓起叉子在手里把玩，想控制自己的狂劲儿。这绝对不是沈桐，绝对不可以是沈桐！他的心痛楚起来，他没任何将沈桐的命运贬低的卑鄙想法，他想象她住在皇宫般的别墅里，松鼠在她院子里跳舞，圣诞树筑起围墙……这个意大利饼店实在是落魄小市民杀时间的地方，跟沈桐根本配不上！

他不再看那个女客的背影，他拒绝再多想一次可能性，他低头看自己的胸襟，他想：后来，我没接到过她的信。这之前我见到了那个北边人的演出照，她自己指给我看的，就放在她亭子间书架上。她那么谦卑地把我找去，我还以为她回心转意，原来却是拿我去刺激那家伙。她想挽回那个家伙的胃口。她可怜，她从小没娘，她是纯透明的。

我木呆呆在她亭子间里坐着的时候，那个无耻的戏子就在几格楼梯下她家厨房里。我等着等着也明白了。我那时年轻，只顾惜自己的脸，不懂得体恤女生。我昂起头走了下去，看见她和一男一女在厨房里，她看样子就快憔悴致死了；那畜生，长得像块红薯，抖着一条腿，一点儿也不痛苦……我看了她最后一眼，我甩了一下我那件白西装的衣襟，觉得自己是一只被猎枪打坏的鹤，我从木楼梯上走了下去。没人说话，那时刻，没有人说任何话，大家看清了彼此，大家都掂量着局面，可没人说话，就像一个默剧。我走了出去，留下他们两女一男，继续我从来没参加过的谈判……

“先生，比萨！”女侍高兴地喊醒了秦陡岩，“地道翡冷翠风味！”

秦陡岩抹了抹眼角，把仅仅存在于意识中的眼泪抹去，他闻到了饼的香味，食欲失而复得。他一边往堆满了蘑菇和奶酪的饼面上淋橄榄油，一边止不住吞咽口水。他是个不细致的男人，吃完饼抬起头，他噎了一下。那童花头发型的女客正站起来面对他走来，去门口账台上付餐费，她是个年轻女孩，的确是亚洲人。她朝着秦陡岩一笑：“波拿贝帝”是法语“好胃口”的意思。

女侍上来收拾了盘子，端来他的咖啡。秦陡岩拿出皮夹，把沈桐的照片放在她手心：“你见过她吗？这是年轻时，现在应该和我差不多年纪啦。”

女侍请他等着，她小心翼翼捧着沈桐的照片，跑去账台的台灯光下细细地看，她还让烤比萨的男人看，这男人隐约便是她老公。她走回来，微笑着：“先生，应该是见过的，她还很年轻的时候，在这城里念过书，曾经和其他学生一起来过本店。我们可是全城最意大利的比萨店哦！”

"是吗？"秦陡岩也顾不上恭维那意大利饼，他怅然说，"后来她不住在城里了？"

"很多年没有看见她啦。"女侍抱歉地说，"那时候倒真是印象深刻，我们这儿，那时候没几个亚洲姑娘。"

给女侍留了一点小费表示谢意，秦陡岩像日本人那样欠身客气了一番走出店来，慢慢踱回客栈去。沈桐的身体曾经在同样的路线同样的空间里移动，若时间相合，他们几乎可以迎面撞见。不过，时间就是这么一种冷冷的扭曲命运的物质，甚至都称不上物质，只是简单而粗暴的冷酷本身！

他一倒在床上，马上就睡着了，像一个喝多了酒的旅人。

…………

一

秦陡岩身体是轻轻易易到了城西圆舞浜，颇像一粒淡黄无患子落到柏油大马路上。他心思却如魔术师半空中洗开的扑克牌，浑身五十四张，前几张到达圆舞浜，最后那几张还飞在市中心法国梧桐下呢。

他惊奇地观赏镶了花岗岩栏杆名声四扬的圆舞浜：死水宁静清澈，好比情夫被集体枪毙后的那个荡妇。深绿色老蜻蜓世故地在浜面上滑翔，圆球状复眼偷窥大城这著名工人新村。这里曾是苏维埃工人新村翻版，工人的乐园，工人的疗养地，工人的好房子好街坊，如今是工人历史性光辉的余斑，工业时代遗落于今天的活墓园……

他家没人当工人，新房子是父亲单位分配的，严格说来不属于圆舞浜范围，属于一个新建居住小区，位于工人新村裙边外围。隔一条柳叶路，路对面才是圆舞浜五村。

世上有好人也有恶徒，有蝴蝶就有夜蛾，有西施肯定有东施，有清水圆舞浜必搭配臭河道。他家分配居住的新居民小区不属于工人的乐土，于是，房后突兀一条深黑窄小水道，不知道和远处银石溪路那头污水处理厂有无裙带关系。这黑水道汩汩流淌，带来咳嗽药水、臭鸡蛋、薄荷粉和敌敌畏充分同流合污后的气息。

他对臭水并不公然敌视，他摆脱父亲监护的眼神，顺墙根慢慢向自家火柴盒形状六层楼房的后背摸去。房子后背有他家和邻居家的天井，天井有墙壁，没进出的门洞。他靠在隔壁邻居天井围墙上，大眼睛瞪牢黑水蜿蜒的臭浜，看一个松垮老头从臭水里捞起滴着黑浆甲壳发红的小龙虾……

喉咙里满了镶边薄荷刺的硫黄味儿，他往前走到丝瓜花丛，见淡绿螳螂埋伏嫩黄瓜花，要赚褐色弄蝶。他飞奔起来，少少地吸气， 长长吐气。他跑过自家十三号门洞，跑过幼儿园和住宅之间的水杉道，跑出小区正门，跑到柳叶路上。

他终于大口大口吸气，大口大口吐气。他望着对马路的圆舞浜五村，那里林木葱茏，浜水闪烁阳光。每次他走近圆舞浜，把鱼钩后面的绳子绑到石块上，钩子刺入黑皮虫肉肉，扔进浜水；过半天回来，那绳子总直绷绷，鱼钩上至少有条巴掌大鲫鱼，有时候有更大的鲤鱼或鲢鱼……母亲会剖开鱼腹，洗净鱼身，浇上生姜细丝和特加饭黄酒，又加老抽，煮熟扔两根青葱，热气腾腾端给他……

本来这不是蛮好？大家说说看呢？

搬来圆舞浜，学校还上原来学校，午饭还照吃学校食堂，体育课跑一千米两眼翻白仍旧在校门口买一毛二一瓶的橙黄橘子水救命，人却像直接住城外外婆家来了。

弄堂是永别的了，雷司令咖啡想也不用想了，市区才有的旧书店要等放假才可以特地去泡，正宗油条大饼油墩子咸豆浆统统跟你说再会……圆舞浜人在吃的上头简直破罐子破摔：街头几家熟菜铺子就等于圆舞浜人的餐馆，凑份子买回家，搬桌椅到门外喝啤酒。没人会傻到下真馆子浪费钱。浜区唯一一家茶馆等同于市区老虎灶，去喝茶的老工人都自带茶叶和小板凳。付一杯开水钱，围着茶馆在门外下半天象棋，杀掉自己的时间。要不怎么特地表扬这里是“工人新村”？

这里吃的不行，不过空气简直可以吃。圆舞浜新村空气太新鲜了，每口气里都飞舞五颜六色蜻蜓和油光水滑黑知了。空气毛辣辣的，有嘎拉藤的底气，吸一口，顶得上市中心大饼镶的三粒芝麻。他哪会想念几根油条几只大饼？他现在还顾不上快活，他现在还是一只尾巴尖尖被人夹了木夹子的猫，受惊，在圆舞浜跳来跳去……

秦陡岩看不见云遮雾绕的污水处理站。处理站每打一个饱嗝吐出的气息足叫他吐尽一个月撮箕的饭食。走路摸不完居民区排排水杉蜕皮般树干：水杉什么事也不干，不花不果光长个子，排成一列列，身子骨笔直，赛过市里警备区司令部门口岗哨，梢尖已蹿到房子最高层……

他的脚踏车现在简直可算一匹马，根本不需要找地方存放。他帮父母理新居，在天井泥地里栽下旧居迁过来的老天竺。小心翼翼推动脚踏车，缩头缩脑经过十三号小门洞，抬头瞄瞄参天水杉，满眼白云绿叶细黄蜻蜓。他斜过车身跨上车座，像一个小人儿贴在马背上，策马驶过邻居探寻的眼神。出得小区，他在脚踏车上挺起胸脯，大腿奋力下压，脚踏车风驰电掣朝名气响翻天的银湖公园飙，如一枚铁钉直飞磁铁。

搬家后第一个礼拜，学校里就闻讯来三个男生，三辆脚踏车齐齐歪在十三号门洞外水杉树下，代表了三个侠客。

秦陡岩惺忪眼眸从周末酣睡里钻出来，肚腹空空，母亲连替他做一碗水潽鸡蛋的余裕也没了。他跳进卫生间，凉水抹把脸，牙膏挤在门牙上，牙刷滚筒般转圈。他的黑头发被枕头挤成火炬形状，他推车出门洞好比一只黑叶猴加入杂技团……

三男生就像市区和圆舞浜共享的强势物种麻雀，见他来便一哄而散，朝小区大门争先恐后弹射过去。四辆脚踏车一沐入阳光，顿成童话：马路路面飞滚仓鼠踩水车的剪影，四个唇上无毛的无言汉子沿着真北路直扑铁路上海西。越过第一道铁轨时，打足气的轮胎从铁轨上蹦起来，四汉子脸色凝重得像驾着重型摩托车。轮胎落稳之后，他们齐齐左转，沿第二道铁轨向桃浦骑行。

慢速列车在屁股后头远远拉响汽笛。列车敞开的车厢里堆起高高沙石和乌油油煤块。最后三节车厢是出远门者的笼子，肥头大耳粉红肌肤的猪们哼哼唧唧，跟电影里嚼口香糖的美国人那般活动下颚。列车司机从驾驶室探出上身，朝脚踏车四汉子挥小旗，做驱离手势。四汉子捏住了脚踏车龙头，个个左脚撑地，右脚搁脚踏上，转头看那列车。他们漠然凝视司机、货物和猪，捂住了自己鼻子。他们穿过铁轨，继续在新的一侧沿铁轨骑行，利箭般射进南翔古镇……

完成地理大发现后秦陡岩拥有了两个可近可远的领地：圆舞浜离开银湖公园仅一箭之地，工人阶级的狡猾看来不但体现为占有俄式工人住宅、不必刷马桶、直接坐抽水马桶上便溺，而且住得无限接近市民春秋游目的地，子子孙孙把银湖当新村池塘、铜手山作登高土丘。他们貌似远离市中心，实质住进了度假区。而南翔古镇离圆舞浜终归比市中心近，如有女生造访，大家可以把人带古镇上去献宝。

银湖公园和南翔古镇容易占领，只要一辆脚踏车，要去就去，没啥门槛。圆舞浜虽近在眼前，却仿佛自成生态系统：看着是开放的，其实排他。

圆舞浜不可触碰的心脏是三万户堡垒般的工人住宅。这式样的房子在莫斯科在彼得堡在东欧大地都存在，至今还以某种被人视而不见的方式在那些城市里苟活着。在东海这边，这种房子因为打破了市区石库门房子自古无隐私的旧规则而显出神秘与包藏性，外人不但害怕其可能的恶意，也揣测人在更多私密条件下发生腐化的程度，更何况这里住着的纯是工业人口，没有小市民也没有臭老九起到中和作用。秦陡岩不推理，他直觉到圆舞浜是《水浒传》里祝家庄。没内应，外人只会迷路，误入禁地。秦陡岩看来，工人阶级是这么一种人：他们衣着寒酸心思很重；他们走路没有声音，眼睛却盯着你上下看；他们不看报纸不听广播，他们只对烟酒涨价指天骂娘；他们和市中心的小市民是有明显区别的。小市民东游西逛喜欢找找小乐子扎扎小热闹，一张嘴喜洋洋咧开着，见人就搭讪胡调；工人师傅要么不出门，一出门就是认真轧道，走路有方向，步子快又稳，一大群聚到一起，面色凝重地讨论他们共同的事情。他们分烟很小气，只肯给自己相好的人……万一你要找工人朋友办事，你最好带上一包烟，烟倒不计较好坏，好烟甚至还惹人惊奇，你要恭敬叫他们一声“师傅”……

假若三万户鳞次栉比的房屋是大圆舞浜地区的心脏，那离开稍远，越过沙溪路，圆舞浜通过树丛中小支流秘密接触绿姝河之后，那个位于银湖公园对面的庞大校园几乎可誉为圆舞浜地区的私处。

东部综合文理大学闻名遐迩，不仅因为它拥有与圆舞浜私通款曲的绿姝河，不只归功于历年来数量不断增添的在绿姝清波里载沉载浮的殉情女鬼，确乎还有另两大原因可述及：文学先锋派系和非洲留学生。

曾几何时，一小撮把文字当多肉类植物玩弄的家伙在东部综合文理大学啸聚，追逐女色之余，以残余荷尔蒙共建了挺能糊弄人的“先锋”圈子。弄得文坛的老家伙只好自称“先锋前”，像挂腰牌头前带路的小妖；动笔晚的自号“先锋后”，像先锋派屁股上新肥的肉……

非洲留学生在东部综合文理大学有点像取保候审，总被黄肤男性黏稠纠结的目光监视居住。弄个把本地女人进留学生宿舍是件考验想象力的活计，设若不剪掉她们头发、染黑她们的黄脸基本就成世纪难题；即便剪发黑面，她们还是得披上厚被子，跟僵尸那样跳着才能混进宿舍，否则难免叫人琢磨出体态风情。如此这般造就了新社会问题：偶尔成功潜入留学生宿舍的女体承揽了超出设计标准的业务，终于只能任由120救护车呼啸校园抬走故障躯体……东部综合文理大学除了培养各系科精英，不断因其文学的先锋和非洲留学生的急色蜚声东部大都……

秦陡岩对东部综合文理大学怀有近乎崇拜的私情。上学期的数学代课老师是东综大实习生，姓“于”。外地来的胖哥哥强调自己姓的是“干钩于”，他多说了三两次，当即落下“干沟鱼”绰号：一条鱼落在干沟里，总不算什么好运气。这学期来代课的数学女教师也是东综大实习生，其貌不扬，但总让秦陡岩和他的男同学们觉得教室多出一股奇特气味。实习女教师姓蒋，她讲课讲到一半，每每莫名其妙犯窘，涨红脸，摇头念叨“不是、不是”……或许为掩盖其本色上的尴尬，她邀请全班学生周末随她回校参观。

星期六下午搭空荡荡公交车往银湖公园开进，简直半次郊游。蒋老师要求女同学在前、男同学殿后，两人一行，相跟她走。他们逶迤的队伍像觅食蚂蚁经过右手边银湖公园二号门，往左转弯，钻进东综大后门，迎面便是奶黄外墙带茶色玻璃门窗的留学生宿舍。

中学生们睁大处子的眼睛，三百六十度扫视风景如画校园，想从草丛和屋角找出埋伏在彼的黑兔子。什么深色的活物都没看到，中学生们确信东综大校方已严格把黑色囚于留学生楼内部，免得污秽参观者寡淡清净的瞳孔。他们摇摆身子，晃荡着帆布书包，像群黄口雏鸭从绿姝河边蹒跚走过。秦陡岩向蒋老师打听了一下文学先锋派，蒋老师扶正自己黑框眼镜，指出他问题的滑稽：“我是数学老师。文学？先锋派是什么？有公式吗？”

蒋老师指指一栋男人不能进去的红砖楼："这就是我住的宿舍楼。"

女生把手交叉放在还没什么曲线的胸脯，装出特别沉醉的样子，夸这楼房漂亮；男生交换着目光，像窃贼站在要踏盘子的楼房前……他们脸红了，个个都想到了罪行。

东部综合文理大学占地广大，绿姝河穿校而过，把它分成两岸。

日光很快西斜，大家饥肠辘辘。蒋老师找来了还赖在学校等分配的"干沟鱼"。"干沟鱼"把饭菜票分给要去食堂吃饭的中学生，蒋老师负责过后把饭菜票的钱收上来还他。东综大食堂有着长长的木桌子，桌面结满油腻，看上去白乎乎胖鼓鼓。大家把蒋老师从她女同学们手里借来的搪瓷饭缸好生端着，到小窗口买冒热气的黏饭和凉掉的炒冬瓜。"干沟鱼"捧着自己饭缸子坐到女学生堆里，听小喜鹊们夸他；蒋老师明明可以和男学生一起吃饭，却也紧紧靠着女生，弄得中学男生们活脱脱一群没后娘要的"拖油瓶"……

食堂楼上突如其来的鼓点惊掉男女中学生手里搪瓷碗。蒋老师快活地通知："舞会要开始了！"

秦陡岩和其他中学生一起跑到水台上用热水洗搪瓷碗油污，弄一手凡士林般油脂。他们把洗不干净的搪瓷碗叠在"干沟鱼"手里，目送他踩高跷般护着一摞子女同学们出借的碗，像个江湖艺人永远走出了视线：一个代过课的学数学的外地男，唉……

蒋老师快活地向中学生们招手，领他们从食堂外面水泥楼梯摸上去，直接掉进东综大标准学生舞场。

无论多少年过去，无论有机会开多大眼界，无论世界的美色是否曾倾泻心里，秦陡岩发誓东综大的学生舞会是他青春的起点。正像一场瓢泼大雨打在小蘑菇上，森林里所有青虫被风刮进鱼塘，像上帝坐在食堂二楼屋檐上往他发呆的心口吹气，他跟河里跳出来的狗似的在狐步舞曲里哗啦啦抖了颈毛：一个小男人醒转来了！

中学生们依偎成一堆贴紧墙面，呆若木鸡，看大学男生搂大学女生，去彩灯旋涡里转动。大学女生们笑得张开了嘴巴，仰头望着搂她们的人……《哈巴涅拉》颤抖的曲调像一个无赖指拨琴键，拨动中学生们小心脏。等《卡门》序曲刮过空中，大学女生裙子飞成春景，秦陡岩像被秋风吹惨的绿蚂蚱跳起来，自顾自逃出了舞厅，一头扎进苍茫夜色……他妈的，世界的那扇一直紧闭的门打开了！他感知自己胯下从来谦恭和气的小鸟儿怒立起来，裤裆被它撑得像张开的油布伞……

赶紧考进大学！赶紧的了！

鬼知道怎么搞，现在父亲竟把家搬到东综大后门来了。

跨过秦家背后臭黑溪，往前走五栋居民楼，斜刺里穿过楼房上马路，就是十字路口。十字路口对面，左手食品土产商店和东综大旧书店，右手便是东综大员工宿舍区。这条小路两旁还有些小饭馆和卖成衣的小店。走到尽头，右手银湖公园二号门，左手正是东综大后门。穿越后门，正前方远远是留学生楼。他认定东部综合文理大学充满中学教员竭力怒斥的肮脏罪行，那里的男人和女人全饥渴难忍，无论黑生殖器还是黄生殖器，都激烈颤抖，像一头头从没见过大海的野兽推挤着想上船……

东部综合文理大学是这整个地区的私处。

秦陡岩很想回过身走开，而每一夜梦里，却潜行得离它更近。

哦，张开你的深邃吞没我吧！

哦，喝一口绿姝河水，浸泡着殉情女鬼的河水……

丁芬芳生来不是盏省油灯。

她总是不耐烦地等待自己发育的速度赶上心智。考大学前的所有岁月她都拥有一张不那么配得上自己的扁脸。下雨日子走在街上，透过伞面间缝隙和男人交换目光，她总忍不住想收伞，把伞尖狠狠刺进那些人肚脐眼……

她有个妹妹，妹妹有双明亮闪耀的眼睛，黑是黑白是白，最爱卖弄风骚。妹妹老能吸引一些半大不小的男生在身边，放学后扭扭捏捏跟住她，一直追来圆舞浜。妈妈对小妹妹的男同学从不呵斥，笑嘻嘻招待他们喝茶吃花生米。她没儿子，她明显喜欢和男孩子打交道，有机会留住他们说话就不放过。

家里三个女人，来客是一个个发育得散落掉章法的半大小子，往往这时候芬芳就作怪。妈妈和妹妹渐渐恍悟谁是女人里女人，妖精。

丁芬芳只要出现在半大小子们眼前一分钟，正眼不曾瞧他们一下，这群可耻的嘴毛未黑的赤膊蟋蟀就叛变纯情和乖巧，眼神忍不住在她身上玩滑板……她自己早发现和锁定了这秘密：妈妈给了妹妹漂亮的眼睛，给自己的，是那副身板。

男人到底爱女人脸蛋还是身板？对她，这是个答案显而易见的判断题。她之所以耐心等待自己扁脸生变，正为有这副身板。

圆舞浜本身之美对女孩儿而言并不特别有吸引力，因为那是种野趣，显得不那么高级。圆舞浜缺少的是市中心必备的商业区和餐饮休闲街，更不必提什么剧院音乐厅图书馆或文化古迹。从前这里是一片广阔无垠的水稻田，市郊农民男男女女老老小小背朝太阳在如镜水田里端详自己布满皱纹或年轻有野气的黑脸庞，一代接一代种田日子无穷无尽。遥远的苏维埃帝国援建了大城的工业，工人们看中这块靠近城中心的稻田修筑他们的蜂巢，自古没有靠山的农民只好向西边更靠近江苏的稻乡迁徙。

无分城里郊外，这座大城的女人都讲究“高级”，只有“高级”东西才符合这城人文。丁芬芳在梦中可以清晰定义她的“高级”：子夜时分，常有面目模糊身高体壮的西装男子进入她不设防的梦境，他们鞠躬邀请她去市中心音乐厅听柏林爱乐乐团的访问演奏，事先还请她到黄浦江拐弯处的海湾大厦吃西餐看江景……听完演奏，梦境就有点粉红或者说暧昧了，西装男大衣袖口里伸出大手，手掌热烘烘，半搂半托她长腰，用私家汽车载她去法国俱乐部旧址旁的歌舞厅……他们会请她在琳琅满目的洋酒瓶子间挑选酒浆，播放软绵绵的邓丽君或声气勾魂的法国歌……凌晨时分，丁芬芳总带着满身高级礼物的气味和分量从梦里醒转，冲出房间喝一杯据说可以促进女生发育的隔夜白水。她站在凌晨寒意里哆嗦，不知道是抵御凉气还是为醒来的失望愤怒……

有一种快乐终究确切，令丁芬芳兴奋到听见自己心跳：她不知何时以何方式练就了一种走街步态，她这步态一旦摆出来（只能绕圆舞浜而行，行人太多处走不出她要的调调儿），身后脚踏车免不得歪歪扭扭互相碰撞，而走路男人加快脚步乃至小跑起来，跑她前头，停下脚，东张西望，突然扭头挖她一眼……

丁芬芳触气这些因她背影而突然发疯的男人，如做了满台面珍馐佳肴的主妇憎恶突然冒头的蟑螂：他们骑着车或拖着腿跑她前头，偷吃般回望她，却被她庸常的扁脸和一脸不屑神色所惊。这好比一口咬到红烧肉，肉缝里滋出一具金蝇尸……脚踏车在她面前哐当当摔翻一地常令她狂笑。走路男人为偷看她弄到扭了腰，僵在马路沿上当雕塑，更催她笑里淌恶意。她像个女巫，从沸点转瞬冰点的男人群逸出，圆舞浜淙淙水音缀上了她那奇特的爆裂式尖声咏叹："哦哟哟，我的妈哎……"

父亲在煤气厂当副厂长，他是位清瘦且优柔寡断的男人，工作服胸口插三支水笔。

他喜爱他的大女儿，丁芬芳咿呀学语时他抱她登上过煤气厂巨大的储气罐，在那非常容易变成一只特大火团的怪物顶上，指点远远的电视塔叫她看。这怪异一幕从此留在她未曾涂抹的心板上，让她一生充满被迫冒险的绝望感。起先被迫冒险，然后"被迫"演变成"心理惯性"：冒险理所当然，仿佛不能拒绝。丁芬芳爱上了冒险，这非常刺激。刺激让平凡生活有点娱乐。

第一位男友带着对满世界的怀疑嫉妒质问她为何在男女之欢上缺少羞涩，她笑得差点岔了气。

"你知道圆舞浜通往市区的公交车早晨和傍晚多挤吗？"她调侃那吃醋得脸色发青的小男人，"你知道圆舞浜住着多少正式和非正式的流氓猥亵犯吗？这可是工人新村！"她想说在公交车上，专业和业余的流氓根本不看你的脸，他们如同蛞蝓，只想黏在你躯体上……她没说，只用笑声表达她对电车痴汉的感受。她从不回头看这些猥琐男人，但是，她身体对脏男人的下流动作不是没反应……

丁芬芳的高考是妹妹对她小半辈子积怨的一剂解药。

她说过要离家去这国度的其他城市念大学，这给了妹妹的绝望一个定时的希望。迄今为止，妹妹都是姐姐的猪笼草。那些各式各样男生，从体育健将到合唱队领唱，从数理学霸到文科老夫子，只要被妹妹邀请来过家，凑巧碰上她姐姐，就不约而同从妹妹面前板凳上滑下来，涎了脸要钻姐姐裙底。她是一方空前绝后的人体磁铁，男人皆是前世铁头钉。她高考成绩不高不低，正巧错过这大城一流大学，高踞二线城市一流学院本科录取线之上。她头也不回背起父亲为她打扎好的铺盖，手提杂色行李，扎一把摇来摆去的马尾，去了火车站，南行，去念海滨的大学。

家里没了丁芬芳的第一个晚上，妹妹喜极而泣。

她拆掉姐姐的单人床，这个朝南的有月色的房间终于完完全全属于她，她是那棵迁走的大树下露出来的小桃树，一夜就迸粉色蕾。也许真是从这一晚开始，妹妹明亮眼睛下的脸颊绽放了经久不散的青春痘，持久到她更年期！

房间里还充溢姐姐的气息，酸酸咸咸，叫妹妹反胃；进到这房间的男生依然不由自主吸着鼻子，像猎狗闻到了狐狸……

母亲竟然发现自己也松了一口气，大女儿远走天涯不但没添她惆怅，反像打开了一扇窗，清新和松快的空气一拥而入，叫人身子敞旺，胃口大开。

谁也没把奥妙说出口。可起头一星期，父亲哼着小曲下厨房做了满台面小菜，还打开了人家送来很久的五粮液。父女三个开开心心吃，家里像一个人不缺。妹妹半夜听见父母房间发出叫她青春痘发胀的声音，她把被子蒙住头，想着姐姐，想着自己到底比姐姐少了什么……

丁芬芳去往南部的大学生涯无非是场没学会游泳就横渡海峡的莽撞之举。

第一个男友来自学校舞会，比她高了一年级。她堕入爱河的意外之喜是她的扁脸瞬时发生了异动：颧骨突了起来，下巴延伸且生发一个环形，眼窝加深了……她终于迎来向往已久的立体感！现在不但她身板儿流线型，脸部也散发成熟女性气息。

丁芬芳不很在意就送出了自己的第一次，这好比一个包装草率的礼物，减轻了本身价值。男友来自大国都城，他将信将疑端详她呈现给他的那朵初花，却被她的无所谓态度激怒。她将骄傲展现于她的无所谓，她方才奉献过自身就和这男人闹了别扭，一连三个月嗔怒而怨恨地躲避他。

她出没学校每星期的露天舞会，海涛伴奏下她放肆地扬脸大笑，摆出她在圆舞浜走路的姿势，叫其他女生目瞪口呆怒从中来。

很多拥有男友身份的学生因为眼睛不由自主礼赞丁芬芳而失去了自己恋人，更多懵懵懂懂的新生看见她体态才猛然在秋风里等来春雨。女生背地里称呼她“骚母狗”，这粗俗称呼简直就是一顶桂冠，证明了她独一无二的存在。

三个月过后，那个来自都城的男人油尽灯枯，卑躬屈膝踅来她宿舍楼下，抱紧吉他唱一支悲伤夜情歌。丁芬芳不屑地在窗口等着看败将之降，木梳划开光滑长发，像蝴蝶停在瀑布上。都城男人放弃了自己的膝盖，干号着她的名字跪倒在地，叫满宿舍楼她的情敌们恨不能插剪刀入她流畅的腰肢……她嘴角缀一朵征服者的骄傲，慢慢舞下宿舍楼发潮长霉的梯级，犹犹豫豫，迈向草地上跪拜的骑士。

他们又在一起度过了一年零五个月。其间丁芬芳去打过一次胎，人委顿得好比一只褪色干海星；她几乎当掉了该学年的功课，在爱与恨的圆舞曲中踢不掉自己的红舞鞋。

她想起了父亲抱她上去过的巨大煤气罐，她等待煤气罐如约而来的爆炸，等待破裂分身出解脱，等待昏迷和抽搐之后喝上淡而无味的白粥，那般复活时刻……

第二个男友好比修补过的手串上那颗颜色不同的添珠。他气定神闲，在正确时分出现在丁芬芳巨大的断裂带中间。她煎熬着疼痛，这气度轩昂的白皙男生仿如镇痛冰露，一下子敷在她痛点上，终止了她的消耗，令她重整旗鼓，休养生息。

白皙男洞悉一切，他了解她情史，也了解她的学业危机。他镇定如一个收拾残局的将军，带她离开校园，在城市对面离岛上生活了一小段时间。这是她青春生涯的一次完美假期，白皙男有时在她心里完全是位奇妙无比的双性人。他热衷于像母亲般照料她，像个花匠稳稳当当施肥，叫叶子展现翠绿，悠悠然等待花朵；他也散发保护者的强大可靠感，他安静地站立门外，递给追踪而来的情敌一支香烟，柔和嗓音如水般淹灭了那都城衰男干涩便秘的自爱，她的第一个情人彻底走出了她的青春期。

回到校园的丁芬芳遗失了每一个毛孔都曾氤氲的骚气，她蜕变成澄净的贤妻良母预备队员，白天修补学业，晚上和白皙男一起低调而亲密地吃小锅饭逛学校海滩。她神色的柔化蒸发掉其他女生经久的敌意，男生竟然再看不出她与众不同！

这样的日子真清淡自在啊，她的燃烧终止了。她自问爱情究竟是从前的焚身以火还是现在的行云流水。

她收到母亲和妹妹寄来的种种食物营养品，她想念圆舞浜了，想念工人新村的往昔。不过，她沉郁地发现，她并没带白皙男回圆舞浜见家人的打算。

丁芬芳没在本科前三年中回过圆舞浜，这三年，她始终是梦里云和云里鸟。凭雨打任风吹，她只自顾自，承当不多不少之幸福，也付尽代价。她发现有件事出乎意料：她难以爱上大学所在的滨海城市。

海滨固然美，但缺少她深植于心的高级感。

海滨和高级感无涉，这里只有自在随性的快活，不足以叫她久待不去。她不是想回圆舞浜，她要回那拥有圆舞浜的大城，要去高级的市中心，去找寻心底深处的质感。那地方，可能正是父亲在煤气罐顶指给她看过的电视塔地区。

毕业正如明天早上的太阳，还远隔今晚之夜。长夜里面，飞蛾会多次扇动翅膀，散布夜的滋味。

白皙男果真是个温润如玉的“双性人”，他和丁芬芳的相处让她反复感觉到变态，他仿佛是床寒夜里的厚棉被，任由她摆布成不同形状。他没宣示太多自我，以至于她亲昵地赠送他一个绰号：热水龙头。热水龙头不打开，仿佛不存在；每当她突如其来寒凉、莫名其妙受伤，热水龙头又随时送上温暖躯体的热量。只是，她暗暗想：水龙头毫无性感可言。

她怀疑彼此这段关系是典型的交换：白皙男得她的性感，她得到一贴必不可少的跌打损伤药，热量只达皮肉。

当丁芬芳青春期里最后一次远远看见那个都城男人瘦削高挑的身子，她浑身止不住颤抖了。她看见了让她逃窜的真相：她和白皙男的一切，不过是一种疗养，那命中的魔鬼还在校园行走，他不是早该毕业走人了吗？

二

虹高中一年级就长出了一米七二的个子。

这个成就要怎么表达才妥帖呢？虹有一个矮胖妈妈，她从未奢望拥有高挑身躯。当她被自己生长速度惊吓的时候，她害怕长出高大的柏油桶身材。她居住的新康里弄堂有好几个柏油桶女人，身高都突破了一米七五，脖子腰身屁股整齐成蜿蜒的“直线”。她们雄赳赳地蔑视弄堂里一对对朝上翻的白眼，白眼全来自男人。男人说他们可以接受没姿色的异性，但绝不容忍长得像警察的婆娘。虹惊慌地打量过弄堂里那几个柏油桶女人，回家关上门，脱掉衣服察看自己稚嫩身体：妈妈没曲线，女儿难道会有？

整个高中时期，虹坐在秦陡岩后面，属于教室最后一排学生。虹大多数时间不说话，视线安安静静越过全班头颅，眺望黑板上蝌蚪粉笔字，散视老师们杂色纷呈的脸。秦陡岩在前头动弹，常遮住虹视线，虹没抱怨，更没伸手拍过他肩膀。

你可以想象自己坐在一栋大草坪洋房的阳台上，日复一日看有全景感的草地；或者你把自己想成一个老得走不动路的渔民吧，躺在自己那艘小废船里，眺望港口外那片海。小船随波浪起伏，你知道海的脉搏……虹一边担心自己的发育，一边在教室最后一排安安静静观看每个同学的变化，春夏秋冬，朝朝暮暮。

她功课一般，仿如她这个人，不动声色。不过，虹是内秀的，她一直在画国画，不画在纸上，画在瓷碟上，拿给亲戚送到窑上去烧。釉下彩、釉上彩和斗彩她都不由自主地喜爱。她无法拒绝任何一种别致的质感，就像母亲不拒绝孩子的性别，即便生出双性人也不惶恐。

她对自己的闺阁生活没什么怨言，她心静如水，像平庸的吉他手弹奏的吉他曲，叮咚叮咚，毫无意义，但舒适地流淌。

虹不让任何人知道自己在画画，她不想让同学，无论男女，看见自己的作品。虹只想维持普普通通的成绩，不要人特别注意到自己，如此她可以端详屏幕般观看眼前这帮男小囡女小囡的“电视连续剧”。她明白男生女生都在发育，在进入更莫名其妙的状态。她通过观察他们反观自己，生怕自己真长成憨兮兮的大个子女人……

其实，她已在瓷碟画里观察到自己心情：心情不受刺激，她画的红莓美得虚幻；心情波动，她爱画各式各样春花，春花花瓣扭曲的幅度预告她是否接近崩溃点……她烧碟子的亲戚盛赞过一幅旱水仙，认为她画出了凡·高油画的韵味；她害怕这幅画，画这幅画时，她十分担心母亲的体态直接遗传给自己。她为此做了好多次噩梦，她画这幅旱水仙，是为抵抗睡意……

学校规定了一种奇怪游戏：每周学生必须自左向右移动一排座位。到达右手墙边，下一周搬回左窗下，循环往复。据说这是为保护少年人视力进行的“视角平衡运动”。

虹作为一个小画家喜欢这种视野调剂，她喜欢变动，虽然那令人不安。她欣喜自己的身体曲线越来越明显，同时敏感到班里其他女生也在变化：她们有的越来越柔媚，有的越来越骚情，有的日渐打扮得像妖精……她们的发育似乎都走在她前头，这让她安心。男生的喉结如花苞，一天天显明，他们变声进入了末期，人中上黑茸茸一团，看她的眼光变得复杂和犹豫，原先浅浅的清澈荡然无存……

秦陡岩坐在虹眼皮底下，是一只摆腿收腹什么都逃不过画家眼珠的细螳螂。

虹对座位前面的他没有兴趣，没学会奉承女人的少年都是自爱蠢妖。

秦陡岩和他的同桌格格不入，刚坐到一起就无法欣赏对方。一个喷着粗气，一个无声无息。双方时刻冷战，恨不得并坐者可以换班，成绩出色跳级也行，只要别杵在身边惹人厌。虹有兴趣观察这两个迥然不同的男生互捅肘子。

从虹的瞳孔看出去，两男生是完全不同的动物，一个像掩饰不住内心不安的小狗，另一个是勾倒头走路、阴森不言的豺。秦陡岩自然是喜怒形于色的家常小狗，他的同桌穿着与众不同的中式布衣服，不爱说话，一旦厮打，咬人绝不留情。

虹从起始就看出秦陡岩那同桌是个小恶人，这同秦陡岩没关系，和教数学的女教师有点关系。

女教师二十四五岁年纪，刚调来这学校。她气色好极了，皮肤就像语文教师解析过的“凝脂”，淡泛粉红色。虹瞪着女教师身板线条看，尤其她腰收紧下去突然翘起的臀部。虹咽了很多次口水，回家观察自己腰下的部位，希望也出现奇迹。

秦陡岩的同桌对这女教师非常紧张，每次女教师端着教具走进教室，虹就看见他背部绷紧，像偷食的野猫见房主拿棍子过来……秦陡岩却在一边不知不觉，照样忙他入迷的事：或奋力作蹩脚诗，或给自己作文本画插图（一朵花或一只展翅蝴蝶）……虹觉得那些画幼稚不堪。

秦陡岩的同桌没咕哝什么也没做什么动作，可数学女教师却渐渐不安。她背对学生在黑板上写板书，她穿着紫红羊毛衫蓝色牛仔裤。她忽然转身过来，愤怒的眼睛直射秦陡岩的同桌：“你站起来！”

虹吃惊地观察斜前方的男生，她确实不明白数学老师为何无缘无故动怒。这穿着中式服装的男生伸出手，撩一撩额头长发，浑身一抖擞，立起身。他比虹矮了一个头，不过凡事不怵。

“你在想什么呢？这道题你能解？”女教师两颊发红。

“我没在想这道题。”秦陡岩的同桌昂然回答，手指摩挲桌面，轻轻抖颤。旁座的秦陡岩从鼻子里哧了一声。

“你能不能好好上课，别一面孔翻江倒海？”女教师尖尖的声音透着挖苦人的恶意。

“不能。”小男生清晰回答，两只手撑在桌面上。秦陡岩从左边看这双手，看出手指头还在微微抽搐。

“不能？”女教师气恼得噎住了。

“我看见你，我就没法好好上课了！”小男生又不高不低说出这一句，脸上突然一笑。

虹从侧面看见了这笑容，这笑容阿狗阿猫样子很不体面，泄露出令人尴尬的私念。虹感到困窘，脸登时红了。

女教师呜咽出声，手指间粉笔猝然向秦陡岩的同桌掷来；她捂着脸跑出了教室。

秦陡岩目瞪口呆看同桌和女教师之间的哑谜剧，感觉到什么，又很茫然。他扭头看看同桌，同桌已坐下，正诡秘地自我微笑，白白脸皮泛起青和红。

虹见秦陡岩鄙夷地瞧他的同桌，鼻子里再次发出哧声。那家伙从沉迷里醒来，扭头看了秦陡岩一眼。跑掉了教师的课堂像只掀掉了盖的蟋蟀盆，里头的动静往外头蹦，却久久不见教务处派人来镇压。秦陡岩四处张望，他同桌悄然离开了教室。

秦陡岩忽然回头对虹看一眼，笑了："讲不清楚，讲不清楚！"

半节课的时间一晃就过去了，好比你停下脚步听一支突如其来的好曲，曲子也迟迟不结束。秦陡岩的同桌回了座位，恶狠狠把秦陡岩并没超越三八线的书一肘子捅到地板上去了。秦陡岩任由那书躺在地上，板紧开始有胡须的脸，之乎者也道："恶有恶报，时辰未到乎？"

仿佛应着他咒语，教导主任慢吞吞踏脚进来："坐下！全部给我回座位上去！那个小流氓呢？你给我出来！"

"小流氓"低倒了头在桌面上用手画字，教导主任并不认识他，只轮流看着男女学生，像要班里交人。没人说话，也没人看教导主任，男男女女都看书本，像一群村民要把村里的通缉犯藏起来。教导主任怒道："小流氓不得了，课堂上调戏起女老师来！站出来跟我走！"

虹所见的真相如此：秦陡岩的同桌伏倒在课桌上，像一个人困倦了休息。虹从她的角度看见这人嘴唇在哆嗦，必定也是怕的，只是不承认。这时候，秦陡岩慢慢站了起来。一开始教导主任以为他是小流氓自首，可他往外跨一步，抱了手肘在胸口，低头看他同桌的后脑勺，特意为他同桌留出一条非自选的自首或就擒之路。

教导主任走来，伸手过去扭住秦陡岩同桌中式衣服的衣领，一把扯不见了领口布纽扣；小恶人被拖出去时候，想往秦陡岩脸上吐口唾沫，可唾沫没吸够，等愤然射出来，正好教务主任一挪身，唾沫便挂在了主任脸颊上……主任一迭连声叫好，手指忍不住捏紧了手里的小白头颈，往下重重一压，跟拖狗似的拖了出去……

后来秦陡岩对自己书包的失踪异常愤怒，这明摆着是报复，谁都知道是他同桌干的，不过没证据。周围一圈男生个个是他同桌的朋友，不是他朋友。事实上他在这些课桌间没什么友谊。

秦陡岩失去了书包，这是迎头一记闷棍。他好比一只摇头摆脑惊叹号，不知道砸谁发泄怒气。他第一次感到强烈的失丧，书包里的课本和作业本倒没什么，可里头有写了两年的诗歌本和作文本。他常在那本硬面抄里用功，从“阿芙罗狄蒂”咏叹到“纳西索斯”，还一笔笔在作文后面画插图。想起同桌肮脏又猥亵的目光掠过本来完全属于他个人的诗歌，他体验隐私受侵犯的滋味。他试图轻描淡写化解自己困境，他扭头看看身边散发无辜气息的同桌，试探地问了一句："你知道我的书包在哪里？还给我？"

他刻意不让其他人听见他的话，不过虹还是自自然然听见了。她凝神看他的同桌，这小子把别人书包从课桌里扯出来，跑到窗口双手掷到食堂屋顶上去，毫不犹豫。他的同桌听见他问话，脸上露出一个甜蜜蜜的笑，什么也不回答。提问者的焦灼如一只没猎物的鹰从空旷之上掠过。秦陡岩失望地看着同桌的笑，立起来，朝教室门外走去……

对于虹来讲，她已经发现男生之间表达恶意的方式比女生粗鲁，更直截了当。男生在表达恶意的时候已做好被报复的准备，甚至在为自己下一轮的报复未雨绸缪。他们对恶意的态度好比对蟑螂的态度，既厌恶，又怕蟑螂不迎面飞来停到鼻尖上。

秦陡岩回来的时候，教务主任、班主任和数学女教师一起跟在他身后；他板着脸往同桌身边一站，教务主任卷起袖子："又是你？说！书包去哪里啦？要不要学校报警？"

虹可是这么看待前座这两个冤家对头的：秦陡岩的同桌虽是个假模假式的人，不过却懂得跟人相处。对虹这般女生，他虽不太搭话，还是隐隐约约地彬彬有礼。对一屋子男生，他很会说话，有时不是谦恭有礼，反经常出言不逊。那些赤膊蟋蟀听见这些话很受用，笑得粗野轻松。他仿佛了解这些少年要听什么，总能够让他们小小的心快活。相形之下，坐在旁座的秦陡岩，上学上了这么久，恐怕也没同其他男生认真说过什么话。秦陡岩交的朋友像是课后兴趣小组里其他的学生。他看上去孤寂，不善交际，不过坐在他身后的虹见过他同语文老师谈文艺，滔滔不绝掏心掏肺，不是不会谈，恐怕自视甚高……对虹，他有一种羞涩，或者是青涩，不管什么涩，他还没胆子同女生调笑。对其他男生，他老睥睨，鼻子里发出哧声。秦陡岩以为别人不知道，其实他不在教室时，那些被他哧过的人，别提多么同仇敌忾。他们都开心地笑着，怂恿秦陡岩的同桌作弄他……

后来有段时间，秦陡岩日子更不好过了：他的同桌好比一只拼命扇动翅膀发出嗡嗡声的麻皮苍蝇，到处咬耳朵说自己旁边坐个“苏北赤佬”。秦陡岩蒙在鼓里，不知道别人为啥越来越鄙视他，等听见谣言，他愤然辟谣说自己籍贯是南京。然而，大多数男生愿意接受他同桌的解释：“南京人？南京人也算半个苏北佬！”

虹觉得这是男生世界一个完美陷阱：一方抓起粪便和垃圾，兴高采烈往自命清高者身上扔；自命清高者不屑于回击粪便，又不能每回都去告官，总落得一身脏污……这让许多旁观者也兴奋起来，他们总喜欢看别人越混越惨。于是，自命清高的人很快会更加自命清高，事实向她证明了所有人都不是什么好东西！愤世嫉俗者也许就是如此走上永无止境的批评之路。

秦陡岩觉得那些黏稠连绵无头无尾的日子唯一的特色就是令人愤懑。

他住在三万户工人新村圆舞浜边上，像个准备入侵的兵，心里没穿越边境的把握。

出生在市中心的妇幼保健医院是他一种特别身份证，秦陡岩只要漫不经心提起这一无可更改的历史事实，圆舞浜老居民就会发一番唏嘘。

唏嘘不是羡慕反是同情，同情秦家搬迁到圆舞浜象征的落魄。人往高处走，只有水才向低处流。在唏嘘者眼里，秦陡岩现在明明白白低于他有幸降生的那个坐标点。

这种始料未及的群体反应让秦陡岩滋生强烈的戒备心，人总是害怕自己和偶然堕落到的陌生世界混合成一体。

他父亲按分配入住的是新住宅小区，和以圆舞浜为象征的工人新村隔开条小路。这小路如此之窄，站在这边的绿荫超市门口就能闻到对面小荀熟食店山林大红肠的气味。不过，他是一只谨慎的红蚂蚁，他在路这边逡巡，掀动鼻翼，鼓起眼球，眺望对面飞跨圆舞浜浜面的小石桥，却永远回转身，回水杉树笼罩的家，家里弥漫臭水浜带薄荷刺味的浓烈水汽。

搬来这里之后天气始终晴朗，不见下雨。秦陡岩对自己的近邻越来越嗤之以鼻。他家只南面有几扇窗户。东面被一零一室的佟家包裹了，北面的小房间也被佟家包裹，只留下进户门和厨房对着走廊，能进点光线。至于西面，又和左邻田家共有隔墙，自然无窗……佟家的两室一厅是分配给佟老太婆的，她是食品工业技校的退休教师，女儿和女婿同着她住一起。田家老头是园林局老园林工，本没分房资格，不过他看守中山公园，半夜同入园偷树的贼打斗，被铁铲敲坏了脑壳……园林局给了他这套房，他和一个老婆三个儿子同住两房一厅。一楼正西面还有一家苏州人，不知道什么来头。老头已退休得不能再退休，每天单衣单裤窜进窜出，嘴里嘀嘀咕咕说话，没人听懂；老太婆苏州话软糯得叫人筋骨发痒：

“啊呀呀呀弗好哉！”

“哐当！”（碗掉下，且碎了）

“奈八好哉！”

邻居都是不怀好意的：他们竖起耳朵听你，一有机会就丈量你背影，若非瞧不起你，便是吃你家醋吃到面红耳赤。

秦陡岩不喜欢佟家女婿，这男人灰黑的长条子脸像被判与笑容离婚，永世不得复婚。他不喜欢头壳被贼打过的老花匠，贼好像别的没偷，光偷走了老头儿表情。他不喜欢苏州老头送上的稍纵即逝的笑，这笑是老头见到人的抽搐性反应……他对自家空间没别的可说，只单纯气愤：朝南的大间向着臭水浜敞开，难道父母的业余和他的青春注定被臭水熏蒸？父母分给他睡的小间一年三百六十五天八千七百六十小时没日光，难道青春注定穴居？厨房和浴室同样逼仄阴暗，仿佛做饭和出恭都是黑暗的仪式……即便如此，邻居还是窥探你不放。

不管别人喜欢什么季节，秦陡岩喜欢炎热的夏季。夏季让愤怒从毛孔中倾吐，让他疲惫地畅快、绝望地喘息。杨柳树上一片蝉音。黑河沟被烤干了，露出丑脏河床。癞蛤蟆晒干的尸体趴在沟底，如秋天被人抛掷的橘皮……他流着油汗考察那条臭了一年的污水浜，惊奇地撞见一大丛开放在干裂河床边的蜀葵。

蜀葵好比临时的森林，高高耸立在丝瓜花的外围。巴掌大的叶子张张干裂扭曲，叫虫咬成了筛网。破叶子间，粉红和紫红的大花盘，勾引得老蜜蜂哼哼唧唧往淡黄花蕊间扒粉，有如海龟孵蛋在沙滩。他惊奇地看半空中这一幅热闹，想到冬天这里除了枯枝烂叶毫无生气。

秦陡岩从五斗橱里掏出自己暗蓝色的游泳裤，放进墨绿网线袋子；又放肥皂盒，盒子里有一块蜂花檀香皂。

塑料拖鞋在滚烫的水门汀地上踢踏，他穿越臭水浜后面五栋楼房，斜刺里窜到十字路口，往里扎进去。他跳进开着电风扇的不入流旧书铺子看看，回到大太阳底下，踱过各色小店，跑进东部综合文理大学，奔大学游泳池去。

游泳池引发的愤怒不同寻常。

这是蒸笼里一个风口，旱地上一个泉眼，是沙漠绿洲，是鱼儿相濡以沫前的旧梦，是少年身体浸下去发出哧哧声的凉茶缸子……是盛夏向社会开放的大学游泳池。

大学生都放暑假了，跳哈巴涅拉交际舞的女大学生不在游泳池里。秦陡岩脑波深处那些舞蹈的女郎穿着遮住身体的衣服，没来碧色水池露白藕。不过，就算没玫瑰，此地也有蜀葵啊！

游泳池对社会开放啦：池里密密站着白生生穿红着绿的工人少妇，托着她们那些肥嘟嘟的米虫状儿女。间或把自家肥虫交给救生圈，当妈的伸展身躯，往池水面上扑腾一番……他泳技平庸，每次都从浅水区下池，溜着边往深水走。深水区人少，他是只热得要晕的猫，不得不和水打一打交道。他把眼睛闭紧紧，往水里奋力一扎，让池底下的凉意顺肩膀往上一直爬到屁股。他闻到水里漂白粉气味，还有一股明明白白尿臊。

皮肤凉快的后果是肚肠发骚，他慢慢游向中水区，仿佛一只水獭窥视白鱼，他心里涨满了对成年女人的贪馋，她们现在除了乳房和私处，其他都露在外头了。可他并不稀罕露在外面的，他想看见被遮住的，他想触碰那不许他触碰的……

他站立在中水区，猎物耀眼，他视线花了，而且摇动。他手沉下去，按住不该隆起的隆起。他绝望地呼吸热空气，觉得自己站在炖热的黄酒里，像毛蚶张开贝壳……

他往水里扎一个猛子，从池底抬起头，看见水里一丛丛白大腿越来越近，大腿转过去，圆圆下坠的白屁股好比巨大的白玫瑰……

他闭起眼睛，伸手划水，手指不小心抚过一片滑润，心湿了……

刚想探出头换气，一双坚硬的手卡在他后颈上，往下使劲一按，他吐出余气，脸碰到了池底……狼狈不堪站起来抹脸上水珠拼命吸气，白大腿的老公仿佛一只昂头要咬人的乌龟阴沉沉瞪着他。他想不到自己会羞涩一笑，像一个腼腆求和的士兵，终止自己的侵略性。他转过身再次朝深水区游去，血液的温度从盛夏落到初秋。

秦陡岩安宁下来，抬起头望着跳水台。

跳水台嵌在蓝天白云里，阳光像一层清漆，刷得它发亮。它离开水面十来米，上面窄窄一个方块，只能站两个人。往上攀爬的梯级上满攀裸虫般十来岁男孩，他们晒成了巧克力色，远看简直是甲壳虫。小男孩在跳水台上弹跳，一个接一个往深水里扎，有的脚下头上插秧，有的倒栽葱……水花溅到秦陡岩脸上，他抹去一额头凉意，从水池耸身攀上岸，也朝跳水台走去。

他眼梢还瞄着浅水区那些奶油蛋糕般的女人，她们仿佛已被糕饼师傅做好了放在台面上，专等合适的人去品尝。不过，他知道自己被禁止靠近，知道自己想品尝一番的念头必须好好收藏，不让熟人知道（刚才那只凶狠的乌龟知道就知道了，没什么太大关系。他对绿毛乌龟甚至还怀有感激之意呢，他摸了那只白屁股，那家伙没下狠手，只是警告性地按他一把。他简直怀疑他是一个工人）。

现在有更要紧的任务要完成。这的的确确是一种任务，若当男子汉，你别无选择。他想和晒成甲壳虫的小孩一样，从跳水台上往深水区里倒栽葱……小孩能做到，他必须做，谁他妈天生胆小？

他跟住一个男孩往跳水台上攀爬，这铁的梯脚叫骄阳晒得滚烫，简直烙人脚底。他推了男孩瘦屁股一把，小男孩骂一声，像只赤膊蟋蟀一耸耸跳水台台面上去了。他也踏上台面，头一抬，看见远处教学楼，头一低，泳池像块大大的碧玉镶在地上……

他感到天旋地转，感到自己摇摇欲坠，心跳如打鼓，尿急，怎敢往下跳？

他紧紧握住跳水台的低矮铁栏，转身想顺铁梯下去。低头一看：完结！

等跳水的男孩一个接一个，上下一溜小脑袋困惑地看他这大汉。他此刻还没完全露馅，他脸上浮一个笑容，像走夜路的胆小鬼唱一个高音。他转身看远处高楼，低头再看池水，池水里的男孩从跳水台下游开了，给他腾出了地方。

完结了！伸头一刀，缩头也一刀，只能当勇士。

他脑子里闪过电视里跳水员的弹跳动作，可他不敢那么潇洒，怕猝不及防平跌下去。他算了一算，扭头见一个小鬼已站到他身后，他往前一扑，伸出两臂，夹住自己脑袋，奋力伸直自己两条腿……简直体会不到任何飞行，头一凉，人已经入了水，还没摸到池底，他就头朝上浮起来，金色太阳耀花了他眼……喜悦如冰可乐浇心田。

秦陡岩知道这不是一个梦，他知道自己通过了某种自己对自己的考试，他觉得猛然长了岁数。他望向浅水区，那些女人没一个看他，不过，他看这些女人的眼色变了，现在像骑在马上看她们，带着一丝睥睨了，带着一丝轻松了，带着一种豪情了，带一点伸手按住她们的胆气了！

他观察了一会儿，看清有两个单身女郎，还真长得可以！他一个潜泳朝女郎们靠拢，他没伸出毛躁手，他把手放腰部两侧，像“大西洋底来的人”那样耸了耸腰和屁股，从女郎身边滑过去了，不过他的眼睛在水里睁得大大的，把人家轮流看了个清爽……

从东综大出来，秦陡岩晃晃不够长的湿头发，认定自己已提前进入大学生状态。他很想奖励自己：吃冰激凌太女气。他走进旧书铺子，选来挑去，终于掏出三块钱买了上下两册旧书《苏菲的选择》，得意扬扬心满意足往家去……

走在工人新村和自家新村间小路上，他东张西望，眼神定定，看见了怪事：那不是小玫吗？班里坐在右边前排的女同学小玫，她怎么在这里走路？

小玫也看见了他，咦了一声，招手说：“你怎么来了？你住在这里？从来没见过你！”

原来小玫从小住浜边，原来她是工人新村的玫瑰，原来她脸上那些青春痘是在三万户工人小区里憋出来的。他笑了：“我搬到这里住了，喏，马路这边！”

小玫在班里没怎么跟他说过话，也没留意过他，现在小玫倒显得很亲切："秦陡岩，你有空去我们家玩啊，我就在五村，我暑假很空的。哦，对了，虹也搬到你们新村北边高层里了，我们可以约在一起，在我家喝下午茶！"

虹？他浑身一震。虹？坐在身后的高高的虹？他心旌摇动。

能和虹一起在小玫家喝下午茶？这仿佛是今天下午高台跳水的奖励啊！他觉得长大是一瞬间的奇迹，现在，他从跳水台上发狠劲跳到深水里，他勇敢了，就得到机会和虹一起喝茶了！

他看看蒙在鼓里脸红红的小玫。小玫像一只毛茸茸红皮桃子，发出浓烈芳香，不过他只闻闻就满足了。虹，虹不是桃子，虹如此高挑，虹那样子娴静，虹是一个好女生，虹是可望而不可即的一阕诗歌，她神秘，她看不上他，她那样吸引人呢！

他笑对小玫："去你家吃茶，我带外国饼干，姑父是进出口公司的。"

小玫半真半假鼓起掌来，指指远处石桥边一栋方方的住宅楼。

三

秦陡岩的父亲在那段贴近圆舞浜生息的日子里痴迷于练习

气功。他是个翻不起大浪的人，通常以女人式的幽怨表达对上级领导的失望，可练气功之后，竟敢用武力对儿子流露他对自身权威的隐秘态度。

父亲在秦陡岩某次抗拒管教时随随便便对他小腿突砍一掌，秦陡岩愣了一秒，钻心疼痛叫他流出雨水般眼泪，这眼泪充满惊诧和讶异：气功的确存在！父亲掩藏日久的凶恶也同样得到证明。小腿差不多感觉被打断的这个下午他开始游离父亲搭建和维持的家，前所未有渴望找到一个小狐狸离开老狐狸巢穴后能欣然前往的地方：要自由生长，即便同时自由地挨饿……

猛然间圆舞浜有了地理标志意义。秦陡岩脑里出现一个划独木舟的流浪汉，流浪汉有长而黑的胡须，一双怨毒气愤的眼睛，衣服里外散发酸臭。不过那流浪汉在行动，他屁股牢牢黏在黄色独木舟上，顺亚马孙河漂流……他决心勘探整条圆舞浜的流域，看看自己到底来到了地球的哪一方补丁上，这里供应什么，这里荣枯什么植物，这里到底分布什么种类的生物，而顶顶重要的，哪里可以找到一个秘密而不为人知的容身之所。

他没钱，没积蓄，父母从来不给多余零用，他并不奢望租到什么小房子，他所想象的是属于流浪汉世界的一个荒弃树屋、一个能遮风挡雨的养蜂人的帐篷（正巧空置一个季节），或者城乡接合部一所被人暂时遗忘的空空如也的水泥建筑（不管以前当什么用，哪怕猪圈牛舍）……他不久前参加了学校的鸥鹭读书会，他能复述鲁滨孙的经历，但他不需要“星期五”，他宁愿更孤独。

依旧酷暑，酷暑行走街头的乐趣只属于少年，少年还不晓得毒日头的力，他还在探索，甚至可以说刚开始探索生理边界。他毫不犹豫毫不设防踏入三十七摄氏度气温，接受阳光五十摄氏度炙烤，他不觉得恐怖，还觉得温暖！

迎接秦陡岩的孤单世界如此热烈。他穿越楼房时不由自主眺望了那一大片蜀葵森林，大群粉红和紫红花朵让他觉得瞬间照了下镜子。他也要和蜀葵同样闹猛，绽放能亮瞎人眼睛的色彩……他连一瓶水都没带，身上只有三元钱。

鸥鹭读书会集中了这所中学所有书呆子。开设在学校新大楼二楼的图书馆不能满足他们，十来个男男女女乘五站20路电车，跑进市立图书馆，填表拿上了借书证。他们唯一的约定是每次大家借同样的书（如果市立图书馆有足够数目），或保证交换阅读同样的书，以便每周五下午到音乐室（感谢音乐女教师的赞助）交流读书心得……

这星期借阅书目里有一本《金银岛》：十五条好汉扒着死人箱，朗姆酒一瓶快来尝！

秦陡岩一边顺自己小区和圆舞浜新村之间边境线柳叶路朝北走，一边首次鼓励自己穿越柳叶路，站到圆舞浜五村马路沿上，象征迈出了侵入圆舞浜的第一步。

他朝北到达的第一个观测点就是那家小苟熟食店。小苟熟食店最大的肉块不是山林大红肠，是玻璃橱窗后走来走去拨动一个个食物盘的小苟。小苟戴顶白色厨师帽，黄框眼镜架鼻梁，不断惊诧转动的眼球泄露他内心并非他貌似的知识分子……若从熟食店北边进口走进圆舞浜五村，直线走上三四百米恐怕就能到达小玫家，不过秦陡岩还未想尝试。他站在小苟熟食店门口闻着菜香，菜香里掺杂马路上树叶被阳光烤干的暑气和远处垃圾桶里酸臭掉的西瓜皮气味。

他回望马路对面，自己新村门口除了绿荫超市，就是苏北师傅老洪的个人美发厅。老洪的美发厅有三台大落地电扇正在摇头，老洪大热天还留大波浪头发，发型死板得像顶起两片扇贝壳，这家伙才不吝惜发胶呢！老洪正起劲伺候一个中年婆娘，他手托婆娘长发，脸上淌着油腻谄笑……

往北走，秦陡岩拉拉自己身上蓝白条海魂衫，胸口滋出的汗水已黏住衣服。他打不定主意是做漂流荒岛的鲁滨孙好，还是投奔一群海盗。不管是鲁滨孙还是小海盗，他都可以当得出色。他知道自己有那种一个人得过且过的倾向，他可以为吃知了头颈那团紧肉举着套网在太阳下烤自己烤到昏天黑地，也可以一个人在夏天房子外面过夜，喂蚊子……但这里头总缺少点什么，以至于叫他不能兴致勃勃。缺什么呢？答案只隔开一层油纸，却不来显形。

走过超市，北端的柳叶路两侧就没什么店面了。靠圆舞浜五村这一边是密密匝匝的灌木，有小叶黄杨、杜鹃，有结香，有金丝桃……额头上热汗淌下来挂在眉毛上，他甩甩脑袋，像只水里爬出来的小狗，晃动的视线里有他不愿意正视的东西：左前方那三栋新建的二十层住宅楼。就在他家小区的北边，其实穿越小区从北门走出去就能到达淡红高楼下的庭院，他从没尝试过接近……虹已经住进了其中一幢。他不知道虹的家在哪一层。虹从她闺房窗户里向外眺望，是不是望见他住的新村呢？

现在他到达了第一个丁字路口，左手垂直不变的还是柳叶路，右边横着过来的也是条小路，叫作白杨路，它起的作用是分隔圆舞浜五村和圆舞浜四村。圆舞浜穿路而过汩汩北行，路南边算五村地盘，路北头就是四村。

沿白杨路往东，那里可有个厉害所在：圆舞浜二中。圆舞浜二中竟然是市重点中学，且赫赫有名，工人子弟读书不是吃素的，二中高考升学率也在百分之九十五之上。父亲曾考虑让他从市中心转学到圆舞浜二中来，这里上学实在太方便，况且市重点转市重点不伤脸面。他百万个不愿意，他愿意骑着他的脚踏车，飞车一小时去愚园路，等每个红灯时他都盘在车上脚不沾地……怎么能用静安区的重点中学换圆舞浜的呢？难道你们忘了这是工人新村？

市中心是千年万代的，谁去都得换上体面衣服。工人新村什么东西都朝不保夕，常被人随意改变。再有名，圆舞浜二中也不存在任何恒定的兆头，况且任何人穿条裤头就敢往里走。

在市立图书馆，他除了借《金银岛》，还借了一本大部头的《红与黑》……啊，于连，于连……

秦陡岩不屑于在白杨路往东转，他继续在白亮的夏季烈日里往前走。虹住的高楼现在就在柳叶路对面了，遮住了天上太阳。他倏然抬起脸，眼光从一排排窗玻璃上掠过，心脏猛烈跳动。她，她不会恰巧就在某道窗帘后面俯视柳叶路吧？他看见路口就急着右拐，一股菜场腥气扑来，农贸市场到了。

对马路上弥漫声音和气味，烈日下，声音气味都带上了光线，像一支破交响乐在烟雾里燃烧……他不由自主往市场深处扎进去：将来成功逃离父母家弥漫臭河沟气息的房间后，他也许要每天来这农贸市场弄点吃的。

他被鸡屎味熏得一个踉跄，差点滑倒在半干半湿的廊道上，这让他想起一连串关于厕所的噩梦……

“关关雎鸠，在河之洲……”秦陡岩额头差点撞到一个被囚诗人的脚镣，这只黄冠白身的鹦鹉仿佛看穿了他，戏谑地在花鸟铺屋檐下嘲弄他，“窈窕淑女，没钱难求，哈哈，哈哈……”

“谁的鹦鹉？”他愤然喊叫，“谁教它歪诗？”

花鸟摊子寂无人声。午饭时间早过了，大笼里的相思鸟扑在水盆上洗翅膀，散在红塑料桶里的康乃馨全耷拉下花不溜秋的小脸盘……

鱼档排躺着死鱼。秦陡岩认识鲢鱼、鲫鱼、草鱼和鳊鱼，他怀疑这些半大不小的淡水鱼来自圆舞浜而非水产批发中心。

苍蝇在鱼尸上举行跨种族狂欢，有红头绿苍蝇，有蓝头金苍蝇，有褐头蓝苍蝇，也有本地土产大麻皮蝇和小麻皮蝇。卖鱼的肥婆低头瞌睡，嘴唇上缀着黑苍蝇……有个戴三只金戒指的女人在练习划鳝丝，即便黄鳝长得像蛇，女人还是松快地拽一条放到案板上，一个带刺的卡座钉住黄鳝头，剔骨小刀立马顺着扭动的躯体划下去，三四划而已，黄鳝已分解成鳝丝。血污带腥臭，在他面前打旋……

秦陡岩还从没杀过生，他捂紧抽搐的喉头，三两步滑过血污地面，抵达蔬菜摊子。所有带叶子的，现在都是一把干草……他热得口干舌燥，农贸市场另一头口子上有个卖棒冰的单人亭，他摸出八毛钱，要了一根绿豆棒冰，像把一摊水灌到烧干的锅底……

圆舞浜的石栏杆带着灰色调的端庄，矗在农贸市场外。从这里，圆舞浜开始要往东拐了。它是安静的，它的液体被太阳弄得温热，像条绿茶溪流，裹挟热昏的小鱼虾，在高烧里流淌……秦陡岩赶上了东拐的圆舞浜，顺浜岸走，前面横过来的是黄溪路，路口有圆舞浜中心医院，大热天去医院的大多数人都捂着肚子用手掌遮住呕吐的嘴。医院边上是家大美发厅，里面有空调，美发师像是被医院淘汰出来的，身披同医师一模一样的白大褂……

秦陡岩的视线停留在美发厅走出的一个年轻女客身上，这姑娘穿着鹅黄连衣裙，叫他浑身发了一个抖。他恍然大悟地想起了一个人，想起一个躲在他情绪阴影部分里的人。想起了这个人，他对自己大吃一惊。

面对圆舞浜医院，右拐走上黄溪路，就是从浜水南岸离开了。对马路是黄溪青年公园，圆舞浜进公园后身价百倍，有不少人宁愿付十元钱租条手划艇，在浜面戏水，招待自己女朋友，成团黄蜻蜓绕着船身飞。

秦陡岩赶几步，走过一家红店面的鸡粥店，跑进有空调的圆舞浜商场。

他现在想起了那个人，一时间就不能不想着这人。他想着这人，心头都是犹疑，越犹疑，越不明白自己，觉得自己是谜，谜叫人害怕。

圆舞浜商场的一楼卖的都是食品。他顺楼梯往上走，二楼放着一排有假头发的模特，永远穿女式春夏套装。三楼专门是男人服色，到处短袖子衬衫和T恤。他看了几眼皮带，他很想拥有一条牛皮皮带。现在他穿的夏裤用的宽紧带，好笑了，只有少年儿童，才穿宽紧带裤子！

他踱过成排成排男人衣服，被北边一排大暑天穿风衣的塑胶模特吸引，这些风衣仅比他的个子大一号，他勉强也可穿得了。穿上风衣，男人就像特务，凡特务，个个高智商，成熟得赛过金颈黑知了。

他知道成熟模样儿现在非常应景，简直像下馆子必须口袋里摸得出大票子。不成熟的人，就是下馆子凑毛票的家伙，丢脸尚在其次，那样子吃馆子是吃不出滋味的。

秦陡岩立马又想到那人身上。为什么这个人一下子附自己心上，还算是陌生人吗，为什么？自己心里头，出了什么事？

从商场跑出来，他看看电影院的排片表，父亲已口头允许他每逢周末可看通宵场，通宵场一晚上连放四部电影。

他穿过马路，继续往南走，走两条街，圆舞浜又从公园那头绕回来，完成了它的一个环行，他顺着圆舞浜岸朝西回去，走在枣田路上。枣田路没商店，是新村之间的行车道，路两边学市区种着大棵大棵法国梧桐。

他走到柳叶路头上了，决定再往前走走，去看家里屋后的臭水浜到底是不是从污水厂大管里流出来的。

枣田路一过柳叶路就改名叫银石溪路，秦陡岩跑到银石溪路污水厂门口，探头向里望。就像大家传说的，里面一个人影子看不见，溜出来的空气比臭水浜还臭几倍，简直推他跌倒，胸口还补一拳。他放弃了刺探心思，败退到银石溪路北侧来，路边有个报摊，竟然兼售旧书。他跑上去翻翻，倏然心跳。他拎起一本精装的《灯草和尚》话本小说，翻开来一瞧，哇呀，直接黄色！

“五十元。”摆摊老头咕哝。他猝然放了心，把书放回去。才转身，老头又说，“替你留三天。四十元钱拿去！”

《灯草和尚》这本黄色书，终于盘踞住他心思，让他不再去想已想了半路的那个人。

暑假的开头部分，丁芬芳和白皙男突然来戏了。

也许为了要分别？她早早告诉过他想回家过暑假，不可能带上他。

车票都买好了，丁芬芳忍不住开始回味自己在圆舞浜地区度过的童年和花季，圆舞浜的水汽味在她鼻腔里浓重了，她自顾自说起了圆舞浜之城的方言，惊得白皙男肉颤。

淡定的白皙男终于不淡定，他像出门忘记灶台上炖着汤的家伙突然从公交车窗跳出来一路狂奔，对她发生出晚来的化学反应。

他是个讲求现实的人，首先在床上表达自己。她的感受不能讲出口，出口会伤人，不过她独自一人时想起来就笑了：白皙男像个储备了很多白米志得意满而食欲迟钝的人，突然听闻龙卷风要来；他走投无路，煮了无数锅饭，发疯般吃，想把白米从米仓转移到自己肚里……她不露声色，同时并不反感他对她激增的胃口：她本来就不满足嘛！

白皙男自顾自进入一种亢奋状态，他竟怀疑那京城来的男人同她暑期计划关联。他在她不知情的状态下暗暗搜查了她全部的行李和她的私人物品，一个字一个字认真偷看了她的日记，试图发现她心迹。她对他，日记里缺乏表述，她对京城里来的那男人，日记则已无法表述。她的日记，全部是超前的想象和关于未来的蓝图集锦。她是有野心的女人，她似乎梦想得到全世界，只缺乏现成路径。

白皙男花费金钱营造对应他心绪的气氛：他不经意地拉丁芬芳晚饭后去海滩散步，学校海滩聚集了暑假刚开始还能聚集的所有学人，黑压压地挡住了什么。她好奇挤进去看，原来不知哪个冤大头买来了满坑满谷紫红色玫瑰，在沙地上摆个硕大无朋的紫心。白皙男跨进那颗心，直接就跪，抬脸朝她递上一朵含苞的。看热闹的人发出了经久起哄的杂声，她不知白皙男唱哪一出，既然早就同床共枕，难道他是向她求婚？

丁芬芳心里的潮汐多少澎湃了十分钟，低头想搞明白白皙男跪着要干吗，那男人发嗲地恳求道："留下来！"

圆舞浜恐怕也曾恳求她留下来，留下来别离开：去别的城市肯定是一次失算，只有圆舞浜所在的大城才是这国度最高级的。男人可以心怀四方，女人离开高级地方只损伤心灵的美貌。她当时没理睬圆舞浜的呼喊，圆舞浜是个封闭的圈圈，如果你不离开它，你就成为新的岛民。她告别了圆舞浜，她拥抱了未知，未知给过她一些享受，叫她付出的却远多于她自愿的。

此刻，这男人，这个半途而至的男人要求她留下来，可他要她留下来干吗？他既不愿意提出婚姻拘束自己，也无法证明他的浪漫能导致她甜蜜。那些玫瑰被人从枝条上生生剪断，明明是一番残忍的断送，却当爱情信物送给她？

因为开天辟地第一次碰到这种事，丁芬芳在沙滩和玫瑰之间站立了十分钟。十分钟之后，她满怀羞辱感，一转身离开了现场。她摆动的腰肢吸引了所有男人的目光，他们的灵魂从呼吸里出窍，在半空跳丑恶的肚皮舞，展览给他们的女伴。她回眸那声冷笑成就了当季的风尚，让圆舞浜之城女人在海滨本已昭彰的恶名更难堪……

白皙男欲罢不能，他将羞辱吞进肚里。这时候，事情已有点超出男女私情范畴，至于进入什么疆域，如一个虚无胚胎，还未成形。

难道她的态度里面没藏着什么魔鬼？

难道她仅仅只是鄙夷他的爱情？

暑假往纵深展开减少了他俩的观众，也减少了监督恶行的眼睛。白皙男仿佛一夜间失落了白皙，变成丁芬芳眼梢一个黑影。他做了一些事，他动手打开了潘多拉匣子，他知道单人力量有限从而进行了有组织的活动，他决心用非常态方式让她留下来。

按常理推断，对她而言危机四伏的某些阴谋很可能最后给昏聩不明的白皙男带来灭顶之灾：任凭他见识不广的狭小心胸想出的昏着得逞，他和他雇用的那一小伙愚笨之徒果真拍到她裸照的话，这个来自工人之家圆舞浜三万户的女儿绝不会按他思路乖乖就范束手成奴，她的无尽怒火将被点燃，复仇利剑不杀灭最后一个视奸之徒绝不会入鞘。

还好，丁芬芳智商足足高出白皙男一个等量级，她从那堆最后被潮水带走的血色玫瑰中预见了危机；她虽没亲自出面，但她的信件被准确无误送到了京城来的前情人手里。

接下来就是一个等待着圈套的陷阱，螳螂捕蝉，黄雀在后：白皙男试图带人控制丁芬芳的那个夜晚，京城来的男人以更强有力的团伙伏击了试图接近她的那些半醒半醉色眯眯的家伙。她仅回眸一笑，冷笑，就走出了白皙男的人生，没留下一个字告别。

京城来的男人明白自己维护的仅是自己的荣誉，他没对丁芬芳发出任何邀宠之音，他只暗地里对白皙男施加了不便明言的私刑以报夺爱之愤……她明白自己在京城来的男人心里刻下了伤痕，而后在白皙男身体上制造了缺陷，和她交往的男人如同和雌螳螂交配的雄螳螂……

至于有人认为她作为女人吃了亏的说法，丁芬芳一笑了之：夏虫不可语冰……

从大海之滨返回无波圆舞浜的快车穿越国家的东部平原，始终在田野上行进。丁芬芳早把还剩一年的学业当成尾声，现在颇为讽刺的是她心里只盘算从哪里来回哪里去。你看车厢外驶过的东部大地，草木无序，杂屋突兀，哪有一丝一毫高级的意思？不出门不觉家乡好，圆舞浜所在的大城那是真好，有外滩、南京路和淮海路的十里洋场做本，众口一词的好，千锤百炼的好，好得她这样的大心瓜出门走一圈，如今害怕拔了萝卜丢了坑、户口落不回去。

丁芬芳心不在焉眺望平原农田和破落乡村，后悔自己当初被家里那两个女人撩燥得下了臭棋：不但海边青春过得不高级，弄不好还彻底丢失高级前程。这次回家不是休什么假，要未雨绸缪去运动，至于如何运动，到时候再说，反正，她绝对不惜任何代价。

旅途车厢有两个男人不停拿眼色撩她，她提不起兴致，只寡淡回看他们一眼：一个像典型的花花公子，于土鳖车厢显摆高级西服；另一个像公务员，气象还挺森严，就是心不老实……她彻底没再看这两位一眼，不过，她想象自己毕业后为了回家、为分配到高级工作，也许要和这种人打打交道的。

三年没回家，家里那三口人兴高采烈在圆舞浜公车站上迎她，像等待外星来客。父亲看见她的一瞬间，泪水从眼眶飙出来，顺脸颊皱纹往下湿，她的心头一下子也酸了；姆妈大呼小叫扑上来，高兴是高兴的，伤心并不伤心；妹妹出落得肤色洁白，虽然青春痘依旧艳丽，举手投足已很女人味；她看出妹妹的笑貌藏着戒备，她笑了，责备自己在她心头刻画了太多指甲印，叫这小女人养成了提防人的性子……她迫不及待把买来送她的海珠项链挂到她头颈上……

离家三年再回姆妈身边，犹如一缸温热水浸没丁芬芳裸体，三年的外地经验都在澡盆里泡软下来，得到一次性清洗。窗外本地绿知了带固定音节的嘶叫让她昏昏欲睡，她像做了个冗长累人的梦，其实从没离开过圆舞浜。

她洗漱干净睡了午觉。起来如厕，看见客厅摆开一台面鸡鸭鱼肉，都是姆妈亲手做的，她的口水和眼泪同时冒出来，刹那委屈地吐出了呜咽之声；她抹着眼泪，感到苏醒的清凉落到焦烫的心尖，心绪宁定下来，如婴儿摇来摆去折腾，最终还是找回了母亲的乳头。

她转身过来，正巧看到姆妈从厨房探出脸看她。姆妈脸上，抚爱怜惜里明摆着还有更多心知肚明，就像一个人既爱她的猫咪却绝不糊涂到伸手出去让爱咬人的家伙得逞……

丁芬芳和全家人坐下来吃这台晚餐，她弄明白几件极其重要的事：第一，自己不是回家省亲，而是迷途知返。走错一步赶紧回头，走错第二步恐怕就不让你回头了。第二，高级不高级，不靠耍小性子，靠比较。姆妈这台子菜，从小吃惯不稀奇，外面混了几年回来，才比出高级：尽管鱼没海边新鲜，但新鲜的鱼何曾在海滨做出过高级滋味？第三，本来嫌弃父亲窝囊没主见，现在知道完全是自己傻。父亲有那么一个副的位置，给家里三个女人带回来足够享受的东西，他还要威风些什么呢？三年前他那些威风的搭档三年后都在哪里？只有他屁股稳稳还黏在他的副位置上。逢年过节，该给他送的依旧点头哈腰来送，该他有的奖金一分不少落到姆妈手里……相比京城来海边当她校友的那个男人，再对比白皙男，她父亲才是情深意切一个好男人：父亲好比一只抱窝公鸡，虽被人嗤笑，却紧紧遮护住自家母鸡和小鸡……

吃过晚饭，去不了远地方，妹妹陪着她去了圆舞浜商场。

圆舞浜商场里的衣服令她眼花缭乱，跟海边城市的商场一比，圆舞浜商场简直是时尚中心了。她试来试去，一股久违的自傲蓦然闯回心里：衣服没好看难看，只有合不合身，这里的衣服件件衬出她的本钱……小玫捂住嘴笑了："阿姐，你在外地肯定不规矩了！你胸你屁股，是让男人揉得发起来的吧？"

丁芬芳怔怔看着小玫，嘴唇抖动着，脸上现出两只叫小玫陌生的浅酒窝，她终于憋出了一连串大笑，笑得眼泪鼻涕："小玫啊小玫，你发育得神智无智了？这种话你也敢拿出来说你阿姐？"

好比互相观摩了彼此内衣的好姐妹，芬芳和小玫手挽手走出了圆舞浜商场，一起风骚地摆动腰肢，往圆舞浜电影院门口走，张望电影海报。她俩这般腔势拉直了很多闲人的眼光，口哨声此起彼伏，黑影子渐渐朝姐妹俩靠过来。

小玫"哎哟哎哟"害怕了，扯住阿姐往枣田路上走。丁芬芳扭头看看那几个吃圆舞浜太平饭长大的工人子弟，他们小时候的玩具无非黑知了和红蚯蚓，他们眼窝子长得浅，只看过九寸黑白电视机，干不出京城和海边男人敢干的事。她胸有成竹地笑一笑，捏了一把小玫手："走就走呗，你怕人吃了你？"

丁芬芳快活地彻头彻尾放荡地摆动了一下裙子包紧的屁股，引得后面一片嘘声；她回忆起三年前自己绕圆舞浜破坏交通秩序的步态，加上这三年新积的风流，她拿捏节奏走得步步莲花；小玫又怕又想，学着她模样，也展现半点良家风骚，裙摆摆得不成样子……

这个快活的夏夜，发生了一点点有伤风化的小事：一群被点燃得滋出烛泪的蜡烛，步步向一对行街的姐妹逼近，逼近到被女人骂了十三点，被女人警告“快死开”……不过，工人新村内部引以为自豪的无形秩序和适用于浜区自己人的强大行为底线导致什么真正的骚扰都没发生……认识这家姐妹的个别目击者暗暗给她们起了难听的绰号，其实却是兴致勃勃等待能真正接近她俩的机会。

四

青春是一轮雨季，永远不知道哪场雨赶在哪场雨之先。

鸥鹭读书会对接了整个大城高中生的火炬读书会，你不可能想象在高考的压力下仍有这么多仿佛置身桃源的读书朋友。在镌刻过一场欧式春梦的法租界老洋楼里，男男女女读书虫会聚一堂，仿佛每人擎一支燃烧的烛，眼底光芒照亮彼此脸庞。读书是道篱笆，篱笆将只喜欢体育课的家伙们挡在了外面。读书会朋友心里或有拿到美国签证般的特异感，满足地彼此端详，矜持地忍住同陌生人打招呼的冲动。

秦陡岩几乎参加每一次火炬读书聚会，他写了好多篇读书札记，也被“火炬”的组织者、一个戴深度近视镜的中年妇女怂恿着朗读了其中一部分。他当众读完自己的札记，慢慢醒悟自己是个读书料，更准确地说，是个写读书札记的料，料实在出乎意料的足（经过比较得出的结论）。他感觉火炬读书会仿佛正为他量身定做某种荣誉。

同样引起读书会一阵唏嘘一阵骚动的是他同校的项木。项木是个不断扭动脸部做出无可奈何状同时耸肩摊手的家伙。他的能耐是让你听他自报家门时恍然醒悟他同近代史上那位死于党派斗争的项姓将领沾亲带故。

项木写了一系列读后感，不知道附庸于哪几本神秘的不存在于图书馆系统的书。不过让他出名的还是一篇《那难忘的情感》散文：项木爱上了家门口柳树上的鼻涕虫。

既然项木永觉孤独，看见鼻涕虫排成整齐队列在柳树干上同上同下，他恍悟自己的人生也并非全无意义。在又一次不得不随官老爸搬家到组织让项家去而他满心不愿去的陌生城市时，项木惦记柳树上那些老伙计。他把妈妈的玻璃盐罐子倒空，请那些柔软湿润的朋友进去，伴他一路远征。谁知鼻涕虫进了盐罐子，赛过大闸蟹下蒸锅、泥鳅钻烫豆腐……又好比那王昭君出塞，分分钟大事不妙……项木目瞪口呆，试图抢救身中盐毒的蛞蝓伙计们，情急之下，他把鼻涕虫一条条放进嘴里，咂掉它们身上的盐粒……

项木在火炬读书会里绘声绘色讲述自己和鼻涕虫湿吻的细节。秦陡岩准备在项木之后上台朗读新的读书札记，他听见身边奇怪的唏嘘，那个爱笑的五爱中学的沈桐手遮着嘴，恶心得发出呕吐的喉音，眼角笑出泪花……

秦陡岩历来觉得自己和项木不是一路人，他论断项木出身蜘蛛家庭，到处编织关系。他自认是黄昏才出来采蜜的长吻蛾，躲开白天蝴蝶，也不屑与夜蛾为伍。不知为何到了火炬读书会项木同他变得亲近，时常一起坐木台阶上，有一搭没一搭谈一知半解的哲学和哲学家。项木如数家珍列举西方哲学家及其基本观念，像一个人快意地在他走惯了的独木桥上奔来跑去……每当面对项木，秦陡岩一边厌憎地琢磨这人的牛皮到底吹多大，一边将自己归类为塞林格式人物，肚子里暗暗傲骄。

这天下午火炬读书会大伙儿正聊天，沈桐来了。她笑吟吟同秦陡岩和项木打招呼："晚上有话剧，你们不去看吗？"

她有三张蓝色票，小剧场正演《惊雷》。

项木眉毛跳："你去看？你去我也去！"

沈桐说好呀好呀，我们三个正好。

商量去哪里吃了早晚饭再赶小剧场，沈桐说："我家不远，我爸在家，去我家吃饭。"她笑笑，找中年高度近视女去了。项木摇头晃脑目送她，神秘地看看秦陡岩，压低嗓子："她好漂亮，我要追她！"

富民路躺在安静的旧法租界地段，两边丘陵般一栋栋连体三层住宅，弄堂不深，安静又干净。秦陡岩晓得，这种安静和干净是永永远远的，昔在，今在，永在。沈桐推开门，底楼灶披间里邻家老太低头择空心菜，有股煤气和自来水漂白粉混合一起的气味。俩人蹑手蹑脚跟着沈桐上木楼梯，拐到三楼楼梯转角。沈桐喊声爸爸，转角上原来有个小小房间，沈叔叔就在里头忙晚饭。沈叔叔先端详项木，又转脸仔细看看秦陡岩，说："两个都是大才子，来来，进来坐。"

沈桐独自又上几级台阶，上面亭子间是她闺房。

秦陡岩和项木往沈叔叔做饭兼当卧室的小房间一坐，地方就坐满了。沈叔叔模样像个普普通通公务员，穿蓝色人民装，戴深蓝套袖，丝毫没长辈架子，笑起来像沈桐一般亲切。项木特会聊天的，和沈叔叔聊某老同志家公子犯流氓罪的大新闻。秦陡岩不插嘴，仿佛入了魔魇，呆呆听讲。

沈桐换了身看戏穿的粉色黑圆点连衣裙，从自己房间探出笑盈盈面孔，眼睛亮又清，短发垂下来，晃荡在脸颊。项木正聊得起劲，她朝秦陡岩招手，他站起身，上楼梯走到沈桐房间门口。这是个特别小的长方形亭子间，那头有扇明亮窗户，长方形中间靠里侧放着小巧的床，门口一个写字桌兼当梳妆台，墙上挂面大圆镜。靠楼梯墙上是钉好的木书格，放些书。

沈桐绽开笑容，眼睛也漾笑意，仿佛周遭非常有趣："你们和我爸聊什么哪？"

秦陡岩板板脸："政治！"

"哈哈哈哈哈……"沈桐忍俊不禁，"我爸也会谈政治？"

"进来。"她命令他。

恐怕这是他第一次踏进女生闺房，不过他目不斜视，向右转再向右转，面对她的书架。他看见两本书：《萧红传》和《名利场》，两本他都没读过。

“这两本书说些什么？好看吗？”他问沈桐。

“这是女孩子看的书。”她伸手拿下厚厚的《名利场》，翻到书签那一页，翻开又合上，放回书架上。他闻到她身上的暖气息，她黑色的齐耳发在他眼前飞舞，他一阵晕眩。她又笑看他，她面儿又白又有红晕，鼻梁上几粒他从前没看清的淡雀斑，酒窝变得很深。

于是，秦陡岩不再注意《名利场》和《萧红传》，和她热烈谈起同感兴趣的各样事情。对一个女生，他从未聊得这般顺畅愉快……他没读那《名利场》和《萧红传》，错过了了解她内心的机会。

项木的刀条子脸犹豫地探了探，人站在门口；沈桐招呼项木进来，三个人一起站着谈天，直到沈叔叔喊：“请客人下来吃饭啦！”

一旦打开了话匣子，秦陡岩也变健谈。四个人就着红肠、炒鸡蛋和红烧肉，谈论火炬读书会。沈叔叔忽然看陡岩：“沈桐跟我讲过你写的读书札记，很好！很有思想！‘不要像雪，飞下来白，后来就与黑土同流合污了。’这种句子写得好，怎么想到的？”

秦陡岩红了脸，沈桐一直看着他发笑。她饭也不好好吃，把一根好看的仿象牙筷子咬在白牙齿之间，眼睛闪亮，酒窝时隐时现。

吃过饭，和沈叔叔告别，三个人一起去看话剧。

到了华山路小剧场，项木去拿剧情介绍，沈桐踮着脚看远处进场的演员，把秦陡岩撂在一边。项木神秘地从口袋里掏出望远镜，递给沈桐。沈桐高兴地跳跃起来，一边问望远镜哪来的，一边急不可待把它架在鼻梁上，聚焦了女主角。

丁芬芳根本没信过妹妹小玫展示的亲热和依恋，当然她也没再习惯性地朝小玫冷笑。

她观察过姆妈，姆妈对她的态度用“不冷不热”形容是不合适的，比那个要复杂。姆妈像一个女特工看着对方派来的女特工，既惺惺相惜，又手插兜里，随时准备抽什么出来防身。

阿爸才是忘记掉芬芳过去、满了全心思对她亲热的唯一一个：自她回家，他很喜欢喝点戒了蛮久的白酒。

他喝酒时兴致高，喊芬芳：“过来陪阿爸讲讲闲话。”

她笑嘻嘻跑来坐他身边，头往他肩上一歪，发嗲地蹭他肩膀。父亲叹长长的气，刺溜一声刺溜一声喝酒，顺手捞起切好的酱红色猪头肉，嚼得咔吧咔吧。这是他最开心时刻：“囡囡啊，阿爸想你啊，你不在阿爸眼皮底下……”

她幸福又心酸，眼眶红了，泪水扑簌簌落，任它滴身上地下……阿爸是个没用的男人，这结论是家里三个女人一致同意过的。不过，即便他没用，没对三个女人的梦想有过可观助益，他仍旧是家里唯一男人。

“阿爸，”她呜咽一声，“你帮帮我，帮我在本市找个工作吧！”

“好呀，好呀，你赛过出去读书旅游，回来好，回家好！”他摸摸大女儿又黑又厚的头发，头发深处散发一股叫他心慌的浓烈女人味，他抿了口老酒，“你跑去学了这个专业，阿爸不熟悉，要慢慢问一问老朋友。”

丁芬芳心里泛起一阵不强烈但持久的羞耻和愤恨。“问一问老朋友”这句口头禅像一块油里煎的肉皮，堵在她喉咙口，肉皮上的毛孔浸足了老油不让人透气。阿爸呀阿爸，好丑你是个人物，怎么从来底气不足，像个死了娘家人的小老婆呢？

她还是在阿爸肩上依偎了一会儿，她向着童年迷梦潜下去的热情彻底消散开，她头发虽厚，现在头壳凉了。

她默默站起身，正要朝外走，忽看见姆妈的脸从门外往里一探，像不是看自家屋里，像偷看隔壁人家隐私。姆妈碰上她犀利又含怨的目光，脸一下子躲回去了。

知了的鸣声附在圆舞浜数百棵绵延不绝的大柳树上喑哑下去，火烧云倒映圆舞浜水面，像有条火带子绕着新村转。

丁芬芳凑到北窗的一侧，竭力探出头颈，才看见一点点景色。这房子本身就年复一年诉说着阿爸的无能：他堂堂一个大厂副职，竟一声回票不打认下厂里分他的这套缺风景小套房，手下技术员倒住得比他宽大比他舒畅。

姆妈曾同他发过梗劲的，为了不要这房子，她大着肚子跑回过娘家。没用，阿爸不敢去和厂长理论。

他不是展现风格准备往上爬，他也想住好房子的。他只是看不起自己，自认屁股底下这位子已经阴差阳错，是祖宗积德让他出到外快了。他害怕引起别人反感，若有人推他一把，他怕必定从现在的虚位上跌下来，像窗台上多肉类花盆被一阵风吹落……

她知道阿爸已担心了很多年，他在厂里基本就不说什么话，也许说得最多的是“好的好的”“行的行的”；碰到有人找他吵架，他往往就逃回圆舞浜来，告诉办公室他病了，然后等厂里给他电话，为回不回去上班这个小小的抉择喝很多很多酒……

小玫把整间卧室让给了芬芳，自己搬去父母房间睡觉。芬芳对小玫说“你和我一个屋子睡跟以前一样呀”那时候，她意识到自己脸上一丝笑容也挤不出。小玫像被什么吓到了似的一个劲解释自己半夜说梦话，跟姆妈睡就不说的。小玫也在放暑假，不过她总一早晨就到市区同学家玩，然而再也没见什么男女同学跟她回家来。姆妈听芬芳问，摇摇头回答她：“小玫没在谈恋爱，她那一脸青春痘，不讨人喜欢。”

丁芬芳突然就躺倒在床生了一场病，这病来得蹊跷，仿佛不因为劳累和感冒，是为失望和无助。精神上的溃败哪能立刻转化成身体上的发烧？她一边昏沉沉实打实地生病，一边不停思考这疑问。

还好医院给了她明确答复：她患上的是急性肝炎，脸儿发黄身体发沉……不算严重，但必须卧床休息。

她从家里搬到几百米外中心医院住院部，心头却轻松起来。现在可以心安理得休息了，她明白自己已经拼过头：想过好自己日子想享福，一鼓作气就到了这地步。享福的事是不是真正得福了呢？不晓得；叫自己吃苦的地方是不是苦得有意思？不清楚。自从跨出家门到外地念书，她觉得自己像跳上那条传说里的飞毯，根本没机会没时间思考去向。

肝炎是小病是大病？姆妈送鸡汤来，回答她这病可大可小。

“你要是照老脾气过日子下去，病很可能变大；你改改你脾气，从今做人低调点，急性肝炎来了就去了，也没啥要紧。”

丁芬芳知道自己的黄脸因为姆妈阴险的敲打正变得黄里透红，像乡下人进城挑担子卖的硬黄桃。现在自己没力气没精气神，姆妈就毫不犹豫逼上来说这种话。她忽然病床上翻身，把背给了姆妈，鸡汤叫她反胃。

她发黄的脸埋在枕头中间，已长得很有形态和女人味的下巴露在外头，她进入了一个瞬间的白日梦：姆妈头颅不停抖动，不停生长，变成一只母鸡头，头顶有耷拉着的红红肉冠；姆妈的尖喙不停啄着两个女儿，让她和小玫尖叫着左躲右闪……

指标恢复正常。出院回到家，芬芳和小玫在门口打了个照面。小玫喊声阿姐，慌张地躲开了。那个刹那她心往下一沉，觉得小妮子脸上瞬间开出的春花一定和自己有关。她扔掉手里提着的零碎，往浴室去照镜子。家里其他三个人只听一声尖叫，赛过她以往在家冷不防看见飞蟑螂……

急性肝炎不是什么大病？毁容的病还不是大病？怪不得姆妈想她从此低调点呢！

丁芬芳从浴室出来，一头扎进自己房间关上了门，三天三夜没见人，上厕所和吃东西都挑半夜，却忍不住在镜子里反复瞪自己，坚持伤自己。

她慢慢把头发盘出了一个发髻，觉得承继到早已不在世的外婆的凛然。她终于凛然地走出房间，谁也不看，谁的话也不回答。饿了吃点，渴了自己动手削苹果，她觉得凛然是一副难看却近乎完美的盔甲，保护她摇摇晃晃在空气中行走。

姆妈还她以同样的沉默，不时看看她。她觉得自己在姆妈眼里透明，这令她异常气恼。父亲常絮絮叨叨来关心她，她鄙夷他是家里最女性化的那个人。小玫虽然总害怕着，心绪却出奇明媚，忍不住就哼流行歌曲……

这天她梦见了大学，大学在海边扭结成一堆异形的金属建筑物。

丁芬芳望见白皙男蹲在大榕树树杈里，像只猴子在吃香蕉。香蕉皮泛着明亮淡黄，白皙男的鼻尖因此泛出光亮……从京城来海边的那男人忧郁地靠在大榕树树干上，手里的烟冒着青雾，烟气从他鼻孔里往外喷。他和白皙男不在一个时间里，他的时间是夜，他的眉眼暗得看不清晰……

醒过来，她久久想着京城来海边同她一起念书的男人，她抽抽搭搭哭了，她明白了一件事：从她懂事那天开始，姆妈就暗暗挥舞扫帚，要把她像只小鸡似的赶开，反正赶得越远越好，最好别再挡住老娘自己的腿脚。她被赶得走投无路才去了海边，而这个从京城来的男人是世上唯一等她同时期待她的人，不过她从来被人赶得太厉害了，她留不住自己脚步，停留了一会儿，又从这男人身边滑开了，其实是姆妈的扫帚隔着千里继续在赶她……

她昏天黑地不知道时间，留着满脸泪痕，打开了自己房间的门。

原来正是下午，电风扇开足了挡转着圈吹，两个陌生男小尉满脸狐疑朝她转过头来，正看见她脸。丁芬芳惨叫一声扭头就跑，跑进浴室，哐当关紧浴室门，一股黑暗兜头朝她罩下来，浑身打摆子一样抖起。

她逃跑时候瞥见了小玫端着茶杯看她的神色。小玫长大了，她的眼珠那样稳当地泄露出体面的得意，她不仅有了自卫能力，竟然还布置了陷阱！看你还能肆意抢夺她，这会儿你成了她的陪衬！

她把自己关在浴室里不敢出去，小玫和男同学调笑的声音一波波传来，像封锁她逃路的弹雨……

丁芬芳等待了超长的时间，小玫若担心她健康，几乎都该来敲门的了，可只有那爆发阵阵男生笑声的交谈高高低低散布……她慢慢移动门上插销，悄悄打开门，准备朝自己房间滑过去。只听小玫哎了一声。丁芬芳看也不看坐满客人的房间，朝自己房间潜行，一下子撞在一个人身上。这恐怕也是小玫的男同学，他穿着紫条白底T恤，比她高出半个头。他无声地扶住她胳膊，手掌大而长，手心凉凉的，没有汗腻。这男生看着她的眼睛轻声道歉："对不起，我在找厕所。"

她含糊地往浴室指了指，一下子逃进自己房间，反手推上了门。糟透了，这个家住不下去了。

她希望自己口袋能有点钱，可以搬到圆舞浜任何一个旅社去住。等身体有一点力气，就买火车票回学校。她摸摸自己肩膀，原来撞在那男生身上时发髻散开了，长发披散在肩上，她闻见自己头发的气味……一只鸽子鸣着响亮的鸽哨飞远了，等它飞回来，未必还有它栖身的地方。或者，她梦想着的高级生活不属于她，属于小玫这样的女生。她应该回海边去，去面对她自己的真理、自己的道路？她瞥见墙角自己未曾整理过的行李，心里涌上同姆妈要一点钱就走的冲动。

丁芬芳取出行李里的圆镜子放在桌上，咬着发夹一把把梳通自己长发。她看见脸色里的黄基本散尽了，正恢复白皙，但缺乏血色。她重新盘好发髻，换上白色长裙，她擦擦眼角，用了微微一点点口红。她深深吸口气，站起来，又从镜子里看看自己腰身。她打开门，下巴微微扬起，高傲地走进了当客厅用着的那房间。

小玫吃惊地抬头看她，对她男同学们说："这是我阿姐，从大学回来过暑假。"刚才看见她素面的两个男生瞥了她一下，喉咙里含糊打个招呼。只有那个撞到她的男生站立起来，很文雅地点点头，喊一声"阿姐"。

她发现自己没记恨小玫，她觉得这是公平的，甚至她发生了一点反常的欣喜，觉得家里有人同自己旗鼓相当。

她后来还是和小玫一起出门，她身体一好感觉就全好了。她在回海边去之前很想做一件事，一件很久没做过的事，就是去圆舞浜的路上走一圈！她想再看看男人骑脚踏车，看他们七七八八在自己身后摔一地！

与从前不同的是这回小玫也涨红了青春痘参加她的不要脸行动，不知道小玫什么时候给自己准备下一条把下身勾勒得呼之欲出的淡咖啡色美人鱼裙，她走出新村时低着头，两只手紧紧抓牢阿姐胳膊，脸几乎要埋到阿姐胸口。出得新村，她吐一口长气，在掩映的花木丛里伸头颈肆意张望，眼睛亮如夏日天顶的太阳。

芬芳拉住小玫的手慢慢摆动腰肢，等小玫僵硬的身体柔软下来呼应她。正溽暑天气，路上行人稀少，她们的彩排只吸引黄蜻蜓的点点复眼。她们往黄溪青年公园方向走猫步，背影像两条缠绕的小尾巴，黏她们鞋跟下蠕动。一辆脚踏车从后头慢慢骑上来，她听见小玫心脏嗵嗵嗵跳动，她自己也盼望那人扭过头来，让她可以飞一个眼，要么叫人扑通跌下车，要么叫他半夜还想着下午……哪知道盘在脚踏车上的是个中年肥婆娘，她那张杀千刀面孔扭回来在姐妹俩脸上轮流看，往地上使劲啐了一口。

没等她俩的骚劲头被这肥婆弄残废，哗啦啦一片响，俩人身后倒了三辆脚踏车。转头去看，原来斜刺里蹿出一个半大小孩撞翻了两个老头。小玫咯咯咯笑得像只还不会打鸣的小公鸡，她比阿姐还要狂，两只手臂竖立到头顶，对着老头们慢慢扭了一转腰身，已经站起来的一个老头一屁股又坐回了地上……

笑天笑地走进黄溪青年公园，公园空旷旷，水门汀地面热得发烫，知了像捆起了蹄子要宰的猪，叫得一浪狠过一浪。丁芬芳身体发虚，已是一身汗，比不得小玫正马齿苋般吐艳。她慢慢走到紫藤架子下，往长椅上坐下来，掏手绢伸到胸罩里头擦汗，慢吞吞吁出长气。小玫兴头高得静不下来，在暖风里微微扭腰，在听不见的迪斯科鼓点里跳舞……

丁芬芳听见了海潮的声音，声音从自己身体里头涨起来，钻进头颅，让她悲伤。小玫成了另一个自己，圆舞浜只需要一个让脚踏车翻滚的女人，当姐的理该出局了吧？回到海边就要面对毕业分配，她学的专业会把她送去哪里？

几个半大不小的男生犹犹豫豫在周围的灌木丛里出没，一个个扭头来看姐妹俩。小玫眼梢早就注意到他们，更起劲地显摆自己身体。

芬芳恍恍惚惚从海潮般思虑里转回青年公园，想警告小玫，已经晚了。

涎着脸的小种鸡们围上来，带来一股刺鼻的荷尔蒙气味，他们一旦小心翼翼越过一米线就忍不住要动手动脚了。领头的一个伸手搂住小玫腰肢："来来，我们来跳吉特巴！"他们瞥了一眼长椅上的芬芳，仿佛对未痊愈的病容心生嫌弃，至少更愿意抚摩鲜花而不是一挑刚过完花事的枝蔓。

小玫啪嗒打掉小流氓手，尖叫一声。没等声音飞越到树梢之上，她的嘴巴就被捂住了，嗯嗯地发着颤音。几个流氓拖着小玫往石楠树丛里去，嘻嘻哈哈，像只同她俩开个玩笑。

丁芬芳站起身，头有点晕，她脱掉脚上高跟鞋，光脚站在滚烫水门汀地上；她把高跟鞋倒转过来，跑上去拉住小玫一只手，闷喊一声"放开她"。

已经处在兴奋状态的小种鸡们转过脸看她，有一个说"这一个也不错"，另一个道"把她也拉过来"。丁芬芳镇静自若问："你们想蹲大牢？看门的看见了，他报警了！"领头男生笑嘻嘻伸手，往她下巴上一摸：“看门的是我叔，要不等会儿我们把你送去给他？”

小玫又尖叫起来。

丁芬芳感到两只手在自己身体上抚摩，她倒吸了一口炎热空气，忽然抡圆了手臂，高跟鞋尖利的跟画出一条银色弧线，噗一声打在一个涎脸男生耳朵前头。血水像消防水龙打开那样涌到受伤皮肤表面。

领头的看了一眼，他像喝过酒，并不在意血水，倒放开了小玫，心思爬到她身上。他黏糊糊又来她下巴上捏：“倒是你更对我胃口。”她等他两只手在自己腰肢上肆意爬动了一会儿，猛地将他一推，抡起高跟鞋，当头朝他鼻梁砍下去，这次又近又准，竟然打在他鼻翼旁，扑哧扎进了脸！

血色聚拢，领头男生先弯腰捧着鞋子和脸，后来直起身一下子拔出她高跟鞋，血溅半空，像一个礼花。小流氓们炸了窝，还扭着小玫不放。她抡起另一只高跟鞋，又死命向左手一个男的脸上砍下去，没砍到脸，砍在肩上，像一把利刃拉出长长口子，起先还白生生，马上喷出血珠子……

小流氓喊起救命来，公园门卫远远跑出门房往这边张望。丁芬芳冷笑一声，拖过吓坏了不能动弹的小玫，俯身摘了她的高跟鞋拿在手里，两姐妹赤着脚奔跑起来，她大声呼喊：“抓流氓啊！”

喊声充满了喜悦……

五

秦陡岩和项木走进剧场找座位，一边一个坐沈桐旁边。他们个子大，像她带两个保镖。

沈桐是话剧迷，一开演就拿着望远镜不放，秦陡岩和项木成了晾着的鱼干。中场休息演员出来见观众，他俩按沈桐的恳求，一边一个把她挽在中间，奋力挤开周围狂热人群，保证沈桐可以和女主角说上一句话。为此，秦陡岩后脑勺挨了一记报复性的掌击，项木被踩掉一只皮鞋。

沈桐终于拉住了女主角的手，那是个三十多岁的大姐，脸涂得像西郊公园山魈的屁股，戴假睫毛，像一盒火柴全插进了眼眶；大姐对待沈桐可不那么客气，首先她甩了沈桐纤细的手，其次她竟然撇了撇嘴，似乎他们是冻坏的乞丐求她施舍肩头狐皮。

沈桐仍旧痴痴望着大姐女主角，秦陡岩可忍不住，向这妖精做了个鬼脸。他模仿了大姐女主角撇嘴的动作，下巴缩进来，嘴角弯下去，像他见过的那些特别老特别老的老太太吃饭。那女主角吃惊地看着他，突然哈哈大笑，伸手到他头上一阵乱摸，弄乱了他的发……大姐女主角嗤笑着转身进了后台，还转头回望他一下。

秦陡岩臊得发慌，很多人都莫名其妙看他，项木很感兴趣地打量他，问他发生什么事。秦陡岩挤出人群，手臂上还挽着沈桐，沈桐笑盈盈望他说：“你模仿她很像哦！”

散了场，两个保镖送沈桐回家，三个人都莫名其妙开心。项木对沈桐说：“这样快乐的夜晚我们逃夜吧！不回家，去外滩看日出！”沈桐路灯下转着黑眼珠考虑他的提议，秦陡岩在一旁说：“开玩笑，不要把沈叔叔急死？”

项木点点头：“沈桐，让他先回去，顺便向你爸报告一下。我们俩去外滩，要是有船，我俩直接就私奔吧？”

“去你的，”沈桐笑着扭过头，踢了项木一脚，“赶紧回家，我碰到花痴了！”

送完沈桐，项木不让秦陡岩回家，两个男生找家小酒铺子，开始喝啤酒，卤鸡爪子下酒。项木咂嘴说：“我爱上沈桐了，你呢？”秦陡岩回答：“严肃点。”项木直起酒瓶，咕咕噜噜灌了大半瓶，抹抹嘴上啤酒沫子：“我要发起进攻了，你呢？”

秦陡岩也喝了好多，啤酒胀肚子，不醉人，醉人的是人面桃花。

项木当即要来纸笔，在点菜单子上给沈桐写情诗，拿给秦陡岩看：

爱，何不与我同走天涯？

爱，你是那初发的嫩芽

爱，你的裙裾若是花瓣我的梦是花蕊

爱，曼陀铃拨动了月色我就在月影中张望

项木说要回去把情诗工笔录在《少年维特之烦恼》扉页上，撕下来寄给沈桐。

秦陡岩有阵子没去火炬读书会，圆舞浜夏夜总叫他难以入睡。他在溽暑中翻来覆去，常半夜爬起来，摸索着开门出去，在新村水杉树下打转。他借着月色，头伸到水杉叶下往天空看，看见那些抓着水杉枝条在夜里瞎了的黄蜻蜓，他把黄蜻蜓一只只捏住薄翅膀扯下来夹在十指间，它们无助地划动自己那六只脚，月色里一对对复眼集体幻出暗淡彩虹。他举起黄蜻蜓，对着圆月放松手指，只见幽灵的黑影飞向四面八方，发出嗒嗒嗒振翅声……

他不明白自己在思念虹的间隙为什么却常想沈桐，沈桐在他对虹的单相思里是什么角色？他烦恼的不是沈桐吧？他烦恼自己该不该在上课或下课时明明白白转过头去，对长年累月坐自己脑袋后头的虹说句话。至少，他可以大大方方问她是不是也搬圆舞浜来了。

再去火炬读书会的那天，秦陡岩迎面碰见了笑嘻嘻的沈桐。沈桐看见他，脸上露出滑稽至极的喜悦，她拖住他衣袖把他拉到老房子窗口：“你收到过情书没有？”

“没有。”他干涩地回答，却咧开嘴跟着笑。

“我收到一封。”沈桐像看了滑稽戏捂住弯弯红唇，“你想看看吗？”

没等他回答，她从挺好看的奶油色小挎包里摸出一封毛笔写地址的信，纤细的手指扯出信纸，像一把就将项木的小心灵揪出来放他面前。他还没看呢，沈桐就哈哈笑起来；她乐不可支，像期待谁说的好相声在他耳边响起。

他知道这是谁的扉页谁的诗，就慢慢读出声来，装成第一次看见；读一句，沈桐笑一回，等读完，她满面泪水，掏出手绢擦。他看她黑亮的眼珠，说：“我知道这首诗。”

“嗯，你怎么知道？是谁写的？”她歪过脸，一边头发垂在脸颊上，荡荡悠悠。有一股香气……

“我知道这首诗叫作《鼻涕虫爱情》。”秦陡岩当即出卖了项木。

“哈哈哈，”沈桐点着头，小小下巴好看地一点一点，“我也猜到了！”

他们一起离开读书会老楼在洋气的狭马路上闲逛，她的小挎包在臂弯里文雅地摇晃。走了一会儿就有一个有汉白玉小女孩塑像的公园。他们逛进公园，沈桐坐在秋千上，阳光照着一丛红色美人蕉还有穿白裙子的她。他推动秋千送她深入金色阳光，法国梧桐叶子在风中沙沙响，她闭上眼睛，裙子荡起在风中……这光景太美了，像一张明信片在风里飘，又不可触摸，似乎一碰就会惊醒上演中的梦。沈桐张开眼睛，微笑着凝视他。这一刻五色光波浇湿了秦陡岩视网膜……

秦陡岩有两个年纪比他大不少的堂兄，大堂兄比他大二十岁，小堂兄比他大十五岁。他们住在武定路由商业委员会分配给进出口公司职工的小洋楼里，虽是无产阶级，却拥有体验小资产阶级之蜕壳的机会。

他俩都自诩是他人生导师，用他们截然不同的方式向他灌输做人道理。

秦陡岩有一小段时间被父亲寄养在堂兄家，以便他认真复习功课考上重点高中。大堂兄是个温柔但不苟言笑的人，他木讷地监管有很多怪念头的小堂弟，却对小堂弟父亲直截了当的警示毫不苟同。大堂兄热衷于向他展示数学应用题的各类解题秘诀，只要他适当展示自己的聪颖，大堂兄便喜形于色，用他灵巧但生有皮肤病的双手做出妙不可言的各种点心奖励他。

小堂兄天生鹰钩鼻，身材高挑，有“魔鬼胡安”的绰号。小堂兄喜欢观察秦陡岩而不是骄纵他，暗示他世界上存在纪律性。他和小堂兄同居一室的那一周，被一小袋“遗忘”在梳妆台镜子前的咖喱牛肉干折磨得灵魂尽现。他每次从袋子里挤出一小粒牛肉干品尝那激动人心的香味，徒劳地掩饰牛肉干袋子的逐日消瘦，最后只好像一只被自己打败的小公鸡，在未发一言的小堂兄面前心里生鬼，不由自主去讨好，试图免除被揭露和羞辱的结局。

他之所以在这当口想起大堂兄和小堂兄，对他自己而言，是微妙的。他觉得大堂兄会要求他拿出公式解答关于虹和沈桐的应用题；小堂兄不会对他心里的疑惑露半点表情，小堂兄其实比他哥厉害，已掌握他内心缺乏纪律性和不尊重规则的事实。小堂兄不把话说出来，要看他自己会怎么做下去。

秦陡岩这么一来就借到了胆子。

这是个下了场暴雨的下午，轮到上时髦的手工课。教室讲台左后侧有个储物间，里面背靠背放着两张课桌，还有一个窗户。秦陡岩看见虹和小玫在里面折纸鹤，他在手工课上和虹是一组的，他在储物间门上敲了敲，走进去一起折。清新的雨后空气从窗户灌进来，清香飞荡。

“你也搬到圆舞浜来住了吗？”他很严肃地看着虹，像户籍警干巴巴盘问新来的住户。

虹心情愉悦，白皙的瓜子脸挂着红晕：“哦，原来你也住在圆舞浜！怎么我们三个都成了邻居？”

小玫夸张地举起台面上的纸鹤，在空中蜿蜒它们飞行的轨迹：“来吧，就要放暑假了。来吧，我们可以一起玩！”

一个男生在门外探了探头，小玫惊叫一声：“快关门，别让那个人进来！”

秦陡岩跳起身来关了门，把笨拙的钩子挂进门边的搭扣。

门上马上响起了敲门声，两个男生在叫门。他看看小玫，又看看虹，她们愉快地笑着，折着纸鹤，仿佛赢得了清净。他有点怀疑自己的处境，可又说不明白。

门外的男生开始叫唤他名字，并且喊："你开门呀，你凭什么在里头？"他凭什么和这两个女生关起门在里头而把其他人拒之门外呢？他忐忑地看着紧闭的门，看挂钩因为有人用力推门而跳跃在搭扣里。他又看看虹，虹笑了，她脸上那娇艳的色泽一下子映入他心扉，形成了永久的回忆……

沈桐答应秦陡岩的邀请要到圆舞浜来玩了！这不是一个随便的答应，因为圆舞浜真的很远，平时不骑脚踏车的她要倒好几辆公交车，在路上花费一个多小时。她不会只为了听听郊野的蝉鸣来圆舞浜吧？他感到满心欢喜，他喜欢看见沈桐的童花头，看见沈桐明媚的大眼睛，尤其喜欢她纯净的笑容，甜得像8424西瓜爽脆的红瓤……

"要不要通知项木一起来玩？"秦陡岩想起项木在半夜喝啤酒的诗情，犹疑地在读书会上问沈桐。

"不要！"沈桐扑哧一声，明亮的眼眸漾笑意，嘴角弯起来看他，"别告诉项木，我一个人来找你玩！"

他怕沈桐找不准圆舞浜无标无识的新村，迎到浜区工人文化宫门口车站去接她。约定时间她没到，他眼巴巴望远方：沈桐会不会放自己白鸽？

时间过头了十五分钟，她的身影仍没出现，他心里仿佛有一万只蚂蚁爬。又一辆65路车来了，前后中三个门都往下吐客人，那些穿蓝着灰的人影儿一个个落下地来，就是没沈桐。车慢慢开动了，他觉得沈桐不会来了，这只是一个被女孩子忘记的无聊的约会而已……公交车刹车发出呜一声，中门打开，一个白裙子少女笑吟吟跳了下来。沈桐忽闪着睫毛朝他笑："还好我眼尖看见你在那里哭丧着脸，哈哈，否则我就去下一站啦！"

秦陡岩问沈桐："你热吗？"他早看妥了远处冷饮店，他带她走进去，一人要了一杯绿豆刨冰。

天色那般热，老天一点不体贴他美好的地主之谊，骄阳把守冷饮店外面道路，他徒劳地向沈桐描绘圆舞浜景色，却想不出浜区此刻哪里能提供一小片绿荫。还是沈桐机灵，她笑吟吟安慰他："你有脚踏车，去你家吧，等太阳下山再出来逛！"

他推过脚踏车，沈桐坐在他身后，他奋力一踩，向着灌木深处的小径骑去。沿着浜的骑行创造一丝凉风和一星星悠然气氛，沈桐说："你停下，停下，我坐在后面颠得很！"

他为难地看沈桐，心想如果让沈桐骑车，自己可以在车边奔跑。不过沈桐没这么烦劳他，她指指他座前的横杠："我坐横杆吧！"

圆舞浜沿岸的灌木突然发出阵阵馨香，麻雀的鸣声悦耳动听，圆舞浜水流出了汩汩曲调，天上刺眼的白云毛茸茸的爱死人！沈桐坐在他前面，他两只手臂护卫住她，鼻子正凑在她秀发上，秦陡岩闻见了沈桐，她是酷暑天的茉莉。沈桐纤细的手指指向远处："骑士，堂吉诃德骑士先生，那边有一排风车！"

笑声渗入时间，直飘到时光的尽头……

虹全然没想到课间休息秦陡岩会一反常态地转头过来，他平素僵直的脸颊突然对她绽开一个笑容，这笑在始终拉长着的脸上浮现，犹如一朵莲花从水底冒出来，缀着无数的水珠。虹被他奇异的笑容迷住了，好像那笑容里藏有看不清的很多东西。

他轻轻对虹说了一句话，虹听清了，刹那间她的脸红了起来，马上红到脖子根，火烫烫，跟喝了一大口春节酒似的。

虹完全没心理准备对付班里那些几乎还没她高的变声不久的男生，尽管坐在她前头的这一位事实上已比她长得高了些，他依旧和他的小弟兄们一般怪模怪样。虹谢天谢地他说完这句莫名其妙的话撒腿跑出了教室，留下虹在同桌的嗤笑声里喃喃吐一句："怪伐？"

秦陡岩适才转过头来对她说的是："我今天看了看，原来你一边是双眼皮，另一边是单眼皮。"

慢慢有一种委屈需要倾诉，仿佛一种太长久的姿势需要改变；又仿佛看着深红的嫩叶逐渐变了翠绿，眼睛一花，竟看到绿叶间绽出粉色花蕾，虹莫名其妙体会自己的亢奋已有一阵子啦。

她在瓷碟坯子上画的工笔现在有一种动起来的韵致，烧窑的亲戚已经指出了这一点，认为她有天赋。她恰恰相反，觉得自己没天赋，选择画画只是对父母安排的一切生发出一种轻柔的反感和拒绝。

爸爸对自己很好，他是一个同时和许多人打交道的展览馆经理，他每天掰开自己黏糊糊的眼皮，就能报出这天要会见的形形色色陌生人的名字，不但有中国人，还有外国人。爸爸会说一些俄语，不过俄语已没用武之地了，他的外国客户都讲英语，对他偶然高兴吐出的俄语单词不是吃惊大笑就是吃惊地板起面孔。爸爸只有看着她画画才纯天然地开心，他站得很远地看她画画，不想惊动她，却让她以为他有什么话要同自己讲又不直说，她等着爸爸说话，往往影响了心里连贯的画意。

说实在的，虹很喜欢爸爸带她去看展览会。南京路和延安路中间庞大的展览中心是俄罗斯建筑，她喜欢俄式石头建筑上繁复的花饰，却为室内宏大的凉意感到瑟缩。

只有一个个展览会布展完毕，石头展馆的凉意才会短暂被充盈的人气和精美的展品逼退。爸爸总在开展第一天带她去参观，各路领导和模特儿一起站在开幕式舞台上，她早早走进等待观众的展厅，把奇特的展品看个究竟。不过，虹知道自己最期待的不是展览会上的东西，而是展览会引来的一部分和常人不一样的人。这话该怎么讲？不是歧视普通人啰，展览会总有那么一些平时难得一见的高人，才艺超群，俊朗潇洒，成熟生动……虹知道那是她仰慕的妙人儿，只能远远地看，根本接近不了，一接近就会叫自己尴尬和难受。

妈妈是心思缜密的财会人员，大专一毕业就在国家的进出口公司当财务，她不但公司里不太说话，回家也总闭着嘴。

虹观察过爸爸妈妈的互动，简直就是相敬如宾的标本。爸爸对待妈妈，像对待展览会上光临的外宾；妈妈把家务干好，像对爸爸有了工作上的交代，剩下时间就窝在沙发里看电视剧。妈妈关照爸爸："独养女儿你放在心尖尖上，只有这一个要求。"

只有这一个要求是啥意思？虹琢磨过妈妈的话，琢磨不明白，当然也不能问。她觉得自己和爸爸不一样，爸爸总用尽全力，想把每个展览会办得尽善尽美。她觉得自己像妈妈，凡事尽力而为，什么也不强求。

难道这世界能听得见你小小的心意？难道真还有什么激动人心的东西特意为你留着？难道爸爸妈妈这样过着马马虎虎的日子他们的女儿能高超到哪里去？

虹很早开始就是后退着看一切的，她不求上进，她害怕所有鼓起劲来闹哄哄的事情。这是她观摩爸爸的展览会得出的秘密心得：总有人在展览会上抢尽风头，不是出没在电视镜头里就是让摄影记者围着拍照，但也永远有人静悄悄坐在自己展台后头，面无表情地看开展第一天上午的表演……虹没看见咋咋呼呼的家伙们得到什么了不起的回报，不过，什么也不做的人并非没资本吹嘘，如果你像个画家那样仔细看，能看见很多了不起的东西和不声不响的人躲在一起。

虹觉得后退或谦让比前进和竞争舒服，人不需要吃什么“开口饭”，自己的脸皮是自己的，让脸皮无谓地去人前运动，不但疲惫，而且让人害羞……

坐在自己前头这位男生和自己有一点相似，他的脸皮也大体是他自己的，像只没出租的柜台，卖的是自家东西。不过，虹觉得好笑，这男生并非一个坐自己展台后静悄悄看戏的人，他脸上表情丰富，一会儿瞄着人家鄙夷地笑，一会儿看着热闹啐一口，尽管都是自己表情，不过，坏表情多、好表情少，那些讨人喜欢的模样儿，他根本学不会。

这和爸爸的性格完全是相对的了。虹知道爸爸最大的修养是喜怒不形于色。爸爸对她讲过这么多做人的道理，归根结底是为自己好。男同学们年纪实在小，根本还不明白做人是怎么回事。虹只惊讶地发现自己喜欢看别人放到脸上的表情，反而对符合爸爸模式的“小大人”隐隐有丝反感……虹没总结自己思想的习惯和能力，反正，顺自己性子看看好了，对什么都不必热衷。

只是……只是今天这家伙猛然回过头来对她胡说什么“双

眼皮”“单眼皮”，他到底哪根筋搭错如此唐突无礼？他脑袋背后长眼睛的吗？什么时候拿她看得这么仔细？双眼皮和单眼皮一边一式，这早在她自己心里挂了号了。虽还不能说是心病（因为她自己看了，不觉得难看），毕竟是一种不对称，毕竟是少有的怪现象。她跟妈妈都没谈过这事，只在心里求过天，希望两边都双眼皮。没想到这心思今天被个怪里怪气的男生说破！

这，这简直过分，越琢磨越觉得过分！虹觉得被前座的傻瓜狠狠冒犯了一通，他根本不是什么亲密的人，却来评价她长相。他到底什么意思？还那么诡秘一笑，仿佛有更多没说出口的心里藏着！

放学回家路上，虹随着公交车颠簸。爸爸搬家虽然住上了高楼享受了电梯，却搬出了闹猛的旧英租界弄堂，还付出了距离的代价。她需要忍受一段跋涉的日子，直到将来住进大学寝室。进哪个大学是目前最大的人生疑问，在这个城市，读什么大学确实会决定今后过怎样的生活。大学是不同的门，推开哪扇门，既是读书考试的结果，恐怕也命里注定吧！虹决定不去多想。

不想高考，她就又想起单眼皮和双眼皮来。不知道为什么，一阵羞愤过去，她忽然觉得说出这句话的男生比以前亲近了些。他怪怪地存在着，不但永远坐在她眼皮底下，而且现在竟然搬家到了一起，成了浜边邻居。

六

像是为这年级马上要参加高考，坐在教室第二排的一个家里有海外关系的女生决心要组织一场家庭舞会，但不可能邀请所有人去她家，她家只一栋石库门房子嘛。她要求所有被邀请到的男女同学守口如瓶，在约定的傍晚换上适合跳舞的衣服到她家。不会跳舞也不要紧，她自然可以教大家。

这位同秦陡岩从没讲过一句话的女生竟然邀请了他，让他着实大吃一惊。

整个班级也只有两个男生得到邀请，其他应邀男生都是别班的；班里的女生得到邀请的只有一位，是小玫。

这份邀请是天上掉下的一串紫樱桃。当神色端庄气性恬淡的舞会女主人悄悄在走廊里向秦陡岩提出邀请时，他顿时听见了不存在的音乐。他严肃地板紧脸，点点头，仿佛这只是课外兴趣小组一次例行聚会。

整个下午秦陡岩心花怒放。不是对这女生有意思或误认人家对他有意思，他准确地领会了这件事的本质：有人，一个高雅的女生，认为他值得被遴选出来参加她人生中某种柔和的成长仪式。他得到了一种从没得过的资格，他在书籍中领悟过这种资格，得到这资格的人就仿佛被允许往上长出那么一截子，能在这种时刻而非元旦春节就感到自己长一岁。

什么衣服是能穿着参加家庭舞会的呢？简单说，他没这样的衣服。为了这个，他怨恨起他母亲来。

母亲很关心秦陡岩每天的衣着，不过她关心的是冷和热。甚至在冷和热的问题上她还过于偏袒冷，担心他穿少，不太关心他是否穿多。朴素是她为儿子挑选服装的唯一标准。有那么一些时刻，对服装其实并不在乎的他想过"朴素"这词。什么是朴素呢？大概每个人有每个人自己的想法。

秦陡岩想，朴素就是色泽暗淡料子结实，不容易弄脏。他唯一的要求是朴素衣服不要总是硬得像纸板箱，软一点并非大错。不过，他母亲一说朴素，他算开了眼：她选来的那些上衣和裤子，包括冬天外套，都有一个共同点：土气。

"姆妈，朴素不是土气！"他理直气壮地对新衣服发出鄙夷笑声，用两根手指拈起衣服领子，仿佛他本人有什么了不起，怎么的就跟这些衣服合不到一块儿去。

"你还不到要漂亮的年龄。"母亲不慌不忙平平淡淡回答他，然后一连半年的早晨都要对着穿衣服的他夸奖她挑的衣服如何价廉物美，直到他后悔轻佻地发表过对衣物的看法，并暗暗发誓再不对衣服做任何挑剔。

家里怎么可能有可以穿去跳舞（尽管他只观摩过东综大学生舞会，从未学过舞步）的衣服？找也不必找，这是个需要自己想办法的难题。他知道自己绝不会找什么人借衣服，衣服不是出借的东西，这有点像人的皮肤，很难安到别人身上不带主人体臭。他知道自己该去买衣服，可以借的，是钱。

小玫知道秦陡岩是本班被邀请的两个男生之一，她放学时推着她的凤凰车问他可不可以一起骑回圆舞浜："你要骑慢一点，我骑快了会头晕。"

他带她走一条近路，直插中山公园，然后往凯旋路下去。小玫叹气说："我不知道穿什么衣服去，你帮我出出主意？"他僵硬的脸颊松了松，挤出一个稍纵即逝的笑："我穿得这么土，我能替你出啥主意？"小玫把车拐到圆舞浜商场门口停下："我们上去看看衣服？"

觉得自己倏然长高的幻觉又来了，秦陡岩迷迷糊糊觉得一种欣然。他停好脚踏车，跟着小玫往商场楼上走，小玫对他来说很家常，就是个邻家小妹，长得还肥了点，不太讨他喜欢。他乜斜眼睛问小玫："你不让女同学当你参谋，让我看有啥用？"小玫掩住嘴一阵笑："亏你也问得出这种幼稚问题，女生买衣服自然要男生挑。要不是别的男生没收到请柬，我还不找你呢！"

小玫跳跳蹦蹦上楼梯，他跟在后头，手抚汗渍渍的栏杆，鼻子里闻到一股化纤织物的气味，二楼楼梯口就是个布料柜台。小玫停在楼梯转角的塑胶模特前，歪过头，琢磨模特穿的外套。他犹疑地摸着下巴，下巴上有了点嫩胡梢；他张望一下商场外马路，马路上一排梧桐树遮住电影院招牌，有小女孩高兴地舔着橘红色雪糕走路……小玫回头招招手：“这套黑白纹的我穿如何？”

秦陡岩哧哧笑起来，小玫惊诧地回头看他，眼里淌出恼火：“怎么了？”

“你穿这个？你不怕变斑马？”他忍不住哈哈大笑，“你有那么多漂亮衣服，干吗还买新的？”

“你觉得我哪件衣服漂亮？”小玫青春痘红红地热闹起来，“你说一件。”

他脑子里一片空白，心里腾地也恼怒起来。他掩饰着自己怒意，用手掌遮住自己额头，在手掌后面深呼吸了两次，好像拼命在想，然后他放下手掌，对小玫笑了：“上周穿的衣服就很好！”

小玫松了口气，扑哧一笑：“那是旧衣服，我姐姐扔了不要的。”

“你有姐姐？”他漫不经心问，“也住在圆舞浜这里？”

“你暑假来我家玩吧，”小玫说，“暑假我姐姐就回来了，她在海边上大学。”

“既然来了，我倒想去选一件衣服，”他对小玫点点头，“我没合适衣裳去舞会。”

“走！”小玫大喜，“我帮你挑！”

三楼男装部简直是过时男装集中营，至少，小玫是这么认为的。她跑在他前头领着路，一个柜台一个柜台摇头叹气。她不停耸肩，有点学什么人的样子。她对他摇头叹息："宁愿到学堂边上的第九百货去买，圆舞浜这里糟透了，虽然便宜点。"

秦陡岩为难地扫视四面八方男装，觉得没必要对小玫隐瞒，他为难就为难在一个地方："我没钱，还是在圆舞浜买衣服好。"

小玫说："既然如此，我给你出个主意。西装你就别穿了，他们那些人可能会穿西装去跳舞，喏，那边的风衣不错，你个子高，穿上试试。"

他从没正视过这些像给外科医生又像给实验室教师穿的长衣服。小玫招手把营业员喊来了，营业员又把其他营业员喊来了，大伙儿七手八脚扒下模特架子上几件风衣，一件件软倒在玻璃柜台上。他穿上第一件，小玫耸肩："太大！"他穿上第二件，小玫笑了："包粽子！"他穿上第三件颜色几乎发白的，小玫一拍手："这件绝了！"

穿衣镜远在三楼的另一头，就在楼梯口，秦陡岩扭扭捏捏被小玫带过去照镜子，觉得营业员都看他，怪让他不舒服的。等看见镜子里一个男生潇潇洒洒走近，他注意到自己的头发被风衣衬得飘逸起来……

"包起来，包起来，阿姨，我们回家拿钱。"小玫央求半信半疑的女营业员，蹦蹦跳跳抢在他前头下楼来；她跨上脚踏车，已经忘记是自己来买衣服，一个劲叮嘱他，“万一你家里要不到钱，到我家来拐一下，我借给你。”

看小玫骑远了，秦陡岩推着脚踏车走到黄溪青年公园边，又把车停了，背起书包进公园去，想趁天还亮，背一遍近代史。他托着腮坐在浜边，不由自主想起沈桐那天来玩。

他怎么也没想到沈桐笑着叫着，一跑进他家就静下来蹙起了眉头，捂住小肚子。是不是吃刨冰吃坏了呀，沈桐听了摇头。他赶紧倒杯热水，沈桐摇摇手。沈桐好看的笑容没了，她幼嫩洁白的圆脸痛得冒出细密汗珠，她倒在沙发上，轻轻呻吟……

他又怜惜又惊慌，实在吓坏了。“我要不要叫救护车？我叫救护车送你去医院吧？”他跪在沙发边，又不好意思碰沈桐，两根手指搭搭她额头，冷冰冰的，倒没发烧。

沈桐摇摇手，细声问：“你家有止痛片吗？”

止痛片？没有啊！谁吃止痛片？他急坏了：“光止痛可不行，我送你去医院吧，要赶紧！”他急出眼泪，看不得小朋友这样子煎熬。

沈桐勉强笑了笑：“你别怕，我是老毛病。我，我……痛经！”

他半明半白。他明白自己可以放心；不明白痛经到底怎么回事。

沈桐又痛得咧开了嘴，他跳起来跑出去敲一零一室佟家的门。他从没敲过佟家的门，他不管不顾用力敲。一个肥胖影子出现在纱门后，佟老太婆自己跑出来应门：“喂，你好！”

他怯生生问佟老太婆：“佟老师，您家有没有止痛药，我同学病了。”

佟老太婆狐疑地望着他，眼睛里都是问号，他咬咬牙，硬气起来说：“她第一次来玩，一进门就倒下了，她……她说是老毛病，痛……经？”

“哦！”佟老太婆满意地哼了一声，“你等等！”她利索地把药拿来了，看上去还挺怜惜他担惊受怕，“没事的，给她吃一片，喝点水，马上就好！”

“谢谢佟老师，谢谢佟老师！”他喜出望外往家跑，扶起沈桐，喂她吃药喝水。沈桐也奇怪，药不过才咽下肚去，她就缓了口气，喝半杯水，放下杯子，笑了，眼睛亮晶晶：“我好了！不痛了！”

他长长吁出一口气，坐到地板上，抱住自己头：“担心死我！”沈桐伸出纤细白手，伸到他乱发里揉了揉，他满心甜。

秦陡岩坐在河边念沈桐，半点鬼历史没看进眼睛；他转头望望风景，看见一个男人慌慌张张跑进公园深处，一只钱包从他衣兜里掉出来，在水泥地上弹跳一下，趴倒了。

秦陡岩恋恋不舍放下心头沈桐，跑过去捡皮夹，皮夹鼓鼓的，里面很多钱。他喊了一声，那人已没了影子。他知道公园小，而且只有一个进口，同时也是唯一出口。他不慌不忙顺小径追下去，跑过秋千时他若有所思看了看，也看了看秋千后的百日菊，红黄紫各色花盘上满是凤蝶……他看见那男人靠在树干上吸烟，他跑上去说："你钱包丢了。"伸手把钱包递过去。

男人的烟从嘴里掉下，落在地上溅起小火星，下意识摸自己口袋，哎呀一叫。接过钱包，那人脸上露一阵欣喜，抬起眼，眼神真叫友善。男人没说谢谢，他打开钱包，就摸几张大钞塞过来："这个给你，幸亏你！否则就没了！"

秦陡岩矜持地拒绝了男人的钱，淡淡一笑，回头就走，仍旧走回岸边，坐下背书。那男人恭恭敬敬追过来："小同学，真是谢谢。你不要客气，我是一定要你收下的。"他把两百元钱放在他历史书上，一边打躬作揖，一边急急跑走了。

秦陡岩怔怔地看着大额钞票上毛周刘朱的头像，那男人急急慌慌跑没影了。他把两百元夹到历史书里，托着腮帮子看汩汩流淌的河水。他想这钱突然跑到手里来，是为什么呢？让他去买衣服参加家庭舞会？还是请沈桐吃饭？

过了一会儿他站起来，径直走出公园穿过马路进了圆舞浜商场，他跑到风衣柜台找到那个女营业员，怔怔问："那件风衣多少钱？"原来才要五十三元。他付过钱，拿起装进纸袋子的风衣，头也不回跑下楼梯来。

正准备穿过马路取脚踏车呢，电影院那边一片嚷，他扭头看去，只见刚才丢钱包的男人被两个戴红袖标的从背后按住，一个胖男人在边上跳脚：“小偷，小偷！就是他偷我！”

戴红袖标的从被按住的男人兜里翻出钱包，递给胖男人。胖男人扯出钱来沾点唾沫点数，一边喊：“证件都在，你看你看，照片上可不是我？！钱少了，少了两三百！”

这些人押着被逮住的小偷往圆舞浜商场这边走来，派出所就在商场北边、中心医院斜对面。秦陡岩看着刚才给他钱的男人被押过来，第一反应是背过身躲进商场去，可他不愿意这么做，脚跟黏在地上。他可能会讲不清楚的，这件事真是太鲁莽了。他呆呆等着什么事发生，等待厄运找自己。他用了那钱，就没啥好为自己辩护的了，他觉得一只黑手往自己面门抓下来，有点晕眩，喉头恶心……

被人扭住的小偷抬起头四处看看，一下子就看见了他。他俩四目对视时候，小偷仿佛露出了一丝腼腆，转开眼睛茫然看路人，不过马上还是把眼睛转了回来。

这时候几个男人几乎已经把小偷推到了他面前，小偷忽然调皮地对他眨了一下眼睛，猛地低下头，让人把自己押前头去了……

秦陡岩回到家里，心里还走马灯似的想着小偷的行止。他不打开灯，坐在自己小房间的暗影里，很难消化今天遇到的这些事。最近发生的很多事都有一个特点，就是发生得太快，让他眼花缭乱，等回过头想明白，事情早过去了。他觉得自己每天都在长大，可没一件事做得完美。

当图书馆管理员的父母对秦陡岩应邀出席女同学家舞会表示了暧昧的同意。他期待父亲说些什么，也期待往常絮絮叨叨的母亲说些什么，他做好了面对冷言冷语的准备。不管他们说出什么，他没向他们要求什么，也不开口要零用钱，他终于领会到小偷塞给他的两百元是冥冥之中自有天意。

既然老天给了钱，赞成他拿这钱办他想办或该办的事，对父母就不需要纠缠过多，父母从来都用一种审视的态度对待他生活中的一切。他们不在他眼前，他也常意识到他们的存在而不敢做很多事。

还好，听说他周六晚去市中心女生家跳舞并且可能很晚回家，父亲和母亲只是对视一眼，然后父亲点点头："不要太晚回，碰见女生家长要懂礼貌！"

周六天气意外的凉快，下午不上课的，秦陡岩骑车回家。小玫约了他傍晚一起从圆舞浜出发，那不能骑车了，要倒两次公交车，走一段路，才到达聚会地点。

他回到空静静的家，父母上班前把家里整理得干干净净，可惜屋后臭水浜的气味经久不散，这是一个干干净净却臭味缭绕的套间，是他青春期不得不居留和躺卧的空间。

想象夜晚的舞会，秦陡岩梳理了一下头发，拿出干净白衬衣换上，下身也换干净黑西裤。他从自己床底下拿出父母不知道的纸袋，从纸袋里掏出风衣。他呆呆站在穿衣镜前面看镜子里陌生的男子，油然生出奇幻胡思。他又把风衣脱掉，找出鞋油来给黑皮鞋上油，鞋油的气味压过了弥漫的臭水浜味，令他精神一振。

可明明心情蛮好，忽一阵心闷，有种奇怪的失望把眼前东西罩层阴影。

去参加这舞会是为什么？他对舞会好奇得要命，却隐隐约约感到同舞会格格不入。他不仅不懂舞步，而且不知道该在人家家里说什么做什么。他想到小玫，还好有小玫做伴同路，否则心里更发虚。

秦陡岩走到房子后面，想确认自家住在一条人们避之唯恐不及的臭水浜旁。不晓得这说明什么，但总是他这个人的一个特征吧？住在臭水边，每天被强迫呼吸臭气。同陌生人介绍自己时候，该不该介绍这一点？

他心里忽一动，涌上一股暖流：沈桐来过这个家，她在这里身体不舒服，又慢慢好了，说说笑笑好一会儿才走。她明明呼吸到这里的臭气，对一个陌生人，臭气会显得更野蛮更无礼，可她一丝一毫都没表现出闻到了臭气。

他气愤不平地俯视那不宽的臭浜，浜面黑而污秽，黏稠如柏油，河边蜀葵已开得七零八落，褐色的、结成纽扣粒形状的种子粗糙排成上上下下扭曲的小阶梯，远看像空中的星系。他转身走回家去，此刻他不想去同学家参加舞会了，要不要穿着这件风衣突然跑到沈桐家去呢？

那天他们从家里出来，天其实还很热。沈桐虽不再疼痛，看上去平添了一层倦意。秦陡岩让她坐在脚踏车后座上，沿着圆舞浜兜风。每次回头看她，她都对他笑。她的笑容在任何时候都超级明媚……

他们进了黄溪青年公园，沿傍晚的树荫慢慢散步，追着嗅浜边栀子花香气。

他想去百日菊上逮凤蝶给沈桐，沈桐却看中了秋千，她永远那么喜欢秋千。“来呀！推我一把！”她银铃般笑声响起来。

他放开被他捏住翅膀的玉带凤蝶，蝴蝶跌跌撞撞飞开，他转身推秋千。沈桐坐在秋千上，看着他笑，眼色如波……他推呀推，越推越高，沈桐尖叫着，像精灵在夏天火烧云下飞去飞来，夕阳染金她白裙子……她让他一瞬间忘记了其他人。他脸上尽是欢乐和爱怜，他只比沈桐高一个年级……

自打那个傍晚之后，秦陡岩还没见过沈桐。他心里总隐隐不安，因为他把她送上公交车就回家了。但是，他难道不该一路送她回富民路吗？不是他不愿意，他不确定自己有这资格，他又不是她男朋友。可是，她身体不舒服，自己为什么这么不会体贴人？

天完全黑了，路灯洒下黄晕。秦陡岩臂弯里挽着风衣，方才和小玫倒换了公交，走路找到中学附近女同学家。女主人女生打开家门，首先拉住小玫手，叽叽喳喳地开心。他忐忑站在她俩身后门外，想起来把风衣穿到了身上，不知道手该插裤兜，还是该伸风衣口袋去。这风衣第一次穿，还没出浜区，走路已碍手碍脚，憋他一身大汗……小玫往里一进，女主人女生对他上下看，笑了："好神气哟！"

他进门脱掉风衣，浑身一轻松，白衬衣黑西裤黑皮鞋才是他本色。他看客厅，有好多其他班的男女同学，一个个打扮得山清水秀，都喝饮料。饮料预先倒在毛玻璃的杯子里，发出绿色和黄色微光。女主人女生端给他一杯橙汁："你随意。"他和自己班那男生不熟，还好这里有一个是他跨班的朋友，一起骑车玩过南翔镇的，他跑去打招呼，听这朋友和一个女生说合唱团的事情。

女生家里没家长出来，餐厅却准备了食物，大家跟那女生进去拿吃的，每个人都用一个空碟子和一个塑料叉子。秦陡岩很新奇看同学们端着碟子站着吃晚饭，没人同他说什么，他很想吃饱了溜出去。

不过溜走是不可能的，因为太不礼貌，而且小玫还要他陪着回家。一吃完饭，几个女生就负责教大家跳舞了。客厅放了慢悠悠音乐，女主人女生给不会跳舞的人演示国际标准舞舞步：男生起手必须后退，这是礼仪，然后按慢四拍子转身，手导引女伴。如果谁要白手套，桌上已经放好了。

学了一会儿，大家搭伴练习，秦陡岩不懂邀请女生，就让在一边，墙角里站，看人家跳。女主人女生笑吟吟走过来同他搭伴，她脸上笑容比往日热情多了，这是她的舞会，她得关照每一个客人呀！他很顺从地学，也能同别人一样带舞伴转圈，只一次轻轻踩到她脚尖……音乐旋转不停，二十多个快高中毕业的学生跳高兴了，抹着汗，都笑……舞伴突然问他："你想过出国留学吗？"

女主人女生后来又教大家跳吉特巴，一蹦一跳，热闹喜悦。大家学跳了好一会儿，喝了更多的橙汁和柠檬水……开始有人告辞，掏出带来的礼物放主人家门口桌子上，秦陡岩没带礼物有点窘。他等小玫告辞一起回圆舞浜，可小玫兴奋得很，和男生女生叽叽喳喳不停，人走得都差不多了，她才依依不舍和女主人女生说再见。他对女主人女生点点头，解释自己和小玫同路。

他们告辞出来，听见主人关上门，又关了音乐。空气里一阵法桐叶气味，所谓市中心就是布满了法桐乳白树干的一块块区域吧。秦陡岩催小玫："要快点，我们必须赶上电车末班车！"

可是，清寂无人的小路上他俩走着，到处是粗大的法桐排成行，只没有行人。他们听见自己皮鞋的笃笃声，路灯把俩人影子长长投射地下，小玫却泄了气。

小玫说："赶不上末班车了！我不想回家了。"

他说："我们想办法找一辆出租车吧？"

"出租车你坐得起？那么远。而且哪里去找？"小玫说，"我准备回她家去，等天亮了再出来坐公交。你呢？你也去她家吧！她家大人都出去了，不在家。"

他犹豫了一下："我爸妈要急的，这里公用电话亭都关了。"小玫说："那也没办法，只有到早上再打电话了。"

秦陡岩觉得礼数上很不合适，既然在市区，大有地方可以去混着过夜，不如先看电影，再去通宵饮食店坐着，怎么都比留宿女生家好。可是，怎么能和小玫一起看夜场影片？要不，先送她一下，自己单独去看通宵电影？

他俩犹犹豫豫朝女同学家走回去，小玫敲开门，女主人女生赶着出来招呼想走的他："来来，没关系，我也没力气收拾了，大家就喝点热茶，聊聊天，在沙发上歪着等天亮好了！"

喝着红茶，三个人在调暗的灯光里忽然找到了话题：高考。女主人女生根本已置身事外，她要移民美国，爸妈早为她安排了迥然不同的未来。秦陡岩想考进东部综合文理大学，东部综合文理大学拥有全部吸引他的东西。小玫笑道："我可不去东综大，我想和我姐姐那样，跑得远远的，跑到天边去读大学。"女主人女生笑了："那好，也来美国好了！"

秦陡岩稀里糊涂在女同学家留宿，惊诧自己荒唐。早上，他揉着眼睛从沙发上站起来，小玫还在另一张沙发上沉睡。一个中年女人好奇地朝他走过来，打量着他，想说什么又不说，窘得他鞠了一躬，解释说自己陪小玫误了末班车。一清早回府的这位母亲矜持地点点头，宽大说："没事，没床给你们躺，累坏你们了！"

高考前的日子已无奇可叙，每个不移民美国的人都像赛马被牵上跑道，开始或紧或慢奔跑起来。现在来圆舞浜找秦陡岩的同学只有项木，项木找他一起复习地理和历史。他俩结伴跑到黄溪青年公园，坐在浜边，捧着教科书彼此诘问。

项木背书累了就同他唠叨沈桐；他关切地听项木嘴里关于沈桐的消息。

他这一向也和沈桐保持着通信，不过他保守自己秘密，不把自己和沈桐在信件里的交谈告诉项木。

他写信告诉沈桐，他将努力考进东部综合文理大学，因为那里的文学社是顶呱呱的，所有先锋派的文人都躲在绿姝河边，他想去和他们窝一起。

沈桐回信说："你想考任何学校都可以高中，你是才子。"

第二章

丁芬芳觉得航班从苏黎世直飞北京再转上海是自己性格人生的写照。父母和妹妹都在上海，妹妹来过几次苏黎世，父母一次没来过。自己已多年没见父母亲，竟然第一站还是北京。

霍华德拉着吉姆的手到机场给她送行，她亲亲儿子，和霍华德行了吻面礼，扭头跑进登机口。她心里不知什么滋味，她暗暗飞去航程那一头相会自己大学时代的情人。

飞机上发生了一件可笑的事：两对中国夫妻为占行李架吵了起来，吵得热火朝天。一对夫妻骂人，说的是她从小听惯的上海话，另一对骂人凭纯正的京片子。她在瑞士这么些年已经习惯掩藏怒气，绝不许自己在公众场合失态。她本想用瑞士态度劝架，犹豫了会儿，她不但没说话，竟有些暗羡国内跑出来的人可以随时随地发泄情绪。她忽然明白自己这些年过得很安静很平和很文明，心里某个地方却实实在在地憋坏了。也许，一下飞机，回到祖国，她可以变回从前那个年代的自己，不掩藏也不修饰自己的圆舞浜性格？想笑就大笑，不高兴了，立马给人看脸。

不过，丁芬芳到达首都机场时还是个标准的瑞士人，出入境人员对她的瑞士护照有点惊讶，不由自主开口说了声“早上好”，这方便她很迷人地展示笑容并回礼道“辛苦了”。她等了很短时间就领到了行李，排了不长的队就上了出租车，唯一不愉快的是被出租车里浓烈的大蒜气味熏了一跟头，她打开窗户，马上调整自己情绪。

北京的秋天有一种独特情调，阳光耀目，一路槐树都苍老得像有故事。她眯缝起眼睛，看见自己乘坐的出租车经过一栋又一栋方正的大楼，滑进一片古色古香城区。她羞于承认这是她第一次来北京，尽管“北京”这两个字折磨了她几十年，叫她近京情怯。

窗外是安定门内大街。这种时空的变换未免过于悬殊，她明明安安稳稳生活在苏黎世白云下蓝湖边，好像已一生一世，像棵从中国进口的树长出了根盘、形成了漂亮树冠；和瑞士男人生下亚欧混血的孩子，那孩子竟然更像她，展览着瑞士老公调侃的蒙古基因。

她竟然还会中蛊般飞北京？想见那个恐怕已老得不成样子的京城男人？

对面是国子监街，马上就到方家胡同。那人就住方家胡同，赖在他打小出身的平房里不搬。他如此固执地坚守他的胡同，以至于他为她订的住宿点是胡同里的旅店！他反复说这是家有意思的旅店，干净舒适，价格公道，不比瑞士任何一家旅店差；更妙的是它在方家胡同里头，是老北京地盘，地地道道，可以让你生时光倒流感；旅店离所有老北京的元素都近。那人高兴地许诺：“你一到，我就请你去胡同口吃馅老满！”

丁芬芳抹掉一颗掉下来的泪珠，掏出人民币付车费。出租车坚决不肯驶入胡同，胡同太窄，司机说“进去容易出来难”。她本想和司机争执的，她有大行李，可听了司机一句字正腔圆的“进去容易出来难”，她感慨了，被打动了，付了车费还夸司机是明白人。司机替她从后备厢拿出了行李，有点不好意思地指指方家胡同里头：“不远，您走几步，就当逛胡同。”

胡同口站着个胸口别小铜牌的蓝衣男人，丁芬芳上去问询，那人看看她，看看她行李：“您东西挺多，打个电话叫旅馆人出来帮您提吧！我是守胡同的，否则就帮您了。”他从口袋掏出个对讲机，喊了几句，点头让她在胡同口等。她谢了，心里一阵失望引发微微怒气：住这胡同的男人也实在失礼，不来机场接她就算了，连到胡同口等她也做不到！她不想说自己自作多情，她这次来，她想过的，难道她是为他来吗？恐怕不是，她多半为自己来，来看望自己的某一段历史，甚至于想凭空给历史做个了断，不让它再作祟。

旅店的确就在胡同中间，是旧厂房改的。房间很小，放下行李就只有床了。冲淋和马桶盥洗盆挤在一起，洗浴的话淋浴水一定会打湿马桶。她这时候意识到那男人的境况不一定好，若是让她先看这房间，她肯定是不会投宿的。她疲惫地想坐下，找了一番没椅子，只好颓然脱掉外衣裤坐在床上，靠着竖起的枕头歇息。她拨通了京城男人的电话，手机里传来一种陌生却亲切的沙哑音调。他约她半小时之后在旅店大堂见面。

放下电话，丁芬芳浑身颤抖了，觉得一只久违的小兽撞进自己心里。半小时太短了，后悔这么约定。她刚下飞机，飞了十几个小时，脸上一定布满疲惫，皱纹恐怕都耷拉下来！她手忙脚乱打开行李箱，翻找自己的洗漱品和化妆包，等直起身，一身热汗。

她凝视着镜子里的自己，一下子看见了平时隐形的很多东西：她看见了瑞士给她个体生命的恩惠，看见了生养孩子留给她的痕迹，幻灯片般看见这辈子和自己睡过的奇奇怪怪的那些男人……她摇摇头，记不起要见面的这位北京男子长什么模样。她害怕起来，她记得自己把这男人甩了，难道他见了自己这种年久色衰样子不想狠狠讽刺一番当作报复？她慌忙往脸上上妆，觉得自己的脸一辈子没这么假过，简直模仿了日本艺伎……

丁芬芳提着小挎包，心惊肉跳坐慢速水压电梯下楼去。打开电梯门的一刹那，她看见旅馆的大堂是空的。他还没有到？她想转身回到电梯里，她绝不能在大堂里恭迎他，这成了怎么一回事呀！

不过这时候她看清一个瘦削的男人从单人圈椅里站起来，疑疑惑惑远眺她。他活动活动筋骨朝她走来。她即刻摆出一个微笑，站定在那里等他靠近。

“这是个老头，”她告诉自己，“这可能是他爹来通知我他早已不在了。”她这么解嘲。她看清了那张脸，那张脸还是那张脸，吻过她很多次的嘴唇还是像牛板筋一样看上去很筋道，不是个善主！

男人走近她，也看清了她。他咧开嘴绽出大方宽容的笑，张开臂膀，做出要拥抱她的姿势，可是，他看明白她的瑟缩，马上放下了臂膀：“欢迎你来北京！”他握住她伸出的手，感受到她手心炙热，让她的热手在他大手的冰凉里颤抖。

走出旅店丁芬芳才看清厂房之间有一个空场，其他厂房都因陋就简开起了咖啡馆，咖啡不管好不好，你要踏脚进去，肯定跌进早已凝滞的假时间。

抛弃啊抛弃，她心里拼命喊了起来，时间已经抛弃了人。她抛弃过他，他肯定也发狠劲抛弃过别的什么人，否则他现在怎么还能壮壮实实来会她？胡同里槐树长得真大，简直要让人冲着这么年深月久的树糊里糊涂住进胡同来。他笑嘻嘻看她，很有礼貌：“我太高兴了，你怎么能来？咱们兑现诺言，去馅老满！”

他推开馅老满的玻璃门，里头挤满了老百姓。话说这种地方她自从大学毕业后还真没委屈自己尝试过呢，不是因为好不好吃、卫生不卫生，她不能和那么些庸人挤在一起，她人往高处走。可不，下死劲儿人往高处走，她今天不站在高处了？她喜欢去苏黎世城外的山顶上俯瞰苏黎世，手里怎么也端上一杯红葡萄酒，站在那边云里雾里，看苏黎世的湖水和鱼鳞般屋顶。怎么能设想自己挤在一堆衣服散发体味的人中间吃什么饺子？

丁芬芳暗骂自己势利，看他买筹子等饺子，一副自得其乐模样。她觉得当年离开他是对的，他就这么副长相，这么点儿出息，今天大老远来看他，他就请一顿饺子，要跟了他，岂不吃成大韭菜盒子？

他指手画脚让她去占住一个空出来的桌子。那桌面上吐得不少残渣，她厌恶地招呼服务员来打扫。服务员的脏抹布一抹，散发一股酸气。她忽然恢复了瑞士派头，彬彬有礼地谢谢莫名其妙的服务员，坐了下去，还对右边挤着的老太太笑一笑。他端来了饺子和蘸料，递过一副半干不湿的公用筷。她毫不迟疑接过筷子，拿在手里，克制住自己的反胃，笑道："好像回到了大学，在海边吃小摊子。"他怔了一怔，笑了，脸上可笑的皱纹挤成一团，互相剑击，露出被香烟熏黄的牙根。

出乎丁芬芳意料，饺子很好吃，简直太好吃了，难怪他会请她。

这里没法说话聊天，也许他是特意选在这儿，先不让她说话，叫她好好熟悉一下环境？已经有人挺不耐烦地等在一边了，好像她吃完了就该站起来，赖在那里简直霸占公共资源。她于是着急宣布：“我请你喝咖啡。”

走过簋街，东直门内大街有家挺好的咖啡馆，至少是现代的气氛，丁芬芳一扯他袖子，把这个随意逛荡的北京男人拉进了她中意的空间。她让他在角落里一个舒适的咖啡座坐下，自己跑去买了两杯卡布奇诺，还兼带一盘什锦奶油小蛋糕，热腾腾，香气扑鼻。她坐下，长长吁出一口气。

“说说你现在。”男人端起咖啡，像扔出一道飞镖，眼睛乜斜看她。飞镖击中她的傲气，她一下子如水委地。当年她就是被他这样子追到手的，那种京城男人的颐指气使，根本凌空俯视她上海小女人，叫她的圆舞浜底本承接不住。

她觉得自己被他从瑞士女人的优雅里提溜了出来，又距离太远，回不进上海女人的矜持去。她现在哪里的气概都借用不到，她就是海边一个大学小女生，面对盛气凌人的大众情人男友。她抿了口咖啡，掏出精致的钱包，打开，把自己的合家欢掏出来，放在他面前。

他不伸手，面带冷笑俯视那张照片，什么也不说。他沉默着，并不顾及她的等待。她知道自己再不说点什么，这里就发生了令人尴尬的冷场，于是她开了口，一开口就成独角戏，滔滔不绝地说起自己这些年来的行踪。

他专注地听着，也不总是冷笑，有时他也似乎动了感情，手指在桌面上动呀动，她知道他可能想握握她的手，不过，他只是动手指而已。她说得眼泪夺眶而出时，他别过脸去看咖啡馆墙上的广告，牙齿咬住他那显得很筋道的黑嘴唇，他显得苍老的脸被皱纹捆紧，简直像老电影里的高仓健。

一杯咖啡，没喝完的凉了，他跳起身，跑去买来两杯滚热的拿铁，还顺手给她一沓白色餐巾纸。她抹掉眼角泪水，忽然很高兴地笑了："这些没人可说，只有对你说。"

男人点点头："我知道。我不是等在这里听你吗？"

她感到一阵温暖，直接暖到心眼里头。她嘶哑地问："你呢？你过得好不好？"

北京男人猛地绷紧了脸："问这个干吗？我能不好吗？不好还好好坐在这里？"

她伸出自己手，握住了他放在台面上两只冰凉的看上去不太干净的手："别憋在心里，跟我说说，我才是真正的听众。"

他蓦地把两只手抽回去，让她握个空。他难看地抽动了一下脸颊，想给个笑却给了个苦相。他摇摇头："我早就离婚了，陪着我妈过；我妈去年也走了，我一个人过。"

她吞不下他的话，把这话用自己的热气焐着，想焐暖些。只听男人说："你是对的，女人就是蝴蝶，蝴蝶知道什么花里头真有蜜。"

丁芬芳猛听见自己说："怪什么蝴蝶？你妈不是坚决不让你沾花惹蝶吗？上海女人，想也别想进你家皇城根下门槛。"

她听见自己的话，一股久违的愤恨涌上心头。

“我妈已经没了，你别再说她。”北京男人竖起一只手掌，拦住她的话势。

她觉得作为一个上海女人，她得好好讽刺一下那已经没了的北京大妈；作为瑞士女人，她选择吞下自己的怒意，表现出成熟和文明。她还是选了当瑞士女人，借着惯性，容易些。

只是她仍然像上海女人那样问道：“不说你妈，说说你妈给你选的女人，你的前妻。比起我来，她肯定样样都好？”

北京男人慨然长叹，低下这一天还没低过的头颅，两只手在桌面上握成拳头：“你别作践你自己，这个女人怎么能同你比?！”

说了这句之后，他再也不肯提及自己的过去和现在。他疲惫地笑了：“反正，你都不用去我家看，我这个样子，足以证明你的选择是明智的。我谢谢你今天特地巴巴地大老远飞来看我，你我的债清了，我不怨你，你赶紧回吧。你也不容易。”

她无声地哭了起来，眼泪一股接一股从眼眶里淌下来，像来自两只失控的水龙头。这些泪水躲在她身体里很深很深的幽处，今天才碰上适合的水压，把它们从躲藏之处排挤出来。她很高兴自己能这么哭泣，对健康有益，排空身体里的毒素。

可那京城男人被她汩汩不尽的泪水弄糊涂了，他慌慌忙忙去柜台上要来一大沓餐巾纸，递给她擦泪。他坐在她对面，渐渐沉入了他的回忆，他喃喃喊叫起她的小名，突然成了一个伤心情郎……

不知道他们何时离开咖啡馆，忘了是从雍和宫大街还是从安定门内大街进的方家胡同，反正他们两个端庄正经的模样没引起守胡同人的警觉，也没让旅馆前台生出盘问的欲望，她拿了钥匙，就带他进了电梯。

房间实在太小，根本没有会客功能。丁芬芳连窗帘都来不及拉上，他就把她扑倒在暗红色的夕阳里。床很舒服很软，他亲吻她的时候嘴里有烟臭，她记得当年他吻她时嘴是不臭的，尽管那时抽烟也抽得很凶。她觉得自己作为一个瑞士女人受不了他的情感逻辑，因为正常逻辑不至于引导他此刻跑她床上来。不过她自己也有些放弃，并且期盼发生些不好的事情，换言之：他娘的，有啥好东西可以期待？

他解开她衣服，可怜兮兮哭泣着进入她的时候，她想起一件事，因此她奋力推开他，从化妆包里摸出避孕套递给他……这男人难堪地为了避孕套软掉了。她闭着眼等他，故意装作不知道。他自己努力了一会儿，解决了他的问题。当他再次包装着进入她时，她发出了假装的呻吟，配合他，努力地配合住他，绝望地发现一切大学时代美好记忆正飞快地枯萎掉……

他花费了残余的精气神，帮助她挣脱了回忆和往日的束缚，她自由了！

夜幕中丁芬芳把他送到旅馆外面，说好从此不再见面。她内心涌起一阵轻快，掩饰着不让轻快跑到脸上被他发觉，可是，也许他是个敏感的人，他还是嗅到了她的情绪。她拥抱了他，在他耳朵边印上最后那个吻，她礼貌到位地说："谢谢，我的青春到今天还没离开，我不会忘记的。"

猝不及防，京城里的男人在他自己的地盘上尽力射出最后一箭，因为根本没有距离，这最后一箭直接射穿了她的心房。

他怪笑起来，恶狠狠地说："算了吧！往事不堪回首，那是我人生的一个污点！"

一

高考秦陡岩考的文科卷。

考试那一周，热得天昏地暗，每天下午两点，气温都上达四十度。也算这大城有能耐，竟能往考场每个教室拖进一米八长、六十厘米宽的大冰块。

第一天考数学，他暗好笑。整个文科班独他数学拿手，不过他不喜欢解析几何，文科卷恰巧不考解析几何。

他平时说起历史和地理滔滔不绝，临考前也一样背书背昏头，好多明明通晓的细节竟然想不起来。

项木捂住嘴狂笑着在考场外拦住秦陡岩，往他手里塞了个白纸包。这是项木从他舅舅医院搞来的药片，已用石臼捣成了粉："给病人吃的，给病人吃的，这是兴奋剂。"

其实一路考下来他都得意，尤其写作文，题目是什么“四个现代化的畅想”，他一头冷笑，一头把自己想象成某书记的秘书，任务是让书记在哑口无言话题上夸夸其谈。他觉得自己是马克·吐温，又觉得自己是写《围城》的促狭鬼。他一路写个三段式文章，努力不让人读出他的恶意。写完时候，他得意地向监考老师举手：人热得受不住了，要求上讲台摸一摸冰。

监考老师互相商量了一下，一个看住他的考卷，一个瞪着他不眨眼，看他把冰水抹额头头颈，在那里龇牙咧嘴。考试还剩四十五分钟才收场，他从冰边走下来，擦干手就交卷走人了……他不全是得意忘形，他想早点回家，好好把六册历史教科书从头到尾再背一遍。

茶饭不思地背历史，历史是秦陡岩最喜欢的科目，考试从不低于95分。房间里一台破电扇摇呀摇，母亲给他切了盘西瓜。他起先背得还顺畅，后来就瞌睡，脑子里一碗糨糊，半点不肯冒泡。到晚上八点，他看看手里一摞教科书，心急了。一急就糊涂，一糊涂从书包里掏出项木给的白药粉，偷偷用手指头蘸了点放嘴唇上……

脑筋太清楚了，一点点药粉，眼前一派光明。人也不再燥热，西瓜格外甜美，他透视历史书，当即把抗日战争“国民党不抵抗”的卖国史推理得清清爽爽，那可是平时他最想不清楚的一段咧！真是太好了，历史学不好的都他妈的送项木舅舅医院去。

不过，问题还是来了，秦陡岩过了夜半十二点依旧神采奕奕，逮住天花板就能把天花板上石膏裂缝的纹理背下来画给人看！怎么办？他害怕，早上八点要进考场，千万不能到了考场瞌睡呀。越想越怕，越怕越抖擞。姆妈给他下了一次挂面，面里放了几条扁尖两只荷包蛋。他吃了还不肯好好睡，一身热汗，翻来覆去……

六点半闹钟响时他刚迷迷糊糊睡着，一听闹钟，顿时浑身绵软，百般提不起力气。没奈何，今天是搏命的日子，他下狠劲，书包里掏出项木给的白药粉，又往嘴里送一指头。

他神完气足考了历史出场子，见项木也两眼放光，兀自梧桐树下打转。他给了项木背上一巴掌，怨恨和喜悦都送给他：“娘起来！我估计自己创造了满分！”

等下一天考完地理，整场高考就结束了。

这个晚上秦陡岩没复习，好好睡了一大觉。早上和着早饭他又舔一指头药粉，等第一个从考场跑出来，他傻笑着骑车回家。

脚踏车停柳叶路，他跑进苏北师傅老洪的美发厅：“快点洪师傅，给我刮刮脸，高考结束了！”老洪正没客人，像只虾米拱在理发椅上打盹，四台大电风扇一台不开，满额头汗水，头发还打着厚卷呢……老洪讨人喜欢的地方是他善于高速体会别人，简直像一只塞进人家喉咙的体温计。他一听就乐：“色涅？高考考完啦你啊！高中状元你啊！胡须留起来吧，像个人物涅！”

秦陡岩半醒半睡让老洪替他刮完这几天疯长的胡子。他还是第一次刮胡子呢，真叫高考给催熟了。他自己觉得好笑，吩咐老洪：“再理个发。夏天要清爽，但不能剃成青皮蛋，我要去看女同学的。”

老洪扑哧笑：“你啊你啊，人小鬼大。腰里搁下个死老鼠，你冒充打猎的啦！”

秦陡岩决心回家洗个澡，换上干净T恤和短裤，骑车去看望沈桐。

考场里出来，虹和小玫一起坐公交车回圆舞浜，中途转车前跑进刨冰店，吃绿豆刨冰。

小玫觉得自己考砸了。什么历史？在她脑子里秦始皇可能是朱元璋的亲戚，明治维新肯定是高丽王朝的买卖。至于地理，还好，缅甸肯定是在亚洲对吧？

虹是读文科的料，她知道自己该答对的都答对了，课堂里老师没讲到的，那也不必怪自己不明白。虹安慰小玫：“没什么，我们是女生，女生不靠读书，能进大学就行，不计较哪家。”小玫笑起来，手指夹着麦管在刨冰里搅，小指头尖尖翘：“女生不读书，女生靠嫁人！”虹脸红说：“我可不是这意思！”

小玫吃了绿豆刨冰，叹口气：“我姐姐要回来了。她放暑假。”

“那不挺好？你还叹气？”虹羡慕，“我是独养的，家里从没人和我玩。”

小玫笑道：“那该多好？从没人硬生生抢你，还得意地笑。”

她看看虹，觉得无妨，就把自己和母亲一起担忧姐姐回家告诉了虹。虹听得一头雾水：“小玫，你不喜欢姐姐回家，我还能明白。可是，你姐姐不是你姆妈亲生的？你姆妈怎么可能不喜欢她回家？”

“我姆妈和我不是一回事。”小玫说，“她自然喜欢我姐回家，可是，她说我姐从小是个怪物，她担心啥，我姐立马就做啥；她简直不敢担心她，一担心就噩梦成真！”

“这算什么？”虹笑了，她鹅蛋脸白里透红，星星几点雀斑，神定气闲，慢慢还吃刨冰呢，小玫一口气早吃完了。

“你准备怎么玩？我们中学毕业啦！”小玫打开书包，掏出里头的课本和讲义，笑吟吟站起来，跑刨冰店外头找垃圾桶，哗啦一声全扔了进去。“拜拜！”她喊道，哈哈笑，“拜拜啦！”

走回刨冰店里，她还在挥手，“拜拜！拜尔拜尔啦！”

虹也忍不住笑：“的确，小玫，算是解放啦！”

她们赶上直通圆舞浜的公交车，兴高采烈，不说话也笑。天气热得女孩子衣服也照样湿透，虹破天荒建议：“我们晚上去游泳吧？”

她俩追着树那些可怜的荫往家里方向跑，电影院那边火烧火燎，一个闲谈的人也不见。小玫明明可以从枣田路上斜插进五村去，那样三分钟就回得家，可她陪着虹直走枣田路拐到柳叶路上。反正高考结束了，见鬼的六年全日制中学也到头了，多走几步路有啥不可以？一回家，这份乐子就结束了，姆妈甚至会问自己书包为啥空空呢！

往北走没几步，小玫望着小马路对面扑哧笑一声。虹顺她手指看，正见秦陡岩在苏北师傅美发厅修了面剃过头出来，低头鼓捣脚踏车。

小玫叫道："哟，怎么他老是提前交卷？看不起高考呀？弄得头面光生生，要去做啥？"虹忍不住也笑了，今天心里真高兴，马上能放浪自己轮流看一看暑假各式展览会！她觉得马路对过这男生马上要从、实际上正从自己视线底下消失，他的头发在自己眼前这么久，有时传来一阵男生发味，如今剃得短短了，隐隐露青头皮，忽然间陌生了啊！

秦陡岩抬起头，视野正中穿马路走来两个女生，都笑吟吟看自己。他愣了半秒，心脏忽一阵胡动，当然不为小玫，他看清了高挑的虹：她的单眼皮还是端庄，她的双眼皮透出端庄之外的妩媚，她看着自己在笑……

他一生中第一次明白人不是被美丽征服而是被笑容征服，尽管他以后一次又一次淡忘这真理直到彻头彻尾醒悟，此刻他满心惊诧于这新发现。

虹的笑不同凡俗，既有天然羞涩，又有调侃，两种不相容的元素交织一起形成回旋，他的感受跟着旋转不停没个定数。他奇怪这些天怎么把虹遗忘得如此纯粹，像她从没在心里存在过。他感到愧疚，更感到炎热空气令虹变得实在而真切：她额头满是汗珠，她肩膀和臂膀似乎散发一种热烘烘好闻的气味，这股味道钻进他鼻翼。

他直起身，傻笑。

“这么早就跑出考场，你不会交了白卷吧？”小玫伸出脚踢踢他的脚踏车。

“这考卷比学校测验卷还容易嘛！”他实话实说，不知道这话让小玫难受。小玫哼了一声，虹却笑道：“小玫你最后忍他一次，今后他说话气不到你了！”

他莫名其妙虹为啥这么说，可是，好在他机灵：“这么热，我请你们吃冰激凌吧！”

虹没反应过来，小玫欢呼了一声。他点点头，说：“我们去东部综合文理大学，里面有个很好的咖啡厅。”

东部综合文理大学的咖啡厅有空调。

秦陡岩锁脚踏车，小玫和虹一个大呼小叫、另一个文文静静跑进那咖啡厅去了。

他边锁车边想在车边多待一会儿：刚才他带了两个女生在车上，小玫抢先坐了后座，虹听天由命地坐到他前面横杠上，扭头不看他，看前方，可她的长发被风吹得全贴在他脸上，鼻翼一股馨香……

他身上有钱，是小偷给的钱用剩下的。

他让虹和小玫点单，虹要了香草球，小玫要巧克力球，他另外要了三瓶冰冻橘子水，他光喝橘子水。她们撕开包装纸，拿出木片勺，削纸杯里的冰激凌球，他把橘子冰水吸满一口，猛地往喉头浇灌下去。

“你填志愿填哪个学校？”虹问他。她问他问题时停下冰激凌勺，手指垂下，拎着小木片，模样是讲不清的文雅。他看看小玫看看虹，笑了，手指往地上指指。

小玫早就知道这答案，她哧了一声摇摇头；虹微微瞪大了眼睛，然后她脸颊红了：“我也考这学校，我想进图书馆系。”

小玫厌烦地摆摆手：“你们在圆舞浜待不腻？我可要远走高飞！”

他没接小玫的茬，他看看虹，笑了：“我可能会在中文系，这里有些写文章的老油子，我想去加入。”

虹含笑看他一眼，低下眉眼看冰激凌。她用小木片削下长条的香草冰激凌薄皮，放在嘴里。他看见她抿冰激凌薄皮时下巴非常好看，往前挺出，简直……性感！

他闭了闭眼睛，想着沈桐，心想吃完冰激凌时间还早，跟虹和小玫分手后先回家洗个澡，然后骑车去沈桐家，看她在不在。

突然秦陡岩意识到整个中学时期都他妈的结束了，彻底完结了！像有个焰火从肚子里往上打出来，打进他嘴里，他一张口喜不自禁：“哎呀！不用再骑那么远上学啦！要是考进了东综大，我即便不住宿舍，每天走路都可以来回呀！”

虹笑得眯缝起了眼睛，她的脸颊粉粉红：“我就是这么想的呢！”

“你俩想到一起去了。”小玫若有所思地看着他，又看看虹。她下巴朝他点点，毫无前缀开口说，“我说虹，虹啊，你有没有觉得他有点怪？”

虹仔细看看他，笑说：“他嘛，一直怪怪的。”

他点点头，以为她们说他在班里没朋友，正想发高见给她们听，只听得小玫拦住虹话头：“哪里！我不是说那个！我怎么觉得他暗地里在喜欢你呢？虹？”

他呛得一口橘子水喷在咖啡馆水门汀地上，满脸紫猪肝，咳得狼狈，只能用 T 恤衫下摆擦嘴，裸出肚皮。虹满脸红晕了，不说话，狠狠瞪小玫。

小玫哈哈大笑：“吃了他的冰激凌，我还是帮他说出来！”

虹脸上红晕慢慢褪下去，脸儿又白了，她没说什么其他：“谢谢你请我们吃冰激凌。别听小玫瞎说。”

他诺诺把没动的橘子水推给小玫和虹：“我的历史和地理恐怕都要拿满分，我一题没答错。”

出得咖啡馆，小玫提议去东综大游泳池游泳，虹说没带游泳衣，改天吧。秦陡岩不知道该不该再用脚踏车载她俩回家，虹先说："我和小玫去找数学代课老师玩，你去不去？"他对虹的口气很敏感，他说："女生宿舍我还是不去吧？我回家了，晚上可能要出门。"

路上热浪扑面来，骑着脚踏车他放慢车速，一路感觉虹还在他臂弯里静雅地坐着，努力不碰到他，她的头发蒙住了他鼻孔，他宁愿窒息……

回到家，父母当然还在图书馆当差，水杉树竟然晒蔫了，高枝跟鱼咬了钩的钓竿那样深深弯垂。秦陡岩拉开门，朝向臭浜的窗户没关严，今天益发地臭，臭味还带上了发酵的奶味。他叹了口气，到厨房水龙头接点水，往脸上胡乱抹一遍。他想这么热的天沈桐应该不会出门，早一点过去，或者可以请她到有空调的好地方吃晚饭，甚至把沈叔叔也请上。他留张纸条给爸妈，告诉他们考试考得极好，出去放松一下。

打定主意，他冲了个凉，挑那件紫条白底的T恤，穿上自带皮带的西短，短裤有个口袋有拉链，可以把钱全放在里面。他关上门，去开脚踏车锁。推车刚出十三号门洞，傻眼了。三辆脚踏车横在水杉树下，一起去过南翔的那三位又不请自来，一个穿黄T恤，一个穿蓝T恤，剩下一个穿白T恤。三只冷笑的嘴巴上都有了淡淡胡髭，三副深黑色墨镜贼亮："考完了！

我们交了卷就一路兜风，刚才已来过你家，你去哪儿了？”

他试图撒个谎，说自己要去姑妈家、表姨家、外婆家、爷爷奶奶家或那带大自己的奶妈家报喜，嘴边滚一圈却缩回来，他放弃了，做人要讲义气！这三位虽不和他同班，却是他中学六年唯一称得上朋友的怪物，有点同气连枝，有点气味相投。如今考完了，正该和他们狂欢，不是去访问女生。他摇摇头，笑了：“去哪里庆祝呢？”

“我们要去花天酒地。”黄T恤的声音已发育到浑厚地步，他像个大男人般点着头，“我们去花天酒地，一醉方休！”不过，他不知道去哪里能花天酒地，他们三个一个都不知道，都戴着墨镜傻笑，想依靠秦陡岩的想象力。

秦陡岩想呀想，真是绞尽脑汁，终于想起圆舞浜里还有个圆舞浜公园，他还没去过。听说这公园比黄溪青年公园要大，里面有几棵树是环抱的，此地原生的。他慷慨道：“先买冰啤酒，我请你们每人两大瓶。”

一到买东西地方，你就看得出这些小男人都是地道本地人：他们一点人情不肯欠的，既然他买啤酒，那三辆脚踏车轮子呼一下四散，到处去买他们觉得该买的东西，好好来一场草地野餐。

迎着越来越火的夕阳，四汉子从圆舞浜医院门口呼啦一下掠过。秦陡岩故意双脱手放开车龙头，只用两条腿盘着车，打了个飞快的“S”形，啤酒瓶子在沉重的铁丝车篮里碰得哐哐响。那三位有样学样，也尺蠖样骑车，吓得马路上老老实实骑车人一片呵斥。蓝T恤老兄也许是为了解释自己的荒唐行为（他在学校里以行为端正被老师宠爱）突然喊起来："高考结束啦！"旁边三个呼应以不成调的口哨，连珠拐进白象路，流线型冲进不收门票大敞其门的圆舞浜公园，把车撂倒在清寂无人的沙土地上，锁也不锁，朝靠着圆舞浜的一片树荫撒腿……

他们忘记带啤酒瓶盖起子，手拿冰镇啤酒到处找水泥建筑物，树林深处竟有一座废弃的小碉堡，可惜它形状是浑圆的，没棱角可以给人用。这时候，白T恤一声欢呼，他肥大的个子弯下腰去，捡起一根别人扔掉的脏木筷子。白T恤在圆舞浜水里洗了洗那根筷子的筷子头，利索地帮大家飞掉了啤酒瓶的铁皮盖。

他们四脚朝天躺在被烈日晒干的草地上，土壤热得像北方人的炕，他们打趣着北方人的炕，忽然觉得已经累得受不住了，泪水从眼眶淌出来，朝耳朵洞流去……他们经历了黑暗的复习迎考，一辈子都不可能再如此努力一回！

秦陡岩叹息说："无论考上还是考不上，绝不考第二趟。"蓝T恤喝口啤酒，边呛边拍胸脯，边拍胸脯边答："噩梦已经醒了！"

黄T恤躺在草地上，不像他们扭来滚去，他安安静静的，忽长叹一声，吐出一句台词："大敌当前，竟然萌动了春心，真是让人费解啊！"周围一下子静默了，大家回味他浑厚的发育到位的嗓音，摸摸自己喉结心里犯疑。只听黄T恤扑哧一笑：“我模仿焦晃，还可以吧？”

被太阳烤昏的蚱蜢现在凉快些，迟迟疑疑爬动起来。有一只碧绿的小蚱蜢爬到白T恤身上，白T恤逮住蚱蜢，放到还没启盖的啤酒瓶上，瓶身上滴滴是冷凝水。蚱蜢搂住玻璃面吮吸水珠，不自然地提起纤细的前肢“抖脚”，它准是挨冻了。嘭一下，蚱蜢飞起一尺高，逃进了草丛。白T恤哈哈大笑：“夏虫不可语冰？我让它体会了一下冬天。”

秦陡岩感觉冰凉啤酒泡沫淌进喉咙像汩汩春水往外游小黄鸭子，没比这更美妙的。

蓝T恤扔过来他冲进圆舞浜商场买的椒盐花生米和烤扁橄榄。这下子啤酒味道变了，成了花生咸香味的仆从。咂吧咂吧花生香气，吞一口啤酒把香味冲掉，重新再来。烤扁橄榄入口以后，情况再次剧烈变化，正如一只大象跑进瓷器店，橄榄被重味腌制过，无论你怎么节制地品尝，它都甩动尾巴，打翻味蕾的花盘……

啤酒不打嗝地下肚，他们看着参天老榆树点点叶脉，感觉复习资料上记载的那些东西像退潮海水从七窍涌出，他们连再见都不屑于说，无声地动动舌头，让变态东西赶紧滚它娘蛋！他想起语文试卷作文题：“四个现代化，你们都怎么写的？”

“别说了，我考砸了！”蓝T恤哀叹，“我写工业现代化、农业现代化、城市现代化，还有郊区也要现代化。”

鬼哭狼嚎一阵狂笑，秦陡岩唱个咏叹调："哦，哦，圆舞浜这里也要现代化！"

"我也好不到哪里去。"白T恤大个子说，"我就记住了'国防现代化'，所以我作文里定了个作战计划，先打东南边的，再打北边的，然后稳住日本，转头去南边打！"

虽说第二瓶啤酒还没喝完，他们已经顾不得，拿这瓶去敲空瓶子，抱住肚子在地上滚。只听黄T恤动人的嗓子又亮了起来："美人当前，却萌动了杀机，真是叫人费解呀！"

火烧云发红时分，四个考完了的一起站起来，四顾无人，走到圆舞浜边上，齐齐掏出家伙，要把两瓶经过再发酵的"啤酒"射到浜里头去，秦陡岩笑一声："比谁射得远！"四道水注三道文弱地掉进了圆舞浜，唯好战者凭借身壮力大，竟把浜水对岸的鸢尾叶子淋了个透湿……

"你他妈的！"黄T恤说。

"这下子真该去花天酒地了！天暗了！"黄T恤压低嗓音，发出一种磁性来。

他们跨上车，没什么醉意，只是开心。现在脚踏车队驶出了圆舞浜，朝市区方向溜去。花天酒地在圆舞浜这种夜里八点就关店打烊的准郊区怎么可能呢？花天酒地肯定要进十里洋场呀。

也许是被圆舞浜的水色濡湿了，这一小队人马不往大城东面最繁华地去，倒向着环城的苏州河骑行。苏州河的夏夜虽无璀璨灯火，故事倒多。河堤上到处是光膀子吃糟鸡翅糟鸭膀喝啤酒的人，暗影里有男女攀在一起交缠，这么热的天色……他们四个顺苏州河堤往东，黄T恤执着地要带他们去一个可以“花天酒地”的洞穴……洞穴在靠近外滩的河堤边，进口将是一家堂皇的有空调的宾馆。

黄T恤的阿哥是这家宾馆的大堂经理，他穿着黄衬衣正在经理椅子上闲坐，目视阿弟带同学到了门口停放脚踏车。阿哥悠闲地站起来，门口迎住来客讪笑：“考完了？考不上大学的都欢迎来这里当服务员。”

阿哥不由分说带他们穿过叫人颤抖的冷空调大厅走楼梯到二楼餐厅，斜睨他们：“不管吃过没吃过晚饭，到了这里都归我招待。”他们被阿哥摁在一张圆台面周边，餐厅一个客没有，黑黢黢只亮着一条长长的日光灯管。

厨房顿时送出一连串冷盆：糟鸡爪、糟门腔、糟毛豆、凉拌腐竹、凉拌金瓜丝、酱麻油拌海蜇皮，还有酱麻油拌松花蛋。阿哥一声喊：“六瓶六瓶地上青岛，记我的账。”

早饿坏了，秦陡岩觉得项木给他的白色药粉终于彻彻底底过去了劲头，现在他非常饿，饿出一种飞浮感。黄T恤、蓝T恤、白T恤都不再晃眼，唯桌上小菜强烈凸显在感官世界里。他拿起黄衬衣阿哥递来的冰镇青岛，竖立瓶子喝了长长一大口，筷子向凉拌腐竹伸出去……

记不得那晚上宾馆厨房有没有上过热菜，反正啤酒是主角。刚刚考完试的神经在冰凉啤酒里暖烘烘松弛下来。秦陡岩记得每个人都兴高采烈，一切小菜都是酒的陪衬，有比没有好，谁也不计较。

酒一次又一次六瓶六瓶送上来，然后空瓶子站满了边上一只圆台面。到底上了多少瓶青岛啤酒？后来黄T恤回顾历史时报告的官方数字是每人喝了十一瓶，离开一打只剩叫人遗憾的一瓶。青岛啤酒代表青岛的海浪清凉柔和里外冲刷他们，中和掉考试岁月累积的新旧胃酸，不好意思，这有点像洗旧马桶……

秦陡岩没喝醉，只觉满足加疲劳。频繁进出洗手间之后，大家算酒足饭饱。

黄衬衣阿哥早就跑开干他的大堂经理去了，黄T恤问大家：“吃饱了没有？”收集到三次点头，他就站起来领他们下楼，远远朝他阿哥点头，鱼贯穿过大堂，走进对社会开放的宾馆舞厅。

这舞厅布置成花果山的山洞，到处奇花异草水声淙淙，只不见那孙猴子。他们坐在一圈竹椅上，服务员泡来四杯绿茶。音乐品质不佳极其吵闹单薄，不过人人很激动很兴奋，舞池里转来转去都是灵动的女人，比他在东综大看到的女生年纪略大些，看上去都叫他们喘不过气。

他们不会跳舞，只能干瞪眼，眼睛都发红了。

“美女当前，却成了呆鸟，真是……”黄T恤叹道。

“……令人费解呀！”同声应和。

黄T恤跳起身，拦住一个刚被舞伴放开的姑娘。他好听的声音穿透音乐，在三个傻坐的男生耳边回响，果然，音乐再起，黄T恤搂着那姑娘慢慢走动，跳舞不像跳舞。姑娘看上去却在笑，很享受黄T恤的絮叨……

白T恤和蓝T恤也学着上去拦截其他跳舞的女人，却都被女人们微笑着婉拒了。秦陡岩黏在椅子上，手托着腮，决定绝不唐突。他只会从浅水区下泳池，绝不轻易就往深水跳……

二

富民路、长乐路和巨鹿路据说是往昔法租界扩界时同时设计施工的街区，一直被视为大城中心蛮高级的住宅区。走几步就到淮海路。

夕阳染金了路边房子。

沈桐爸爸身穿白衬衣，戴着藏青干净套袖，一个人在富民路上踽踽独行，他去长乐路菜场买菜。

路过东正教教堂，他常常停下脚步，抬头望望教堂的“洋葱头”，总有一阵心酸让他重新迈开脚步。

沈桐姆妈难产时候，他仓皇从医院跑出来，不管不顾跪倒在这教堂跟前。他求教堂里的上帝，可上帝看都不看他一眼……沈桐姆妈难产死了，沈桐呱呱落地，好像他往医院里送进自己的女人，换回一个将来必将属于别人的女人。

沈桐爸爸买了番茄、鸡毛菜和长茄，低眉顺眼地从菜场往家走。走到自家弄堂口，看见一个半大不小男生在弄口踅来踅去，那眉眼贼忒兮兮，一下子叫人怒从心头起：这家伙是沈桐学校的差生，蜜蜂苍蝇般围着沈家转，不是第一次。沈桐总微笑着和所有男生周旋，这一点如果不像她母亲，也许爸爸就不会这般受刺激。

沈桐爸爸悄悄跑进弄口公用电话亭，朝电话亭嫂嫂使个眼色，弯腰坐到板凳上，菜篮子塞进板凳下。他看那男生，粗粗壮壮一个，皮肤焦黑，正抓耳挠腮，短发根根竖起。男生忽然穿马路到路对面电话亭，往这边电话亭打个传呼电话，请电话亭嫂嫂喊沈桐接电话。电话亭嫂嫂朝沈桐爸爸笑笑，跑出去喊："沈桐，沈桐，传呼电话！"

沈桐笑嘻嘻从楼上下来，她爸爸低下身子不让她看见。只听男生从马路对面过来，喊："沈桐！"沈桐笑问："你又来做啥？"

沈桐爸爸抬起头，电话亭嫂嫂朝他一笑，他偷眼看自己女儿：还好，沈桐不那么热心，她倒退了几步，手肘支在公用电话亭柜面上："有话不好学校里说？我爸爸看见你，要揍的！"

男生忌讳旁边笑嘻嘻听讲的电话亭嫂嫂，一个劲儿同沈桐商量："我们去街心花园兜一圈好伐？足球赛要开始了，大家请你当啦啦队长。"

沈桐扑哧一笑："我？啦啦队长？你怎么想得出来！"

男生看见沈桐笑，他脸上气色顺了，一股霸气涌出来："走，去街心花园。我请你吃生煎馒头。"伸手就来抓沈桐胳膊。

不等沈桐再回答，沈桐爸爸跳起来，脸憋得发红，往电话亭外使劲一蹦，一把扯住那男生脖领子："走走走，走开！别来烦我们沈桐！不要再让我看见你！"

男生下意识一把扭住沈桐爸爸胳膊，他粗粗壮壮，一看就不是沈桐爸爸能随便叉脖子的人，恐怕只为卖沈桐面子才没动粗。他瞪着三角眼抬头看沈爸爸，神色不和善。

沈桐红了脸："爸爸，爸爸，你做啥？不可以打人哪！"

沈桐爸爸放开男生，还挡在沈桐前头："走走走，不要再来了，听见没有？"

男生扯扯衣领，气呼呼哼了一声，扭头就跑。电话亭嫂嫂叹气："阿翔，侬是个老实头，桐桐没娘，都是侬男人家一把屎一把尿带大。现在女儿大了，烦恼了哦？"

沈桐气呼呼瞪着爸爸，眼睛亮晶晶，突然扑哧笑："阿爸你真是，这种小男人我自己可以对付，哪里要你来动手动脚呀？阿姨爷叔看见，笑话我们家。"她说过，一扭身，跑开了，上楼回自己亭子间。

沈桐爸爸从电话亭板凳下拖出菜篮子，尴里不尴尬朝电话亭嫂嫂笑笑："阿嫂，你替我看着，桐桐年纪小，怕上当，她有啥电话你记下来给我。"

电话亭嫂嫂点点头："电话倒真是不少。越来越多。"

沈桐爸爸说："朋友我不是不让她交，有几个好小囡，可以来往的。只是最好我把关，她没娘，她……"

"好了好了，晓得了！"电话亭嫂嫂摇摇手，"侬又当阿爸又当娘，真心不容易！"

沈桐回上楼，跑进自己房间，看看窗外天色，天还亮。她从书架上抽出《名利场》，翻到书签标的页数，继续往下看。她忘记了爸爸的失态，夏普小姐的故事实在太吸引人！这会儿的情节简直叫人看了透不过气：皮特爵士被夏普小姐迷得失魂落魄，贵族老头正屈尊向家庭女教师求婚呢！这个瑞贝卡真正狐狸精，别看她没钱没地位，她简直马上要把整个世界迷倒在裙子下……

沈桐又把书翻回一开场：夏普小姐告别平克顿女校时竟然敢把女校校长轻易不肯给的《约翰生词典》扔回去！这不是打在势利眼脸上一个大耳刮子嘛，太解气了！

她微笑着把《名利场》放回书架，顺手却又抽出了《萧红传》。萧红生下来不久母亲就死了，父亲又把她赶出了家门……

沈桐流了一会儿泪，合上《萧红传》：萧红是东北女人，东北女人做事情泼辣，父亲给她定的亲，她不满意就敢离家出走，跟自己看上的男人走。不过后来她把自己弄得叫人惨不忍睹：女人的自由可不是什么童话什么传奇哟！沈桐摇摇头，把《萧红传》塞进了抽屉……

她觉得有点饿了，不过，今天她不想下楼去跟爸爸撒娇，爸爸今天太过分。自己不但丢面子，还有被囚禁的感觉。她从来还没和谁板过脸，同爸爸更不会。但，她不能当啥事没发生：自己快要考大学，已经是成年人。爸爸真的过分了！

可是，楼下传来奇怪声音，这声音叫她心头一动。她悄悄从门口探出头去看爸爸房间，正看见爸爸手拿铁勺脸朝门外，铁勺上还沾着绿菜叶。很久不见的住在圆舞浜的高个子男生背对她和父亲在寒暄，他那白底紫条T恤很显眼，他的声音轻松又欢快，像同爸爸说话有乐趣，像同一个很亲的长辈絮叨……

忽然有种感觉涌上沈桐心口，好比打开可乐罐子，褐色泡泡猝不及防滋生到空气里。爸爸和傍晚时的他自己判若两人，他微笑着对男生讲："沈桐在上面，你自己去找她。等我做完晚饭，一起下来吃。"

秦陡岩笑吟吟往楼上迈步，沈桐父亲显明的欢迎添了他心里力气。他看见沈桐露出门来的笑脸，盈盈眼波，他觉得木梯子在脚下动弹……

"我高考考完了。"他开口第一句，"现在可以来见你了。"

“考得肯定很好？”沈桐抬起脸笑看他，笑纹一点点加深。

“应该能考进我想进的学校。”他笑了，“明年轮你高考啦！”

沈桐苦了脸：“别提了，我哪能考得好？将来准没出息。”

他伸手在她面前摆了摆，很有力：“绝对不用担心。你愿意的话，我今天开始就帮你复习，一定考上好学校！”

沈桐让他坐到梳妆台前椅子上，自己倚在桌边，同他四目相看，两个脸都绯红。他开始讲高考的苦处，讲那些小心或不小心吃下去的项木的药粉，讲考卷上的“四个现代化”……沈桐笑得像玫瑰开过开牡丹、牡丹开过开杜鹃，人面桃花，看得他心里一浪接一浪抖动的蝶翅……

沈桐爸爸喊女儿和客人下去开饭，三个人围着方桌坐。沈桐咬着仿象牙筷子看着他笑，沈桐爸爸接着听他讲高考过关斩将，讲东部综合文理大学有怎样好的中文系，讲他如何愿意帮沈桐复习迎考……

秦陡岩没能如愿马上展开对沈桐的助学，好比雨后，人出乎意料地面对彩虹，凝望着彩虹了。

虹连珠转般到展览中心看国际展览，父亲经理的行业展一个接一个：今年的新展览不但有国际游艇展、国际家具展、国际化妆品展，竟然还有国际婚纱婚礼用品展，虹看个眼花缭乱，心里辟出个新花园。

爸爸带虹出席所有国际展的欢迎宴会。虹穿上最好的白裙，端庄地闭紧嘴，丹凤眼瞅着展览会上那伙出挑的男女客，一群从地球上其他大城来的人。这伙人风度翩翩，教人目不暇接，看了心里一火烫一火烫……他们有时候转头看看虹，给她内容复杂的笑颜。

这暑假她参加的最后一个宴会并非大城最后一场暑期展的欢迎宴，由于她出席这宴会时毫无防备地受了惊，她不再热衷于逃离寂寞空虚的圆舞浜去市区。

她受惊之后暂时改变了习性，先是主动找小玫玩，后来在小玫家遇到秦陡岩，就突然同他来往起来。

秦陡岩很难描绘自己的感觉：明明同沈桐在夏天的火热里行走，忽被一阵清朗秋风吹得心驰神荡。

虹带来一阵清爽，还有一股子她身上独特的神秘感。她身高一米七二，挡住了他的视线，只让他看见她脸颊的红晕和鼻梁上羞怯的淡雀斑。她拥有了妇人韵味的身条，她让他呼吸急促。

他回忆起坐在脚踏车横档上的虹，她坐在他怀里曾瞬间填满他的空虚，她把同样坐在横杠上的沈桐比成了一只依人小鸟……回忆起虹那些被风吹到他脸上的长长秀发，那康乃馨般粉红的气息令他颤抖。

虹的父亲在家里抚慰虹："世上人各色各样，和我们绝不相同。你不要把偶然发生的事太当真，这样的人尽管直白粗鲁，但没有恶意。打个比方，就像春天游花园还免不了让苍蝇撞到脸，我们只要不当回事，就过去了。”但他的话效用不彰，虹很难忘记那粗鲁不文的中年商人怎么借酒对她爸爸提出向她求婚。商人结结巴巴陈说他的理由，蛤蟆眼朝她浑身一溜一溜，虹几乎恶心到要晕厥，甚至担心父亲交往这华侨大富翁本有什么特别目的。

虹吓坏了。简单说，她从不曾恶心自己，不曾设想过和任何中年男人有瓜葛。

暑假之中，圆舞浜地区她似乎只熟悉秦陡岩这一位男生。他好几年都坐在她眼皮底下，毕竟他是一个美好年华的同龄人呢。被肥厚大叔一衬，他简直在虹眼里玉树临风！

虹在家孤零零感到害怕，不由自主会想那可怕的夜宴；一旦和他约上，走出家门，无论去做什么，虹就觉得万事安定了，犹如从独木舟踏足陆地，一切尽在自己熟悉时空里了。

她忽然间很需要秦陡岩，想和他待在一起。他安全又明朗，尽管有些古怪。

秦陡岩没机会听虹讲夜宴的荒唐事，虹绝口不提这种尴尬。

他思来想去，不能不相信自己的感觉：虹可能喜欢和他在一起。

虹不再只是他身后一个靠背部体会的有体温的生命，她羞怯和有所保留地面对了他，对他提议的共处方式言听计从。

秦陡岩从沈桐家回来后，当夜用衣服遮住台灯，在无垠暗夜里给沈桐写了封情意绵绵的信。他不但责怪自己在她痛经那天没护送她回家，还告诉她她的笑容如何让他沉醉……他的分寸把握到这个份儿上，没添更肉麻的言辞。

可惜他没收到过沈桐回信。他把自家地址工整抄写在寄给她的信封右下角，她不可能无处可寄。

他等待了一阵子，没等到回信，却等来虹在小玫家巧遇他。他说起练习摄影，开玩笑说免费给大家拍；虹大大方方说你拍我吧，我想看看自己的模样。

天气已经越过了最炎热的时节，现在，经历过大暑天的人走出门，隐隐嗅出秋意在树丛中聚集。秦陡岩借来了小堂兄的海鸥牌照相机，买了一批打折上海牌胶卷。虹同意和他一起去银湖公园，显然，她是他的模特，期待他拍出她的姿色。

他没邀请小玫，单单邀请虹当他摄影模特，于礼讲不过去。小玫那天花费不少零用钱，置办了一桌子零食和甜点招待他与虹，当然还有其他两个他不太喜欢的同班男生（从市区来，见了他冷冷淡淡）。好在虹待他比待那两个男生亲近，虹没和那两个打过什么交道，所以独独同他有话讲。他虽感谢小玫招待，却暗怪小玫交际广阔，班里个个都请，他便不愿意回请小玫，也不想扩展同小玫的交情。

况且，那天秦陡岩到了小玫家内急，找厕所撞见一位素面女生，他知道这大概便是小玫返家的姐姐。只记得小玫姐姐慌慌忙忙握了他一把，手指冰凉，脸看不清。他鼻子里吸来一股女人气息，心里顿时萌发一阵好感。小玫本只是个小玫，同她姐姐一衬，更比得同一方毛巾般平淡，他更懒得记起小玫。

虹在秦陡岩相机前虽摆出拍照姿势，却徒有其形状，毫无妖娆意味。他尽心尽力拍她，想拍着她特别的美态。他取了各个角度琢磨她身形脸型，借助光线变换，要拍出点意思。只遗憾虹隐隐一位大家闺秀，淡淡地让你记录，不肯飞眼色要腔调迎合。万花丛中一娇羞少女而已。

他去少年宫摄影组暗房，由人指导着冲出相片来：那胶卷是打折的，质量有问题，冲洗的照片曝光不足，带一种暗淡棕红，仿佛都是旧相片。虹看了相片，他本以为她会大失所望，没想到她笑了："你拍得有特色，我喜欢这旧日的气氛。"她鼻梁上的雀斑在发红的脸颊映衬下，像一把白色小芝麻。

他和虹慢慢在银湖公园湖边走，刻意寻找能衬出虹秀色的风景。他从取景框里不停观察虹，虹对着照相机流露的神色，不经意淌进他心里。

秦陡岩在一个草坡上问虹："进了东综大，你准备在学校找男朋友吗？"虹"啊"一声，眼色难描难绘，落实了他的唐突。立马，她脸颊绯红。

他竟然固执地瞪着她，期待她回答。

虹忸怩说："看吧。"

他脸色晴转阴，涩涩道："女生永远想找比她们年纪大的人，这是为什么？"

虹扑哧笑了，她以雅致的姿势坐到草地上，裙子绷着身子遮没膝盖，两条长腿弯向左侧，长长手指放在裙裾上：“因为你这样的小先生还是个毛孩子。”

“谁不是从毛孩子长大的呢？”他激烈抗议，“我研究过了：女生缺少洞察力。”

虹怔在那里，他得意地笑道：“香蕉见过吗？所有人都喜欢挑黄皮有黑麻点的，说香。其实，那是熟了而已，快烂了。懂挑青皮白心的，这就是洞察力。”

虹微笑着看他，没说什么。

他举起相机，咔嚓咔嚓拍了虹几张脸部特写：“我把这几张存起来，等你和我成了老太太老头子，我请你吃饭，回头看看今天我说得对不对。这是你今天听我说话的表情。”

虹说：“给我相机，也拍你下来。告诉你：不是每一只蛋都能孵出小鸡，不是每个毛孩子都能长成男子汉。”

他点点头：“虹，你有趣了。女生都是赌徒，知道吗？”

“看你说的。”虹笑了，“毛孩子！”

“想到女生都找比自己年纪大的，按这个规律，找我的那个，现在大概还在读初中物理，我心里就慌。”他气咻咻把照相机搁在草地上，夸张地捂住了脸。

虹笑得喘气，伸手在他头发上揉了一下：“可怜！”

他放开手，抬起脸：“可怜啊，你看你这么一个年貌相当的，却以为自己是我妈呢！我昨天做了一个梦，要听吗？”

“什么梦？”虹问，她眼神闪烁一下，却又端庄了。

“梦见我妈我爸搞包办婚姻，强迫我娶一个女人。花轿都抬来了，女人脸上蒙着红布。我气得咬牙切齿，上去一揭盖子，我笑了。”

“怎么？”虹不由得大为好奇，“大美人？”

他举起相机对着虹一阵猛拍：“想看看照片？”

虹啐了一声，脸彻底红了，红得像蜜桃子。

三

东部综合文理大学从秦陡岩那中学一共录取了三位学生：秦陡岩、虹，还有项木。秦陡岩中文系，虹图书馆系，项木，自然归入哲学系。

平时踅入校园里逛逛的闲人不可能领会东综大那番根深叶茂。

东综大大门朝东，正对大城最阔的环路。门外一方不大不小广场，种着排排广玉兰。

进大门，左侧就是新建不久的科研楼。科研楼没占尽的地皮已整顿成大小草坪，放眼望去一片绿。科研楼后头是有点年头的莲花池，池四周绕几幢太湖石假山。夏秋一片红荷花，池边老柳送阵阵蝉声。进大门右侧是足球场和排球场，地势广阔，开学期间人声鼎沸，唯寒暑假清静。

秦陡岩报到那天特地绕远路从正门进东综大，碰上校广播台纵声播放迎新词。一个昂扬的男声配一个柔媚的女声，反复吟咏说大学时光就是金色年华……

秦陡岩哼了一声，睁圆眼睛看一辆辆由高年级男生奋力踩来的三轮车。高年级男生举着小电喇叭，自称为新生运送行李铺盖，一个个无礼地上下打量刚踏进校门的女新生。长得略有些姿色的女新生都有三轮车抢着送去宿舍。可怜大部分长得平淡的，一进校门就明白了这是个什么世界。

秦陡岩没约虹一起来报到，他关于虹的拍摄计划已圆满完成，虹送给他一只手绘红梅瓷盘，他还得着许可去虹家做客。虹的母亲安静平淡地给他泡上茶水，坐在他和虹身边做针线，竖起耳朵听他们讲话……

秦陡岩想看看虹走进校门的景象。他恐怕校园里所有的三轮车都将箭矢般朝她射去，骑在车上当骆驼祥子的都是比虹年纪大的男生……他胸闷欲裂。

走过莲花池往西，路两侧是理科的一些小楼，然后就是大学办公区。过了办公楼群，秦陡岩立住脚，端详排列成一线的几个图书馆。

虹差不多就这时候背着大行李背包走进大学校门，三四辆三轮车争先向她驶来。四眼哥哥们殷勤备至，抢着送她去图书馆系宿舍，她选择了其中一个献殷勤者。

一路上，她没理睬踩车师兄的搭讪，她四下观看，看见了很多期待已久的风景。她不明白为啥有人愿意踩车一个个把新生送去宿舍。她一眼瞥见秦陡岩背着背包、拉着绿色小拖箱在校园里走。她央求踩车的过去捎上他。踩车师兄却厉声回答：“让男生自己走，对他们有好处！”

虹生着闷气，紧接着看见了横流的绿姝河：河道好美。绿姝河流经东综大的河面有一百五十米宽，水流还很急，水上漂着水葫芦和点点浮萍。岸边柳树成荫，秋日知了尚不知疲倦，它们的合唱慵懒冗长。

过了河上的桥，一座雕像严肃地向虹挥手。塑像周围有汉白玉台阶，有学生坐在石阶上闲聊或低头看书。

项木是从后门进的东综大，他吹着口哨，背一个大背包，沿路东张西望。他看见了突兀的留学生楼，看见了学生食堂，看见了几个杂在宿舍楼之间的篮球场，也看见了小卖部咖啡厅，他漫不经心朝几个女生宿舍望望。他不找自己宿舍，反而跑进了学院大礼堂，像是个观光客。他从礼堂跑出来，跑中心体育场看台上，倚靠着自己大背包跷起二郎腿，从兜里掏出香烟打火机，点上了……

他眯缝眼睛想看清自己来到了哪里。

开学的日子再无奇可叙，各人勉力适应自己环境，奋力学会与陌生人同居于集体宿舍逼仄的空间。

秦陡岩和项木见面散了一次步，和虹见面喝了一回橘子水，各自又分开，落在本系时空里，混同新同学新教师，努力建设新蚁穴。

他趁乱又给沈桐寄了封信。这次他在信文里小心翼翼地退回靠近初始立场的地方。像编撰旅游手册般介绍了东综大的建筑与日常活动，重提帮助她复习迎考，却不敢再露轻狂暧昧。

很快他收到了沈桐回信。沈桐告知他她去了一趟父亲的老家，很晚才读到他的两封来信。沈桐亲昵地表示想到东综大来玩。

反复逐字读了沈桐的信，他心脏嗵嗵跳动，觉得一段美丽失而复得。

秦陡岩想了又想，回复沈桐一封快信：等你来东综大，项木也在学校。我们还有一位中学女同学，我通知他们一起陪你吃饭。去我们学校不可言传的美妙舞会跳舞吧！

项木似乎已把沈桐忘怀，他和虹不熟，不过，他乐意参加拟议安排到周末的这个聚会。项木热切地拍拍秦陡岩肩膀："说，你到底中意哪一个？我无所谓，你先挑，我一定把另一位服侍好，也为你暗撬边。"

他苦笑，回答项木："我也不晓得。"

虹，按照定律，她的美目只看学长。唯沈桐，还勉强处在把他纳入考虑范围的年龄区。对于项木，他同病相怜："你的'维特烦恼'治好了？不麻烦沈桐了？"

项木打一个哈哈："老爷我逢场作戏，没个定性。你不用顾虑我。”

不让项木知道，秦陡岩翘了周六上午“古代汉语”课，特诚到富民路去接沈桐。他运气不错，公共外语课的英语老师潘海礁正好去市区开会，学校派了辆小车；潘老师和他自来熟、处得好，答应送他到富民路。还约好下午开完会，再把他和“小女友”接回东综大来。潘老师戏谑地用了法语形容沈桐：“小女友”。无论是“小”还是“女友”，他听了都心虚。

不能不说说潘海礁这位东综大英语讲师，他恰巧也是项木和虹的公共外语课老师。潘海礁三十来岁年纪，一头卷毛，脸上疙疙瘩瘩，浓眉大眼，身姿遒劲如拉长版马拉多纳，确实长得不像外语老师，像体育老师。

潘海礁父母本是东综大教职员工，他打小住在东综大后门的教工公寓，家和银湖公园一墙之隔。

作为学生，秦陡岩告诉潘海礁自己家也在圆舞浜地区。潘老师爽性，说你我还是同邻居那样来往吧，今后别叫老师了，我其实比你大不得几岁。

秦陡岩站在教工公寓一栋火柴盒形状毫无个性可言的灰色住宅楼前。五号门开着，一扇灰蒙蒙纱门挡着穿堂风。天然鬈发铁塔般的潘海礁打开门，头向左肩膀一歪，示意他进去。

一进门，朝南房间满盛阳光，房外水杉树影斑驳，一只灰白条纹老猫病恹恹趴沙发上，朝秦陡岩喵呜一叹。潘海礁递过来一杯水，水晃出来湿了秦陡岩虎口，潘海礁硬线条的脸绽开软珊瑚的笑。

秦陡岩不把老师当老师，就势和潘海礁谈摄影，其他时间大谈美军在中东的部署。

潘海礁仿如一头青春期的西班牙斗牛，他的女友是《信号报》编辑，秦陡岩听见潘海礁说得最多的是要赶着去揍一个报社的中年人，因为这只结了婚的猪，老围着他女友哼哼。

潘老师抄起吉他，几下刚硬的前奏，放声歌唱：

如果你是平静的港湾
我就是那远航的风帆
如果你是远航风帆
我就是那平静港湾
…………
从这里到那里
从黎明到夜晚
相逢时刻美梦
它不会再出现
…………

潘老师的天然鬈发顺着风势向后飞舞，他目光如炬，他因激动发抖，他疙疙瘩瘩的粉刺如同卸了防护盖的鱼雷……

第四次秦陡岩去潘家瞎扯，潘约了朋友吃饭，不由分说带上他。

在座有个“老四”是海礁的光屁股朋友，另有一位是《新闻导报》编辑部“老王主任”。老四中等个子，一头乱而密实头发，戴窄框眼镜，说话竹筒倒豆子，字字迸溅。老王主任是五十多岁干瘦老头，裹件厚实藏青风衣。他的干瘦，不是清癯，是现了形的柴火骨，宁波师爷相里透一股子火烧欲念。一顿饭工夫，老王已算计了好几遍报社广告费分成，愤愤不平。

吃完饭，大家互相送，一直送到圆舞浜外。堪堪四人要穿过一条铁轨，信号灯闪烁，横杆直放下来。他们站住脚，喝得有点上头的老四忽地大喊一声：“快！”一猫腰钻过木栏，跑过路轨去了；潘海礁一怔，也猫腰钻了过去。

王主任和秦陡岩不敢动，迟疑间，一个火车头像只被巨大铡刀砍飞的脑袋，呼啸着从他们面前疾驶过去。横杆竖立，俩人赶上去。

老四正和岗亭里值班的道口工口角，老四说：“一个火车头耽误我们四个人？你不能让它等等？”道口工歪戴蓝色大檐帽，风纪扣敞着：“什么？你老几？让火车头等你？你找死，我可没工夫给你收尸！”

潘海礁笔直站着，没加入舌战，此刻方开腔：“你给谁收尸？我也过了铁轨，你说我？”

道口工看看潘海礁，有点怵，往岗亭里吆喝伙伴：“老李，电话呢？”话刚出口，潘海礁像只大青蛙蹦起来，扑到道口工身上，两个人滚倒在岗亭门槛上。

里面老李抄起电话喊救兵，老四狂吼一声，堪比野猫叫春、猫头鹰唱歌，一脚踩扁地上那道口工瘦屁股，弹进岗亭，劈手夺下电话丢地上。

四个人瞬间成了两根交缠在一起准备下油锅的大油条，喘声加上彼此问候对方姆妈，吵嚷成一片。王主任倒冷静，干瘦身板裹在老式风衣里，扭头问秦陡岩："我要不要出场？"

两个虚壳壳的道口工哪是潘海礁和老四对手？一前一后被扭着胳膊倒拎起来……他踅上去拉拉潘海礁："老师，适可而止，别出事！"老四却得意扬扬："谁给谁收尸？说！"

正乱着，脚步杂沓，四个铁路警察手持电警棍赶来，团个圆圈把人围上了："什么人？手放脑袋后面，蹲下！"

潘海礁和老四放开手里道口工，迟迟疑疑看着增援者。一个警察指指年纪最小的秦陡岩："举手！没听见我说吗？"老王挡在他前头，冷冷地说："我们没动手，我是记者。"

老王掏出记者证，递给拿警棍的警察。警察手电戳着证看了看，说："那两个是你们一起的？"

秦陡岩正迟疑，还是老王机灵："我们过路，不认识这两个。"

潘海礁和老四变成锯掉嘴的葫芦，瞪着四根电警棍，戒心重重，端着拳头。不等警察们吆喝，老王突然发难："作为过路记者，我目击了铁路道口工无故侮辱过路群众。这两个小伙子过铁轨，道口工冲出岗亭骂脏话取乐，导致发生扭打。”老王回头指着他，“这位大学生已经打电话到市政府夜间值班室，明天我们如实报道求个公道。”

被潘海礁打翻在地的道口工抹了抹嘴角血，突然一把扭住老王，老王啊地惨呼一声，传来骨骼被扭的咔嚓声。秦陡岩下意识上去挡，道口工当胸抓他衬衣，一使劲，他白衬衫撕裂了，右肩右胳膊全露在夜色里。一股热血上冲，秦陡岩一软拳揍在道口工鼻梁上，工人捂住鼻子蹲地上了，一手血。

四个铁警又舞动警棍，这下秦陡岩和老王也成了管制对象。秦陡岩正琢磨电击会是啥滋味，老王揉着手臂，从大衣内侧口袋又摸出张单片证件，扔到警察脚下。打头那警察拦住同伴，捡起老王的神秘证件仔细端详，又问老王：“局长亲自发的？”

接下来一幕极富戏剧性：铁警吹动一个单调的铁哨子，和道口工一起列队站直。领头的叫向右看齐，被打的两个脸上挂着彩，也努力站好。他们转向秦陡岩和老王，领头的双手伸出，把两份证件还给老王：“你是记者，我们是公务员，大水冲了龙王庙，一家人哪！希望高抬贵手，今天的事不要提了！我们也要养家糊口，老婆孩子长着嘴巴，全靠工资养。”又转头看潘海礁和老四，“不打不相识，大家拉拉手，现在去喝一杯和酒，我们掏钱！”

留下名字不叫老李的那个道口工值班，那人咽着血口水，骂骂咧咧。潘海礁、老四、老王和秦陡岩，由四个蒙在鼓里的铁警、一个有苦难言的道口工老李簇拥着，到三百米开外的枣港饭店吃和酒。打头的铁警把自己酸臭脏衬衣剥脱下来，一定要秦陡岩穿。秦陡岩宁死不从，伸手接过老王包里翻出来的回形针，自己低头把破衬衣拼接一番。

这些夜行人在一张蒙着薄塑料台布的圆桌旁坐下来，闹哄哄地开了二十瓶青岛，就着火爆腰花和青椒土豆丝开始和解仪式。

老四梗脖子一口气灌下两瓶青岛，和被他揍的道口工老李搂着肩膀，互相拍打。潘海礁矜持地和领头铁警交换外交辞令：

“不敢当，喝了和酒，大家是朋友，过去就过去了。”

“我们吃口交通饭不容易，老弟你多担待。我这不懂事的弟兄也是为你们好，希望你们平平安安的，回家老婆孩子热炕头！”

如此和潘老师一起打了场有惊无险群架，彼此更无师生之分，秦陡岩内心简直洋溢起兄弟情谊。

秦陡岩在东湖路和新乐路路口下车，潘老师自去开会。他思量要买一样礼物送沈桐，又要先吃午饭，就一路朝淮海路倒转了走。东湖路淮海路口有杜月笙当年的大公馆，门禁依旧森严，香樟树长得高大密实，掩映几栋红顶别墅。秦陡岩忽然想沈桐天天走过这里漂亮地段，不晓得她是不是已经有机会参观过附近各式各样的老公馆、领略到老房子的派头？

随便在一家鸡粥店吃了东西，秦陡岩走襄阳公园门口偶然一望，公园里老榆树下，不正是沈桐立在那里？

沈桐穿白底粉花衬衣黑短裙，微笑着，脸儿甜甜，边上站一个高个子男生……

他连忙往前走，走开一段距离，天色都暗淡，周围的人看上去不真实。身边闹哄哄正是个市场，卖什么的都有。他一踅踅进去，下意识去看有什么东西可当礼物。

商场门口摆的摊位都卖令人起厌的食品，一股腌臜味叫他作呕。他往深处走进去，又都是卖廉价箱包和仿冒包袋的，无缘无故地令他恼怒。他一直行到商场最深处，往左一拐弯，倒立定了脚：一个卖玛瑙饰品的小店。

你可以同虹在公园里拍照，沈桐不能和谁在公园说笑？

秦陡岩如此问自己，心舒缓些，仍然别扭。

你是沈桐的谁？他问自己。

心荒凉下来，他觉得自己丑。

他掏出大部分存钱买下一对玛瑙鸽子，几乎是珍贵的了，他觉得非花够钱不足以明心曲。沈桐的信斜插他胸口口袋，他能背出她热情的句子，这些文字帮助他吐出一口很长的灼热的气：他觉得无妨，和别人比一比，又有何妨？沈桐不可能不让男生着迷，他倒该和人争一争。

胆色豪大起来，人就火热。

秦陡岩放好包装得挺美的玛瑙鸽子，大踏步出门往沈家来。

大白昼太阳圆滚滚时候到沈桐家找沈桐他是头一回。他有点害羞，像周围有很多眼睛看他。也许沈桐还在公园里和人约会，家里没人；也许她已经回家，记得他要上门来接她。虽没说定具体时点，但他说过午饭后。现在可以算午饭后，如果她不在，那说明她……

秦陡岩翻来覆去思量得自己难受，甚至觉得自己可耻。他一抬头，已到了沈桐家富民路弄堂口。弄堂口有个公用电话亭子，里面老阿姨肯定是曾为他传呼过沈桐的。他从小有一副知恩图报心肠，他觉得那漠然看着柜面上自己一双手的电话亭阿姨很亲切，他亲切的目光碰上了老阿姨陌生和研究他的眼色。他走过去，明知故问：“阿姨，请问沈桐家怎么走？”

他明白自己长得算光明正大，这一点几乎可笑。不过，他凭一番正大光明脾气，从来轻易获得阿婆阿妈的喜欢。电话亭阿姨先好笑了一下，笑容有点怪，随即那怪味消失无踪，很客气问他：“沈桐刚刚进门去，交代过有个大学生会来，是你吗？”

“是我。”他郑重点点头，不知道自己的嘴听了谁指挥，

“我是沈桐高考的家庭教师，以后还会来。”

秦陡岩走向电话亭阿姨指给他的门洞，心里讶异万分：自称家庭教师，胆子好大，脸皮好厚，为什么这么做呀？自己是在认真追沈桐吗？他想着想着捂住自己的嘴，险在木梯子上一脚踏空。下午房子里空寂无人，也许不出门的沈家邻居都午睡了。沈叔叔应该没在，他反而有些畏怯：单独和沈桐面对面，真心叫他害怕。

忽然间他的注意力被攀登老房子木梯的晕眩感吸引：阳光透过圆形玻璃窗渗进来，照亮了角落里黄色墙砖，旧砖满是时间的瘢痕。沈桐浸在湿润的时间之中，仿佛与他隔开一层黏稠的透明物。他不知如何形容突如其来的感觉。他经过沈叔叔密闭的房间，已站在沈桐亭子间门外。沈桐虚掩着门，门里飘出一股饼干香气……

他迷迷糊糊看着沈桐房间的门，这是一扇被重油漆成暗红色的木门，普普通通，但又充满了亲切的气息，仿佛是午睡睡过头一个梦境之门。门上原来还有一个小小木牌，上面细细画了朵抽象的蓝色鸢尾花，木牌小得轻易不让人看清……

沈桐拉开门，她圆圆的眼睛有甜甜笑意，轻声说：“你发什么呆？进来！”

潘海礁送完秦陡岩，对司机说：“就把我放淮海西路上，我走去开会，五点钟老地方接我。”

其实他没什么会议要参加，他要见的是《新闻导报》老王主任。

老王在巨轮形状武康大楼下等潘海礁，他老大不耐烦在大街拐角下来回走，深蓝色风衣飘起来，像个乡下来的侠客。这栋楼太有名，是匈牙利人邬达克设计的，原来叫作诺曼底大楼，约在这里见面，叫人看见了不好。潘海礁是个爽气人，帮老王女儿补习过英文，不肯收老王钱，现在跟老王要某个人的情报，老王不能不回报他。

潘海礁噔噔噔从淮海路上大踏步来，老王招招手，招呼潘海礁一起走到武康大楼骑楼下，这里隐蔽。老王讲："只赤佬姓孙，问过了，的确常常吃女同事豆腐。不过小潘你不要冲动，他是处级干部，你动他动得不好，反而连累你女朋友。照我说，平时注意避开就好，不要做明了，大家面上不好看。"

潘海礁点点头："今天这鸟人上班？"

老王摸摸下巴："我走了，你不要闹出事来！要是真闹出事，千万不可以提到我名字！他今天上班，我替你打听过了，大约下午三点会出报社去印刷厂。小潘你不要冲动为好。"

潘海礁分手老王，看看手表，没必要急着去哪里。他穿马路走进一条弄堂，弄堂里有个小饭馆，他要了一瓶黄酒，点了一盘三黄鸡，风卷残云。又添一碗红汤排骨面，刺溜刺溜地吸完了面条……

《信号报》是小报，报社就在东湖路口。潘海礁到门房间笑嘻嘻递了香烟，自称孙主任乡下的表弟，走累了坐一歇打个盹，表哥忙完出来，麻烦门房叫醒他。交代完，他往角落长凳上躺翻，抱头而眠。报社门房见怪不怪，由他躺。

堪堪三点既过，潘海礁在衣袖后大睁着眼，两只耳朵尖起来。只听门房喊："老孙，门口有你表弟等……"潘海礁只作睡死，团着头不动。一个人走进来推推他，疑疑惑惑道："阿金？"只见大汉长凳上翻起，头发如羊毛卷，两只怪眼全凸："孙主任？"

孙主任愣得一愣，极是乖巧，口里叹："咦？等等！我忘了包在办公室！"拔脚就走。潘海礁悄悄伸出长腿一勾，孙主任扑地倒了。潘海礁抓住老孙脖领子，就地拎起来，问一声："你吃甘婷婷豆腐？我是她老公！"

老孙急道："误会，误会！没有的事！"手刚在那里摆，咔嚓一声，叫潘海礁一挽，折了腕子。老孙叫痛，潘海礁笑道："早知今日痛，何必那么骚？"咔嚓一声，又折一只腕子。老孙杀猪似的叫起来，门房急惶惶要报警，潘海礁正色道："老屄秧子吃我老婆豆腐，今日他服不服？不服报警，我先把他两根腿骨也敲断。"边说边往外掏一根短短铜棒出来，又粗又闪又重……

老孙号叫："不要报警，不要报警，都是我自己的错！"

潘海礁翻开老孙，踩他屁股上，对报社拥出来看的人说："我是甘婷婷老公，今天来就是私了。这只猪的咸猪手被我敲断，谁不服谁报警。放我出来那天，就是老家伙忌日！”

只见大学讲师潘海礁扬起短铜棒，一棒下来打在报社编辑老孙肉屁股上，老孙闷哼一声。潘海礁把铜棒塞进口袋，走出门卫室，又掉头走回来，飞起皮鞋，狠狠往老孙趴在地上的长脸踢了一脚，鼻血四溅……

行凶人哼一声，大踏步走了……

四

人落异乡，好比蜻蜓卵下在金鱼缸里，躲得再好，也有鱼嘴咂。

丁芬芳回学校读最后一年不仅为拿文凭，家里气氛也叫她敏感：如果自己不能救自己，自己不替自己找到回乡路，毕业就自然而然被与自己不可分割的城市拒之门外了，所谓高级的一切就彻底离去！是自己选了就读海边大学，户口迁入学校，如今看，再要落回去，肯定要付代价。

自己的错只有自己纠正，自己酿的苦酒自己喝！

白皙男跑得无影无踪，京城来的男人也毕业走人了，她在校园里，如今没朋友，只有熟人。

不懂为什么一班女生到了毕业年都自觉苍老，毫无赏秋迎春心绪。她忽然发现自己有了守节贞妇的心：一年时间短，不合适再找男友。甚至她羞于再走招蜂惹蝶的狐步，简直不准备引起周围男人注意。

她得好好收敛自己，要毕业，等分配，端庄一点是必需的。分配回大城去的机会难得，但也不是没有。自己当年来自大城，“从哪来回哪去”的分配原则据说并没明确废除。

父母需要女儿照顾，这是个分配回老家的绝对理由。到时候需要的话，她毫不犹豫会举起这面大旗来的。只是，秋夜如水，她委身在自己铺位上，拉拉冰凉被角问自己：姆妈阿爸真希望自己回他们身边吗？有个妹妹在父母身边，学校管分配的难道不晓得？

其实这个海滨学院的毕业分配，学生去向历来是不错的：大部分人都去了南北方的海滨城市。沿海没不毛之地，沿海历来吸引热钱，经济都还不错，并非被人视如畏途之地。她想：万一不能回大城，可以考虑落脚在其他沿海城市吗？

不，不行不行！绝对不行！才往深里头一想，丁芬芳便严厉制止自己的畏缩。人往高走，水往低流，女人，只有越活越高级一条路，其他，全是堕落。

姆妈和阿妹，她们俩，为啥全防着自己呢？她意识到自己回家她们就觉得遭难，难道姆妈还有不要女儿的？

我难道克母克妹的？她问自己，一时间胸闷气阻，愁从中来。想不清自己哪里不得体，想不清自己错哪里，一直以来，只要揣摩姆妈和阿妹，她都跌入无解的梦境，梦里头兀自折腾到天明，醒来浑身不舒服。

丁芬芳行事终于收敛些，她知道毕业分配前要一些端庄，好有形象来同人竞争。不过，后来事实证明她幼稚，证明她毕竟涉世未深。

先有几个历来木头木脑的女生陡然妖娆起来：好比二师兄变的妖怪，妖娆管她妖娆，猪鼻子还在。

丁芬芳吃惊了一会儿，没看出端倪。再来是两个室友没来由大打出手，互相揪着辫子刘海挖对方脸皮。她目瞪口呆，不晓得这两个寡言少语的为啥互殴。

最后叫丁芬芳大梦初醒的是满寝室女生都涂脂抹粉去参加闻所未闻的周日教工舞会，教工舞会历来和学生无涉，她们去干啥？

她陡然“喔哟”一声，心头黑：她历来讪笑这里的教职员工“船上下来”，没见过世面。她傲然施施然摇摆着腰肢裙裾在校园里走过，只当他们是冬青黄杨路边篱，绿化校园的摆设。没想到世风会如此卑下？

她还有点不信，特意打扮工整去访问主管毕业分配的副系主任。副系主任气质等同她出生之大城里管发年货的小吏，一口黑牙咬不紧缝，烟臭四袭。周围有同僚，他眼神还不收敛，他对着她吞云吐雾，一根香烟不肯灭掉倒罢，还借机眯起发白老眸子……

关于丁芬芳毕业分配想回大城去照顾爸妈，副系主任不置可否，他什么也不说，只听她越说越多，越多越叫他好笑：真是个藏不住爪牙的女人，这大城来的女人至今还不把自己好好当成个女人，她不知道这是个男人世界呢。他掐灭烟蒂，好声好色对她点点头："说实在的，我说真心话，你是不是那里来的学生我不管，我倒真觉得你最有资格去那里工作。不是什么平庸之辈都可以去大城工作呢，那里是我国经济中心，得送有料的人去！"

他站起来送客，滴水不漏，叫同僚看看他的不偏不倚。他送到办公室门外，忽然张开一双毛眼，毫不掩饰将她从脸到脚猛看了一遍，绽出一个没女人看不懂的笑，转身回去了。丁芬芳浑身鸡皮疙瘩，赶紧跑回了宿舍，一路上明明天暖，她阵阵发颤……

沈桐房里有被窗帘滤淡的阳光，秦陡岩忐忑不安地感觉有一阵看不见的气泡从地板升起，带起一股馨香。沈桐笑说："前脚后脚哦，跑得我透不过气！我们上一届有个男生硬是来找我，他都已经毕业了，还这么强迫人。呵呵，我去公园打发掉他，一看时间快到了，怕你扑个空。"

好像半天里倾下一桶蜜，彻底淋湿秦陡岩干涩的心。他努力想了想虹，虹透明地在远处飘，薄得如一层包糖果的糯米纸。沈桐是朵鲜花，她的笑容是萦绕住他的芬芳。

他从衣服口袋里掏出礼物，放在沈桐桌子上。沈桐兴高采烈拿起来："啥？"

她灵巧地揭开包装纸边角的透明胶，小心拿出盒子，打开一看：玛瑙的两只鸽子登时飞在他和她之间。他没笑，只是眼睛闪，晕眩。沈桐看他一眼，绯红了脸颊，瞳孔深处涌起笑意旋涡……

"沈桐。"门外有人喊，沈桐爸爸回来了。沈爸爸看见陡岩，高兴地招呼一声，又看看女儿神色，不由得转身下梯子，一边说，"你们谈，你们谈，我来做个酒酿圆子。"

秦陡岩笼住自己，想把呆相收敛起，正是徒劳。他只好假柔和说："沈桐，我们来复习功课吧？"沈桐不住眼地看他，笑道："书蠹头！"

丁芬芳猛然恨起人来。

寝室里空无一人，个个都出去了。她想着她们正在运动的事，未必个个都和她争着去同一个地方，不过她们这种贱货，败坏了她可以努力的。

丁芬芳扯出一本练习本，拿剪刀咔嚓咔嚓剪出好几个人形来，她不懂得下蛊，也没有干过诅咒人的事，这当口她要乱试试。她把她们几个的名字写在纸人形上，拉开抽屉掏出一纸盒图钉，图钉往纸人形的头和肚脐上各钉一枚，咔嗒锁进了抽屉……

摆布了这些贱人的魂魄，她的路还是阴雾弥漫不见得通。

她往海边去走，海一如既往轰然拍打岸礁，散开无数带咸腥气的白浮沫。如果不是家里那两个女人不欢迎她，她们会一个劲催阿爸用力、逼阿爸托人，哪会像今天杳无音信？她着急，她们不急，她简直要被逼着卖身了，她们还神定气闲，不闻不问。她在沙滩上越走越气粗，踢飞了无数贝壳，踩烂几个漂来的椰子，弄疼了自己脚跟……

恼恨无济于事，谁改变得了毕业分配的暗流？

有个贱人被她在纸人上扎了图钉，不但不见得委顿下去，反而嘚瑟起来。听说早早已得着进京名额，毕业要进京城的大研究院。这贱人不晓得要低调，好比丫鬟收了房，登时行出眉眼来，晚上一宿舍人都凑份子买点心，请这贱人讲路径。

丁芬芳也交了份子钱，坐自己蚊帐里竖起耳朵听。贱人吃了大家的，不肯老老实实摆明自己做过啥交易，倒过来吹嘘自己专业能力强，别人如何如何上门求贤，系里本要把名额调剂掉，亏得京城里人腰板硬，指定了要，换不得。

丁芬芳在蚊帐里听得暴怒：要做婊子，还要立牌坊？这句话真正骂尽了千古。

她哼了几哼，翻转身睡，一夜泛起胃酸，四肢酥软无力。早晨醒来就知道发了烧，医务室量寒热，高烧四十度。学校出一辆车，立马送她进医院。

海滨城市的医院不是不好只是潦草。医生操着丁芬芳听不明白的海滨话，塞进嘴里的体温计叫人起疑不干净。她浑身无力简直伏倒在医生听诊台上，来了两个护士搀扶她去验血，然后医生开处方，送她进输液室，躺在角落里喂抗生素。她欲呕出内脏却无呼救之心。她想起了白皙男，想起他照顾她那些日子他的好处。她想起了圆舞浜家里属于自己的那张床，遥不可及。她一瞬间想起了京城来的男人，他已回了京城去……她是搁浅在沙滩上的一头母鲸，眼睁睁看海水退净，有人悄悄逼近，个个来宰割她……

没想到自愿来护理她的只有寝室里内定了去京城的那贱人。贱人没任何犯贱表情，她如同早与她定下协议，轻描淡写同她打个招呼，就当起她使唤丫头。

丁芬芳躺在租来的病榻上观察贱人，想看明白她的来意。自己与寝室里几年同居下来的女人们历来没交情，她们不是嫉妒她嫉妒得要命就是对她鄙夷得不行，互相间从来懒得说上几句体面话。今天自己落魄，这贱人来看啥热闹？她精力不济、闭上眼睛任谁来看她都没反对的气力，不过，她猜这贱人必定来者有意，且看她究竟干什么。

自愿来当使唤丫头的，凡事却都做得地道，像人雇了来似的，连上厕所都是这贱人不嫌臭不嫌脏服侍着去。她猛然猜着了贱人不可告人的目的。她一股怒气贯通经脉，病登时去了几分。她任由贱人假意服侍，只是闭起眼睛将养，一句话不同她说。看她何时开口，看她何时忍俊不禁，要把坏水吐出来！

她挺了三四日，那女人服侍她三四日，一句话不曾交谈，倒像是债主和欠债的一般。比及出院回学校那天，两个人一起走在路途上，丁芬芳终于呻吟一句："有话你说吧，亏得这几天，倒像当我丫鬟。"那贱人居然微微一笑："没事，反正我分配上着落了，做点好事心里高兴。"

她鄙夷地等着贱人开口糟践她，当马泊六传臭男人丑话，可人家满心平宁，什么话也不说，自管自看风景，一直帮她提着东西。走进宿舍，送她到床边。

秦陡岩从和沈桐坐下说话开始，耳朵里隐隐约约听见平静好听的旋律，大概是哪家邻居在轻轻奏放西洋曲？他问沈桐她课本在哪里，沈桐笑道："难道你真要当我家庭教师？你确定？"

他看着沈桐的笑脸，忽然出神：长这么大，姆妈从来没这样子对他笑过，其他女人也没给过他这样迷人甜蜜的笑脸……

怪不得看见沈桐的笑他心里老起哭泣的感觉，原来自己是在可怜自己。

他笑道："这个工作你爸爸批准吗？批准的话我就做。工资就不要了，留着你自己买糖吃。"

可惜两个都没真心去翻开课本，彼此看了高兴，就说起四面八方无所不至的闲话，倒像知己久违，说什么都酣畅，什么也没正经。沈桐爸爸送酒酿圆子上来，三个人端着碗，才又提起复习功课考大学的正事。

四点多出门，沈桐穿了白色夹克和天蓝色牛仔裤，秦陡岩小心翼翼对沈桐爸爸说："沈叔叔，晚上可能晚些，我送沈桐到家，你不要担心。"沈桐笑嘻嘻听，对阿爸点点头。沈桐爸爸摇摇手："我放心的。你要是送她回来，今晚上你就睡我房间；假如你们大家玩得开心，沈桐也可以住在女生宿舍，明天上午再回家。"

秦陡岩简直想拥抱沈叔叔，感谢他的信任。

他觉得自己膨胀了一圈，有能力对一个女生负起男友般责任。他看看沈桐，沈桐踢他一脚，说："阿爸，你太不宝贝我了，万一被他卖掉！"沈桐爸爸正儿八经一笑，说："正人君子我眼睛看得清，我放心。"

病一好，丁芬芳觉得不能坐以待毙。摸出身边所有钱，还好，足够回大城，足够回圆舞浜去。在海边不能做什么，久而久之，一糊涂，倒怕做出一失足千古恨的憾事。还是回阿爸身边，哪怕死缠烂打，阿爸总归是阿爸，会替自己做主，会帮女儿想办法！她收拾收拾，也没什么特别要带走的东西，她把病历塞给系办公室：回家养病……

没告诉任何人她要回来。一天一夜奔驰，火车停靠在城北总站。丁芬芳一袭紫红长袍子走出火车站，激动地仰脸望火车站周围那些有名藏污纳垢的楼群：不管大城你有多少斑斑点点，我不想离开你！

她不急着回家，背包不重，她朝人民广场方向走，中间停下来买了一根滚热刚出锅的油条。她啃着油条泪流满脸，觉得自己就是个逃荒未死的女人在奔自己宿命……

走到人民广场，看了几眼悠闲的行人和游客，张望一番西藏路上的小教堂。丁芬芳想这里就是大城的心脏了。她生下来就是圆舞浜的女子，好像是惯常在大城脚趾上跳舞的，怎么努力也听不见大城的脉动。

她和所有圆舞浜的女人同心，都想找到如同血管的秘密通道，向大城的心脏漂流靠拢。

一旦能够在人民广场周围落脚，你看，一天二十四小时都有戏码。你在圆舞浜只能巴瞪眼睛发呆的时光到了这里来不及用，就算城隍庙呀大世界呀吃喝玩乐腻了，还有音乐厅、大戏院、外文和中文书店、密密麻麻的电影院和晚上灯红酒绿的娱乐总会，还不提谁都可以去的外滩，靠着防波堤看各式各样船舶进进出出，额头吹过黄浦江的小风……

丁芬芳心神不宁拔腿往高高电视塔走，径直走到电视台门口，才和外地游客那样找了块马路沿一屁股坐下去：这块土地，就是阿爸抱着幼嫩的她登上大煤气罐顶眺望过的高级地段！就要毕业了，就要分配工作了，她若不能到这块地方落脚，誓不甘心！

丁芬芳打量着南京路上行人，忽然看出了端倪，你看这里的行人都刻意打扮得山青水绿，哪一个敢穿睡衣上街？哪一个敢不洗脸不梳头跑到马路上？为什么圆舞浜就没这种震慑人心的威严呢？

丁芬芳回忆起某次到静安寺玩经过常德公寓，有个爸爸在马路上训小孩。那小孩看不出有啥野狐禅，可怜巴巴低着头听老子骂："侬覅[1]忘记，这里好歹是张爱玲住过的房子，侬没出息也要有点腔调！"

丁芬芳一下子抓住了"腔调"这两个字，豁然开朗：高级地段高级就高级在有腔调呀！人在圆舞浜穿得好，要被邻居笑"猢狲打扮妥当想做啥"；到了电视台门口穿得好，人家就高看你，让你往电视台里走进去。活人，岂不就要活出点腔调来吗？

丁芬芳是有心计的，她找到一个弄堂口的公用电话亭子，往阿爸单位挂个直线电话。阿爸听说她病得走不动路，现在长途火车回家，人在电视台门口坐倒了，急得像厂里煤气罐着火，跳着脚扔掉电话就奔她来了。

她放下电话泪糊双颊：女人不靠男人是万万不成功的。不管他是你爸爸还是你迷倒的什么人，有了男人你才不会有急难，有急难才不会死去活来没人睬！这教训，要牢牢记得！

车送到家，姆妈大吃一惊，看她一张脸儿又黄又扁，当娘的心头肉颤，摸她额头不烫，心头稍定。妹妹平日里住校

---

① 覅：吴语合成字，意即"不要"，音fiào。

不在家，趁阿爸走开，陡然便问她："你啥病？和男人没关系吧？"

她看定姆妈摇摇头，姆妈扶扶眼镜框，还不罢休："没打胎？话要实说，免得错诊，不得了的事情！"

"我的病，病就病在没男人撑腰。"丁芬芳梗起脖子，生了老娘的气。

潘海礁没怎么把沈桐看在眼里，他只是礼貌地下车来招呼："小妹妹长得好甜。上车，东综大食堂现在有了小餐厅，今晚让秦陡岩好好招待一下。"

秦陡岩让沈桐坐窗边，他坐她身边，闻她身上淡香，只觉得一路景色秀丽，样样东西好看。沈桐看看风景，回头看他，一笑接一笑。他很想握住她手，总是不敢。

项木在他宿舍留了个口信，六点整到伟人像下同他们会合。

秦陡岩请沈桐坐他铺位上，那几个泡宿舍的老夫子赶紧从床上下来，把臭袜子臭鞋穿回脚上，眼睛不看沈桐，朝他挤眼。沈桐抚着他床单，笑说："大学男生寝室果真像被炸弹炸过。"中文系男生听了她这一句，一个个眉飞色舞起来，也不腼腆了，抢着贫嘴。没几分钟，沈桐就成了受人欢迎的访客。

秦陡岩也事先约了虹伟人像下见，告诉她一个是项木，另一个是读书会来的朋友，女生。他隐隐约约觉得虹和沈桐未必合拍，不过也没啥顾虑，倒很想看见虹和沈桐一起，将她两个比较一番。

差不多六点他和沈桐挥别寝室那群老夫子，走进落满秋叶的校园。

空旷是东综大的外貌，萧瑟是东综大显露在外的性格。沈桐打个冷战："你在这么大的校园里走来走去，不觉得孤单？"他没细想，乐呵呵回答她："人多着呢，这里有很多有趣的人。"

他看看沈桐，她衣衫不怎么单薄，他笑说："吃过晚饭，带你去舞会，那里好像一个大树林，飞满了鸟，你就觉得热闹了。"

伟人像前，虹好比一个高挑少女的雕塑，静静站立着。她穿淡红色上衣，一条长长的绛红色裙子，身材佳美。看不清她脸，她正眺望夕阳和夕阳下榆树林上的归鸟。沈桐抓住他右胳膊："那个望洋眼的美女是你同学？"他扑哧笑道："她坐在我后排上课，上了六年。眼光就是如此越过我头顶，望向远方。"

沈桐看他一看，笑得明净："她没法看你，就像眼睛看不见鼻子。"

他招呼一声，虹转过身，目光淡然落在他脸上，滑开去，看见沈桐，她微笑了，腼腆不已："你好。"

原来沈桐的头顶只够到虹肩膀。沈桐伸出小手和虹白皙纤长的手一握，明眸如电，笑得嘴角弯弯；虹是淡淡的，眉目如画，笑靥羞涩。沈桐转身一跳，高兴地挥手，那边项木正咧开大嘴，笑着跑过来："沈桐，你终于来啦！我写的情书你一封没回我！"

虹闻言扑哧笑了。秦陡岩看看虹，虹还是老样子，进大学后似乎又老成了些，更摆些阿姐样子出来，她对他笑笑，问："你们互相都认识？"

四个人团团一圈招呼毕，个个都有些莫名其妙的开心。风从体育场上刮来，十分凉。秦陡岩说："走，去后门街上吃饭。"项木高高举起重重落下拍他肩膀："你选饭店我请客。"

走往后街去的路上，项木绕定了沈桐叙话，秦陡岩落后一步，陪着虹走。

"这些日子见不到你。"他寡淡地说。

"我不是一直都在学校？"虹涩涩笑道。

他侧过脸仔仔细细看虹，虹回他一眼，他摇摇头："顾城有句诗歌我背给你听？"

"什么诗歌？"虹问道。

"你一会儿看我，一会儿看云。我觉得，你看我时很远，看云时很近。"

虹听了诗，边走边琢磨，她的脸在暮色里红起来，笑了：

“中文系的人都这样子借人家诗歌说话？”

他摇摇头，心里觉得一丝酸苦，像土豆丝里杂一根青椒丝，灼人。

沈桐在前头咯咯笑，回头看秦陡岩。他向她点点头：“前面就是金沙餐厅。”

丁芬芳毫不设防地被老娘问起是否怀孕打胎，迟缓着一点点伸延着感到羞辱。她关自己在房间里，不想吃饭，只接过老娘送的水喝。没多久阿爸和姆妈就吵起来，尽管压低嗓子不想让她听见，还是明明白白逼得她哭了。

阿爸咚咚咚敲她门，嘴里喊：“阿囡，开门，阿囡，有话你同阿爸讲！”

姆妈在厨房里敲锅碰碗。她打开门，阿爸进两步退一步摸进暗头，也不拉灯绳开灯，急得哆哆嗦嗦：“不是有人欺负你吧？有事同我讲，我当你靠山！”

她把头伏进枕巾呜呜哭出声来。阿爸要是能当靠山，自己还会这么绝望？

“阿爸，你肯为我花钱吗？”她抬起脸，抓住阿爸的手，那只手有点枯瘦，她抹在自己手背上的泪水此刻弄湿了枯瘦的手。

“钱？阿囡你欠了人家钱？”阿爸困惑地问。

“不是，阿爸，我想毕业分配分回来，没几个名额。”她本来不会为说这个哭，可是，抓了阿爸手，她不由自主抽泣起来。

“毕业分配和钱有啥关系？”糊涂人还问。

她看看门外没人，拉住阿爸手哭道：“要是没钱送人，谁会白白让我回家？你难道看着女儿学人家样子，为了分配，爬到男人床上去？”

阿爸大吃一惊，直惊跳起来：“什么？无法无天了，有这种事！”

父母终于搞清了状况。姆妈松了口气，知道担心得不对路；阿爸上了火，成天阴着脸，低头翻自己通信录。

小玫回到家，同姐姐很亲。她住到大学宿舍，高兴得忘乎所以：“阿姐，你回来正好，多陪陪姆妈。我被她管得烦死，真该像你那样到外地去，叫作眼不见心不烦。大学太好了，我爱谁谁呀！”

五

一个小四方桌蒙着橘色格子台布，台布上压块四四方方玻璃台面，小花瓶插起粉红康乃馨。秦陡岩和项木对面而坐，沈桐和虹对面。虹笑道：“这个店好，我第一次来。”

沈桐说：“真羡慕你们大学生！”

项木讲：“沈桐你不要矫情，过了年，你就快高考，秋天就是大学新生。”

沈桐脸上笑容忽然没了：“我未必能考上大学。”

秦陡岩认真看看沈桐，不明白里忽有一点儿明白。可惜，没等他插话，项木说：“皇帝不急太监急，要是没人肯当太监，沈桐，你让我当。我帮你复习，包你考上大学。”

沈桐扑哧一笑：“太监？你也真会说话！我要是能考上东综大该多好啊！”她先看着虹笑，而后笑看秦陡岩一眼。

餐厅是开在大学后门专做大学生生意的，环境摆得花好桃花，菜单就比较家常。

秦陡岩征求大家意见，点了五菜一汤。无非是鱼香肉丝、木耳炒蛋、醋熘鱼片、炸花枝丸、罐头笋红烧鸡和罗宋汤。项木硬要大家喝酒，于是上了两大瓶上海牌啤酒。

虹雅雅坐着，挺直了背。食不露齿，话不絮烦；听别人讲多，自己话少。本以为太平无事就吃个同学饭，项木原同她不熟，却偏惹她。

项木嚎道：“大学大学，女大当婚。从前我父母一辈，大学里都结了婚生孩子的，现在虽没有，我们系新生入学才几个月？女生个个都有了男朋友。”他笑问虹，“你们图书馆系难道不一样？”

沈桐筷子咬在牙齿间，笑嘻嘻看虹。虹手帕在嘴角上擦擦：“我们系？我们系也有谈恋爱的。只一点不好，男生到女寝找人，我们很受打扰。”

一番话大大方方工工整整，秦陡岩听出虹弦外之音。他打抱不平："项木你看中了谁？被系里师兄抢走了？观察很细致的嘛，说话不怒而怨。"

沈桐眼睛转过去，看着项木笑。项木调侃自己："我早熟，没进大学就写情书给沈桐，沈桐被人抢走，我伤心透了！"

秦陡岩一阵心虚说不出话，脸上傻笑。虹看看沈桐，看看项木，又偷眼看秦陡岩。

秦陡岩没有心虚的甜蜜，却只是心虚，拿不准自己是不是比项木更傻。他看看沈桐，沈桐摇摇头，笑对项木："还好我爸管我严，没见过还有你这种拿情书来钓鱼的！"

说好吃过饭一起去体育馆参加周末舞会，虹看看沈桐，问她："要不要去我寝室？"沈桐点头说好。

秦陡岩和项木抢着付钱，然后陪虹和沈桐走进大学后门。虹说："你俩可以先去那里逛逛，八点整我们体育馆门口见。"项木连连点头，说我俩先买票，今夜恐怕人多。

两个转过学生咖啡馆来，秦陡岩要了两杯冲泡的咖啡，热腾腾啜一口，和项木靠在咖啡馆窗边，看窗外挂着的老丝瓜。丝瓜上有一只秋天螳螂，通身老得发白，还在练姿势。

"你两个都喜欢？"项木单刀直入问。

"你呢？你和沈桐到底怎么个故事？"秦陡岩不肯回答。

"我有什么故事。写了情书没人回我而已。"项木耸耸肩，“贪多嚼不烂，你好自为之！”

“传授经验呀？”秦陡岩笑了，搭住项木肩膀，“她俩确实都好呀，谁能分得出高下？”

项木喝咖啡，不言不语。

秦陡岩又自我解嘲：“很可能她俩都看不上咱们，女生都喜欢找高年级男生。”

“那倒说得是！”项木点头，“我们还没吃过苦头，还不会装。”

沈桐跟着虹进女生楼，爬楼梯进虹寝室。沈桐到处看看，羡慕说：“真好，我窝在家里一个人，闷死！”

虹现在恢复了陌生劲儿，低下眉眼静静看看沈桐：“你是想洗洗脸还是上上洗手间？我看你不化妆，我也不用化妆品的。”

沈桐乖乖儿说：“我没怎么去过舞会，这么穿衣服行吗？”

“大学里大家穿得都很随便，牛仔裤是最流行的，我也换牛仔裤，和你一样。”虹倒了一脸盆热水，拿出新毛巾请沈桐洗脸。不一会儿，她换好了衣服：一条深蓝色水洗牛仔裤，上身一件紫色套头毛衣，怎么不是个窈窕淑女！沈桐笑吟吟看虹，虹说：“你可以把夹克放在寝室，里面白色毛衣好看的。”

一紫一白两个牛仔美女出门来，夜色里男生忍不住都看。

沈桐笑问："要是不想和谁跳舞，怎么说好？就是摇头吗？"

虹笑道："我就是不理睬，也不说什么的。"

虹好奇问："不是陡岩请你来跳舞？难道你不同他跳？"

沈桐吐吐舌头，笑道："啊？原来他请我，我就必须同他跳一晚上啊？"

虹看看沈桐："这倒未必。反正，这是你自己的事，你哪怕跳着跳着，教他找不到了，也不是不可以。"

"谢谢指教！"沈桐调皮地一眨眼。项木和秦陡岩已经迎上来了。

陡地起阵怪风，刮得体育馆背后杨树林哗啦啦响，混着尘土味儿的冷气团降落到体育馆门外众人肩上，叫人耳颈生凉。秦陡岩护着虹、项木护着沈桐一起朝门口拥去，交上凭学生证一人限购两张的舞票，逃进暖和的体育馆。

体育馆虽然大，灯都关熄了，只三四只彩光大球在馆顶旋转，洒下缕缕五色光，照见站立和游走的男女。暂时没起音乐，到处闹哄哄。

秦陡岩和项木一下子被场里几个陌生女生吸引住，不由自主眺望过去：这几个女生哪来的？高挑如模特，身材样貌太出色，打扮更是穿了比没穿还惹火……

秦陡岩及时警醒，赶忙转头看看虹；虹正转过脸看他；他急慌慌对虹一笑。

他又去看沈桐，沈桐踮起脚，脸上笑容不见了，目不转睛看那几个魔鬼身材女生。项木同她表情一致，俩人像是望海的一对企鹅……喇叭猛一震，洒出迪斯科鼓点。魔鬼身材的女生们应声抖动浑身曲线，场子里一片口哨声，男生水一样从暗处淌出来，围绕那几个魔女扭，舞会开场了。

秦陡岩还从没跳过迪斯科，周围男女扭动，他直直矗着；项木扭得油条一样，身上没一处直；秦陡岩尴尬地看看虹，虹微微动，也不怎么像会玩迪斯科；沈桐朝秦陡岩笑笑，她很自然大方地跟着节奏跳，颇有韵律，一看就是学校常跳集体舞，有教练教过。

迪斯科忽又停了，吐出一曲《读你》，费翔的声音，慢慢地唱。沈桐转头笑嘻嘻看看秦陡岩看看项木，秦陡岩才一动心，项木已牵住了沈桐手，慢慢滑向舞池。秦陡岩看一眼虹，虹咬着下嘴唇，他伸出邀请的手臂，虹红着脸一笑，向后退一步，让他搂住了腰肢。

他的手第一次搭上虹的腰肢，手指仿佛落进水里捞到莲藕，一凉一滑，如往丝绸上游历。他看人家都在转，不由得用力搂紧了虹，按上次在女同学家学的，想指引女伴行进方向，差点踩虹一脚。他额头出了油汗，虹却怡然随着他，步步到位，反过来给了他节奏感……

“读你千遍不厌倦，读你的感觉像春天……”大体育馆里，大学女生们如华丽的锦鲤在水里游，男生就是攀附着的深绿水草，映衬锦鲤的鳞片。

虹身高一米七二，白皙瓜子脸就在他面前，她身上散发一种微辣的好闻气味，叫他心慌口渴。他眼光落在她红唇上，那优雅的贞洁的唇就在面前。他忽然敢想：要是和虹接吻，简直不用低头抬头，仿佛配好高度的一般，岂不是天作之合？想着这个，他燥热起来，目光闪烁。一曲既罢，虹满脸红晕，推开他："想什么呢？不好好跳舞！"

秦陡岩心里羞愧，忽又想起沈桐。沈桐和项木笑嘻嘻站在一边，正一起看他。

还好这时候哐当一声，有人在舞池里敲一面铜锣，令人称奇。但见一队男生额上扎着淡黄布条，随锣声从角落出来。迪斯科背景乐渗进锣声来，这队人马个个脸带骄矜之色，大起大落，跟着重重锣点跳一种新奇舞步，初看似农村舞龙，再看就有味道了：他们在骨节上玩波浪，一波从左手指头兴起，浪形滚过胳膊，滚上肩胛头颈，在头顶一怔，又向右肩窝滚下去，直滚到右手指才平复……接着他们脚步也出怪：脚尖脚掌脚后跟像轮子在地上碾，进一步退半步，身体还平衡着滚浪，煞是好看。

带队那男生面熟，项木举起手指指那人，秦陡岩再一看，竟然是中学里高他们两级的男生。记得是个惹是生非的家伙，原来也进东综大来念书了？那人在乐声里出风头，引大家喝彩，他口袋里扯出条红围巾，围在脖子上，后头男生都跟着扯出红围巾，一大队人马，那个风流潇洒！几个家伙，圆手圈腿踩着“太空步”，滑进后台去了。

再放慢三曲，项木冲秦陡岩点头：“交换舞伴？”这倒是他们中学历来推广的派头，虹和秦陡岩也不吃惊。秦陡岩如水泻地放松下来，还沈桐以一笑，拉起她两只手。

沈桐像只喜鹊那样叽叽喳喳说他：“我还以为你像那些跳太空步的人一样会跳舞，你人样子比他们长得还好，干吗不出来劈舞场？”

他何尝不想跟那些人一般出出风头？可惜他和他们不一路。他只好拉着沈桐柔软温热的手，甘拜下风：“我不会跳舞。”

慢三的调子加强了，仔细听，原来是《夏日里最后的玫瑰》。

他笨拙地拥着沈桐在五色光影里转圈，对沈桐耳语：“这音乐不对景，你是春天刚绽的玫瑰。”沈桐眼珠亮晶晶地笑：“男生嘴上都涂满了蜜，原来你也一样！”他点点头：“看来项木又抢先了。”

跳完一曲，才要和沈桐再跳一曲，一个陌生男冒冒失失冲过来，竟然用肩膀挤开秦陡岩，朝沈桐伸出邀请的手臂。这时候曲子已经响起来，大家都开始旋转，沈桐若不接受邀请，秦陡岩和沈桐都会与这人一起成为旋流中不动的石头。秦陡岩怒从中来，却手足无措。那男生背对他僵立了一会儿，遮住了他视线，叫他看不见沈桐。他再恨，还是鼓不起勇气推开那陌生人。正莫名其妙，男生闪开了，孤零零刺进舞伴们的洪流，落荒而走。沈桐脸上没笑容只有怒气，她对他叱道："你到哪里去了？"

他挽起沈桐，觉得由衷高兴。他竭力跳好每一舞步，让沈桐轻松跟他转动。他俯视沈桐黑亮的头顶，她正低着头沉浸在音乐里。他怜惜地轻握她手，觉得她是脆弱而晶莹的玉人，他绝不敢造次对她重了手脚，免得弄伤她。

沈桐过好一会儿才抬头看他，慢慢绽开了笑容。她那不笑的脸在他眼里是秋天落掉莲子的莲蓬，她重新笑起来，才驱散他心里的晦暗。

于是他以一种看护的身体姿势站在沈桐身边，对每一个觊觎自己舞伴的男生投以恶狼的目光，只要出现下一支舞曲姗姗来临的迹象，他就赶紧握住沈桐的手。沈桐的手他绝不愿意让给陌生人握，他忘记用眼睛去寻虹和项木，现在，舞会上他仅有一个舞伴，他全心全意在一个舞伴身上了。

没想到乐曲骤变，来了一支苏格兰舞曲的快三，不会跳和跳不好的人自动闪在一边，不妨碍激流般飞旋的舞者。他和沈桐退后三步，看见开场时那几个艳丽的女生被跳太空步的男生拥在怀里，如流星般满场飞旋。沈桐说："真好看！"他忍不住说："那一个领舞的男生以前是我们中学的。"

秦陡岩跑去小卖部买了四瓶冰镇橘子水，递给虹橘子水的时候没看见项木，却看见潘海礁站在虹身边。潘海礁接过他的橘子水，在他肩头捶了一下："今天下午我揍了那家伙！弄断了他的脏爪子！"鬈发在他头颅上披散下来，灯影里简直有拿破仑的气势。虹笑道："老师打架还告诉学生！"

沈桐握住橘子水瓶子，猛喝了一大口："好渴！"秦陡岩说你喝光我这里还有，沈桐笑着摇头："我不能多喝冰水，会肚子痛。"他想起沈桐有痛经的病根，可小卖部所有饮料都冰镇过了。他拿过沈桐手里瓶子，在额头、脸颊、颈窝、手臂上暖，沈桐看着他笑，他觉得自己做得很出格，最好别让虹看见。一连两支快三曲子，大家趁空当都在休息喝饮料。

慢曲子再来时候，秦陡岩瞥见潘海礁和虹一起滑进了舞池。他和沈桐忽然靠近了，没说话，可是，这太美了，不该有话讲。沈桐从没有如此靠近他，她应该能嗅到他的气味，而且她一定嗅到了他的气味，正如他贪婪地吸入沈桐头发上的暖香。她一定飞舞在他气息里，潜入他胸膛深处……

阿爸的通信录是他为女儿寻归路的起点。丁芬芳看见阿爸动了肝火，像具体什么人当众羞辱了他似的，他打电话不像从前多少带点阿谀气味，现变成像人家欠他多还他少。他没解释是什么令他情绪失常，也没阐明女儿为啥需要特别照顾。他反复甚至有些啰唆地对很多朋友和相识叹息，叹息里带着真诚的悲伤气息。他强调说：海滨风尚不能与吾大城同日而语，大城的人只有互相照顾，否则彼此走出大城后利益都会被侵占。

他的努力不是没结果，丁芬芳被阿爸通知到大城的各种机构去拜见叔叔阿姨。大多数机构都在她认可为高级的地区：城东和城中。以前那些地段曾落在西方殖民者手里，割断过黄皮肤的血脉。林林总总堂皇的石头洋楼至今被国有机构占据，使得殖民者遗迹照旧散发权威气味。

叔叔们总是殷勤招待丁芬芳，她看出他们不但被父亲的友谊所辔系，同时也为她特殊的姿色所打动。叔叔们也是雄性动物，虽然理论上他们接受了伦理阉割和道德局部麻醉。

大城是这个国度最有法制和道义的人口区，如要维持这个建筑群里人的体面，叔叔们就只能把她施加在他们情绪上的冲动化作为她免费服务的动力。

倒好像是他们看上了她阿爸，决意以成全她来取悦老头……这些有意思的叔叔们个个拍胸脯许诺为她奔走，绅士般陪她走进陈旧失修的水压电梯，忍着差不多要让他们紧贴她的狭小空间带来的加倍折磨，亲自送她走出陈旧大楼普遍狭窄的石头门洞……

虽有一些小得意和虚荣的趣味，丁芬芳在和叔叔们相处的短暂时间里感到羡慕和自卑。这种羡慕和自卑不来自生理基础或者智能差异，来自她归纳的“命运”。命运把这些人放在绝好的她求之不得的位置上，他们成了大城的主人。她叹息自己无论从哪方面看，都只是进城的一个游客。电视里常看见城市的市长们馈赠给外人以城市的“金钥匙”。她希望能给这大城办成某种目前尚不知情的大事，然后能公然得到这么一把光荣钥匙，加入城市主人的行列。

阿姨们另当别论，她们比叔叔们显得活泼好语，好奇是她们额头上最显明的花纹。她们第一眼看见丁芬芳，白滞黑活的眼里就冒拔舌地狱火苗。她怀着戒备应对阿姨们的盘问。为什么要回城她们是不问的，大家都是女人，晓得你自是迷途知返。她很窝火地应对阿姨们问她为啥不在学校等分配。她不想说谎，不习惯于说谎，可是，能把真相告诉这些反刍动物吗？她们能把你咀嚼死，从你身上榨取自我安慰。

她干巴巴说自己听不懂海边话，海边人不喜欢大城来的人，那些回城机会恐怕不会给到自己。父母身体欠佳，需要她大女儿照顾……阿姨们对她的回话是满意的，她们一旦从你身上榨不出什么弄舌的调料，就转而热衷于通过你体会一番施舍之乐……

丁芬芳马上就弄明白阿爸的副职到底副在哪里。正职是能解决问题的职务，副职有得到安慰的特权。叔叔阿姨们提供了不少方案给她阿爸：万一她毕业分配回不了城，尽管让她人回城，户口不管有没有跟来，他们（她们）那里总有个位子等她，好歹叫她吃喝不愁，有地方住。

丁芬芳渐渐弄明白了自己的情形，她像一个迷路的登山客，终于在恐惧后平静下来，接受现状：她首先安全了，可以骑驴找马。她也不想再回学校去浪费时间，她有病历卡，大城里有父母的医生朋友开证明。到时候把论文寄到学校去，那些被子褥子就扔掉不要了。

海滨的一切，如一次远足，好比一个旧梦，抛在脑后吧。冬天快到了，她觉得身体需要休养，姆妈在吃上头从不亏待她。她希望此时此刻，自己可以扮演一条青虫，不管不顾，没心没肺地补充流失的体质，所谓女人的韬光养晦！

秦陡岩记得还要送沈桐回家；虹和项木平时也不热衷舞会；潘老师中途就走了。

他们四个九点多就从震耳欲聋的第二波迪斯科的体育馆退出来，去虹的宿舍楼拿沈桐外衣。

虹犹如高挑少女塑像般站在宿舍楼门口，她脸在暗色里，身体是剪影的婀娜。虹平静的声音嘱咐秦陡岩："你要送沈桐到家哦，时间晚了，她一个人走路有危险。"

秦陡岩心底里有一点儿凄楚，觉得虹好比一艘游轮正离他而去驶往未知的天边。项木点头说："我就不送了，免得暗自伤怀。"沈桐笑踢项木一脚："别再调戏老娘！"

走出东综大后门，后街还挺热闹，各种小店红红绿绿。沈桐问："你这么急着送我回家吗？"

秦陡岩语塞，沈桐的暗示令他高兴，不过，要是赶不上末班公交，岂不是不好交代？这区域还没怎么见过时髦的出租车，晚上更不会有。他笑笑："那要是误了末班车，你去虹那里住女生宿舍？”

“我们去玩什么？”沈桐高兴地一跳，像嫌自己长得不够高，跳一跳显得有点蹿势。

“饿不饿？”他问，“跳舞跳得肚皮饿了吧？这里很多吃的呢！”

“你买了玛瑙给我，口袋里还有钱？”沈桐歪头看他，“你这么有钱？”

他摸摸口袋，的确有点急人，不过，吃点心的钱总还有。沈桐笑道：“我请你吃吧。”

以为她要走进餐厅，沈桐却拉住他衣袖，进一家卖甜食的小店去。她利索地点了奶油蛋糕、两块萨其马，又要两碗酒酿圆子。晕黄灯光下，她毫无倦意，像一只刚从枝头摘下的明亮的橙子。

“你真漂亮！”四个字，猝不及防从秦陡岩嘴里漏出来。

沈桐脸上闪过一阵光，风吹得店里挂的十几只风铃一道响，淹没了她嘴里发出的细小声音。他听不见沈桐说什么，只好又说：“真的！”

沈桐静等风铃依次喑哑，她说：“你眼神不好，虹才是真美女。”

他点点头，又摇摇头：“她高，是广玉兰花；你是春天的玫瑰。”

沈桐没再言语，她笑着看他，笑着看他，蛋糕送上来，萨其马一起来，她说：“饿死了！”

喝完热腾腾酒酿圆子，沈桐说：“我今天身体很好，我不想就这样子回家，你带我去荡秋千！”

他们快快活活从甜食店跑出来，顺着银石溪路往北走，走到枣田路，他庆幸污水厂今天不太臭，他看见马路对面出售报刊和黄色书的书报摊，脸上一阵羞涩：他后来花了三十元大钞买下了《灯草和尚》，躲在自己黑房间里读，还手淫过好几次，这种黑暗里的享乐完全不能同与沈桐在一起的幸福比。他摇摇头赶走对《灯草和尚》的淫荡印象，急急对沈桐说：“公园要是关了门，我们就只能从圆舞浜石栏杆上爬进去，你怕不怕？”

沈桐奔跑起来，转身招手：“快！公园要关门了！”他们上气不接下气跑到公园早就关得紧紧的铁门前，他带头骑着圆舞浜的汉白玉栏杆往青年公园里钻。公园是善意留出这么个机关，免得偷偷游夜公园的孩子和情侣爬门吃苦头。他们踏到公园草地上，脚下绒毯般有弹性，不着急了，抬头看天，天上一弯月，云朵浮动。

这会儿秦陡岩像在舞会上那样挽起了沈桐手，在黑树影里慢慢向秋千走，沈桐的手热热的，她一直在月色里微笑。他不敢多看她，跨过棕榈树暗淡的影子，终于抵达秋千架。沈桐在秋千上叹了一口气，轻悠悠的，声音却像精灵飞向夜，拖着长长尾巴。

他轻轻推动秋千，慢慢看沈桐升高，飞过他额角，银铃般笑声雨点般洒来，落进他衣领，绕着他肉身爬动。他恍惚了，觉得正在梦境中央，忘乎所以，想象出不可能存在的另一个沈桐……

夜色中他放肆从秋千上抱下沈桐，不过马上放她在草地上。沈桐摇摇欲坠，在平地上发晕……他觉得秋凉如水，脱下自己西装披到她肩头，这样他就自自然然挽住她肩，在夜色里散步。两个人都没说话，街上的人声越来越静，夜深了。

骑着石栏杆爬出青年公园，秦陡岩想也许只有带沈桐回家去过夜。这过于惊世骇俗，爸妈一定会带着图书馆人的讶异软软扶住他们感觉里会摇晃起来的墙壁！沈桐有点困了，她偎在他身上，说："我要回家了。"

他一筹莫展，自己也犯起困来。

简直如同上帝安排下游戏的结局，有一辆天蓝色汽车亮着一只奇怪的顶灯滑向他们，一个瘦削男人探出头问："要不要出租车？"

他俩同时醒了过来，好奇地瞪视深夜的出租汽车。他看见司机打开车门请他们上去，他推了沈桐一把："回家啦！童话里的马车来啦！"

司机非常高兴能跑远路，他轻轻哼着"啊朋友再见，啊朋友再见，啊朋友再见吧、再见吧、再见吧……"仿佛沈桐和他是此刻要送往机场离别的老友。沈桐嘻嘻笑着，头依旧靠在他肩膀上，什么都不说，右手握他左手，手心都暖暖的……

他蹑手蹑脚随着沈桐上楼，沈叔叔早就关门睡死了。沈桐打开门，拧亮了台灯。他同她告别，不由得伸出手，在她热乎乎的白皙脸蛋上轻轻抚摩，他抚摩沈桐雕像般光洁的前额，她小小的鼻子，她俏丽的脸蛋……沈桐闭起眼睛，脸色一片绯红，鼻息粗了……他的手留恋地抚过她的红唇，从翘翘的下巴上落下来……

“再见。”秦陡岩不舍地说，心里满是初次的甜蜜，像柠檬树刚刚开出淡红花。

她明亮的眸子迷蒙地看在他脸上，迟迟疑疑地笑了：“再见。”

他带上门在黑暗中下楼去，沈桐却打开门看他下楼。他抬起头，最后一眼看见她黑发垂在脸颊边，艳而不浪……

出租车很耐心地等着秦陡岩，他付完送沈桐过来的车钱就几乎没回家余钱了。司机说：“第一次坐出租？送女朋友回家钱用完了？真有你的！”

他望望富民路茫茫黑夜，推开车门正要下去，司机说：“这样吧，你坐在副驾驶座位上，跟我一起做生意。如果顺路，我就免费带你回去。不顺路，天亮你自己坐公交。”

原来，上帝安排给他这么个奇妙的夜，后半夜是绕着大城的一次漫长巡游。天色破晓雄鸡叫的时候，按照天意，出租车又驶回了圆舞浜地区，停在圆舞浜商场门口。

他挥别司机，下车买了一根油条一个咸大饼，正好用完身上最后一分钱。

回到家，等了他一夜的阿爸姆妈启动了对他刻不容缓的审讯……

六

潘海礁走进教室，几本教科书往讲台一扔，随手脱下风衣放椅背上。他从来都站着讲课，身穿蓝色卫生衫，头发打着旋往后梳，开口挺省字：“来，读课文，一人一句。”

虹课本上娟秀小字挤得密密麻麻，早查尽了生词、熟读了文章，她仅有的几个疑问写在课文后的空白处，例如：美式俚语需不需要记忆？俚语怕有时间性；课文里的法文应按法语发音还是按英式规则发音？……虹知道自己问的是偏门，不过她想问。

课间休息，潘海礁从风衣口袋扯出一罐可乐，吱吱冒泡地往喉咙里灌。他仰着头眼角看见虹，心里感叹虹真有一副绝妙身材。放下可乐罐，他朝笑嘻嘻走近的虹点头：“又有什么促狭问题问我？”虹甩一下手，粉红了脸颊：“别搞！我的问题都有逻辑的。”

潘海礁看看她写下来的那些问题，啧啧叹息：“教学大纲之外，教学大纲之外。你问我，我问谁去？”虹惊叹一声，不信地瞅着潘海礁。他咧嘴一笑："我教你，因为我比你先学、多学，不代表我什么都知道。"虹甩手问："那你是不是老师？"

下了课潘海礁夹着教材就走，他对自己近来惹上的麻烦不怎么在意：打人的事通过某种渠道告到了学校，他无所谓受什么戒处，只厌烦要对有关方面解释原因。他不想把女友再扯到这件事中来。女友已经生气了，她为自己成为新闻界茶余饭后的话题烦恼了，她觉得自己成了笑柄。

潘海礁决心以沉默面对校方的调查。

秦陡岩正心痒难熬在学校书店门口转圈，一眼见潘海礁大踏步来。他心里一动，迎上去："潘老师，跟你借钱买本辞典可以不？"

潘海礁看见是他，笑一笑："借钱就借钱，拿去赌博也好，追女人也好，不必解释。"他撩起风衣，从牛仔裤口袋掏棕色皮夹。

他装腔作势对老师说："这本辞典很贵。"

原来他一眼看中了学校从进出口公司订来的唯一一本《韦氏词典》，红色原版精装本，烫金侧边指坑索引，开本比一般词典大三倍，厚厚几千页。潘海礁跟进书店，倒吸一口冷气："你想干吗？抢我饭碗？"

潘老师的二百元人民币加上他自己的十五元，让学校书店明白这本词典原来是特地为这个学生订来的。他笑眯眯抱着红《韦氏》跟潘海礁走，边走边告白：“我下周就把钱还你。”潘海礁笑道：“我拿我头发打赌，你这本词典买回去是浪费。你只要能坚持一个月把它当日常参考书用，我就剃光头发。”

秦陡岩一个劲儿笑，词典太重，简直像抱着大砖。他习惯性跟着潘老师，想去潘家吹牛喝茶，可潘海礁看看他：“词典买好了还跟着我做啥？我现在又不回家，我要去学校交代打人的问题！”

“哦，就是那件事！”他停住脚，准备往宿舍走，“潘老师，这个有啥好担心的？是个人都得保护自己女友，人家表面批评你野蛮，心里都冲你跷大拇指。不信你自己看！”

师生两个分道扬镳，秦陡岩低头看着《韦氏》开心，他自己喜欢这种东西，以为送给沈桐她也同样会喜不自禁。价格虽贵到离谱，不过，图书馆系毕业的父母在买工具书这件事上历来对他有请无拒。

他回一下寝室，出来便把书包和词典放到脚踏车网篮里，压得网篮有断落的倾向。他小心骑车，回圆舞浜家去。今晚翻翻这本自己喜爱的词典，从父母那里讨到买书钱，明天周六就去找沈桐，送她这难得一见的礼物。他想到得意处，到柳叶路忘拐弯，只好顺势转进圆舞浜新村，想从新村里绕回去。

一道绿水从石桥下过，初冬的天色黄了柳树，柳叶飞满天空，落到浜里，浮在水面上。柳条鱼在黄叶下灰灰白白群游。秦陡岩停下脚踏车，看浜里很多鱼草，浮萍这季节却早不见了……一抬头，小石桥上有个惹眼的女人扭着腰胯走下来。他怔了怔，下腹一阵发烫，赶紧转开眼，低头看浜水。

听见笃笃高跟鞋声音走近又停下，女人仿佛特意靠近他；他抬起脸，不解地去看这年轻女子；她的脸有点大，既肉感又立体，尤其她下巴挺有型。不过不认识，是陌生人。

陌生女子定睛看他，浮起一阵笑意："你是小玫的老同学？我见过你。"

秦陡岩恍然大悟："小玫姐姐？"

丁芬芳咧开嘴笑了，露出一颗调皮小虎牙："我有过目不忘的记忆力。你上大学了，在哪家？"

他被小玫姐姐自然大方的神态驯服，一边告诉她在哪上学，一边海绵吸水般吞下她面部表情：这些表情与众不同，洋气，新奇，又亲切。

小玫姐姐对他的回答并不很重视，仿佛她借他讲讲自己的话而已。讲完，她满足了，高高兴兴一挥手："有空来找小玫玩。"转身朝圆舞浜商场方向去了。

他像天底下所有男人一样瞪着小玫姐姐背影看。她起劲地走着，她走路姿势叫他浑身越来越热，她真是、真是太烫人了！他记忆中又一次浮出一个放着帘子的暗房间，他在那里寻找洗手间，一个女人穿着睡衣捏住他手腕，为他指过方向……

那个女人就是她?

他忽然发现脚踏车的网篮被书包和沉重的词典压得往下弯曲了，他顿时忘了小玫姐姐，跳下车挽救他的网篮和词典。词典是宝贵的礼物，千万不能砸坏。

沈桐对秦陡岩事先没通知的到来有些冷淡，绝不像他以为的那般面露惊喜之色。

她没出门，她在家看书，她捧着萨克雷的《名利场》；她放下小说，困惑地凝视他："你怎么来了？"

他感到一瓢冷水从头顶淋下来，背上有一种凛然。被谁嫌弃都可以，被沈桐嫌弃？他还没心理准备。

他怔在沈桐亭子间门口，那张书桌还是那张书桌，那只台灯还是那只台灯，沈桐还是那个沈桐，只是表情全然不同。他轻抚她脸庞的夜真实吗？手指掠过她眉毛的触觉还在指尖……他心里一阵发虚，不由得往后倒退一步。

沈桐忽然笑了，如一缕阳光从阴云中透出，不过，这笑没有持续，她说："你来得正好，我们周一要考试，正有功课请教你。"

沈叔叔上来张望，见两个青年人正在讲论功课，他脸色开晴，转身下去做点心。沈桐听了一会儿数学，又翻开物理，他尽心竭力讲，好比一个人虔诚地往他种植的苗上洒水。沈桐揉着太阳穴："我真是太笨了，有你一半聪明就好。我都烦死了！”

他心里松宽些，试探地摸摸沈桐手背：“别紧张，高考还早。你需要我的话，每天我都可以过来。”

“对我这么好？”沈桐笑道，“我拿什么报答你呢？”

秦陡岩说不出话。他对语言背后的东西有天生的敏感，沈桐的话让他感到悲伤。这简直毫无理由。

他们很认真地复习着功课，沈叔叔端来的圆子吃完，继续复习，直到沈桐大叫一声：“脑子要炸啦！”她说，“我们出去走走吧？你认识音乐厅吗？”

他俩在小马路上走，沈桐说：“我怕自己不是读书的料。听说戏剧学院要招生，考生不一定通过高考，你觉得我合适不合适？”

他觉得这一切与他的想象毫不相似，好陌生啊！他点点头说：“什么都可以试一试，只要你喜欢。”

“你真好。”沈桐笑得有点儿感伤，“只要我喜欢就好。我爸爸可不这样。”

他们走在市区马路上，不知道为什么就没走在圆舞浜马路上那样生气勃勃。到处都是打着铃声冲撞过来的脚踏车，到处是心事重重拎公文包赶路的人，到处是快落光叶子的法桐，到处是叫卖油炸食物的铺子，到处又是拒人于外的种种围墙，围墙有竹篱笆编涂黑沥青的，有红砖的，有清光水泥拉花的，也有特意加插上碎玻璃片防贼的……市中心是一种有时能叫人心里发凉的场域。

“你爸爸希望你考什么学校？”他问沈桐。

沈桐像没听见，过一会儿她回答：“我能考进什么好大学？”

他停下脚步，在她肩头衣服上扯扯，她回过头来。他对沈桐一字一句说：“要相信自己。只要你愿意下功夫，肯定能考进好学校。”

她脸上毫无笑意，连礼貌的笑脸也不曾发生，她摇摇头，忽然问他：“怎么音乐厅还没到？又不远！”

他赧然道：“我也只知道大概方向，不熟。”

“不熟你还带着我走这么多路？我走得脚都痛了！”沈桐面露疲惫之色，“你是没有方向感的男人吗？”

他俩顺着来路走回富民路去，秦陡岩没什么话敢再闲扯，沈桐也无话想说。他看着满街跑的枯黄法桐叶，觉得只有小说里的生活才是连贯可靠的，生活真是一本读不明白的书。

回到沈桐房间，秦陡岩从书包里使劲掏出阔大的《韦氏词典》送给沈桐，沈桐努力翻了翻，笑道：“我如果能用这本词典，我可以当大学教授了。”

她温柔地送他到弄口，不避闲人眼光拉住他手说：“你总是对我这么好！”

圆舞浜地区最值得一提的特色是它半城半郊的滋味。秦陡岩从没像眼下这样胸闷烦恼，于是他从开满菊花的校园跑出来，独自去勘探还没细细捋过的整个圆舞浜。

他直接就穿越柳叶路走进了圆舞浜五村。

当面一条大路，大路不长，才一百多米就分岔成三条小路。右边一条傍着圆舞浜岸，曲曲地蜿蜒；左边一条沿着柳叶路平行远去；他选了中间那条最缺乏视野的路走，这条路在楼房中间不断拐弯，让他看见很多绿底白字的门牌。新村里除了绕浜一棵接一棵大柳树，每栋楼房前还各有一个小树丛，种着冬青、石楠和芭蕉……白天常常看不见行人。

他认识小玫家，他抬头看看小玫家窗户；他觉得自己很狼狈，最好他们家没人看见自己。

他走到一段圆舞浜边，这里很静谧，有个老头戴着鸭舌帽在钓鱼。他坐下看，看见的不是钓竿和鱼，是像鱼苗那样一扭一游长大到现在的自己。

阿爸姆妈运气好，他们年轻时国内的大学还天经地义上着课，还没革命，只不过分配工作不理想。阿爸分在轻工业局旗下小厂当工人，姆妈那时还不认识阿爸，她是环卫局坐办公室的。阿爸当年调到图书馆工作是图个清静，他不喜欢和厂里工人轧道，轧不到一道去。姆妈调进图书馆是阿爸当了资料组组长之后。他俩不是自由恋爱，是图书馆老馆长心血来潮建议他们成家。老馆长好心地认为：两个闷葫芦结婚，比较合得来。

自然，他是长子也是独子，他猜自己没弟弟妹妹是因为阿爸姆妈不起劲：自己和阿爸姆妈同室而居十几年，搜索自己记忆，从没他俩暗中亲热的片段，甚至连可疑片段也无。虽然搬新居后他有了自己小房间，父母房间在他感官里还是整齐宁静、没有人气。

阿爸姆妈就像一条清澈溪流里的老鱼，养着他这条小鱼。除了清澈，他们什么都没有。他在图书馆式的清澈里长，小学时常莫名其妙挨同学揍。人家揍他，说他不懂规矩。初中没人能揍他，他会还手了，所以经常莫名其妙就和形形色色男同学打起来。人家同他打，问他自以为自己谁？和女生之间他起初是合拍的，幼儿园里他和女生如漆似胶，小学前四年他也有很要好的女伴，他不和男生一起玩沙堆飞石，倒和女生一道采花草跳橡皮筋。小学高年级起他骤然见女生腼腆起来，大概为了男生们起哄他，背后编派他……

初中的秦陡岩实际是和父亲共度的，这听起来有点怪，不过他阿爸是个有想法的教育者，从“十本书一场梦”游戏开始引导他读一些帮助发育心智的书。游戏规则是这样的：他可以和阿爸一起进入图书外借室各挑五本书，他自己挑的五本是他有兴趣读的，阿爸挑的五本是阿爸希望他能有兴趣的。读完这十本书，他必须把十本书留给他印象的东西编成一个梦。梦可以离奇古怪，但必得有独特的纹理和逻辑。

这游戏浸透了引导性，不过倒正中他下怀。他小时候，姆妈第一回抱他走进工作单位，他就喜欢上了陈年旧书气味。现在阿爸重新把他带进书架森林，从书架上抽出书，仿如从树上摘野果给他。这些书令他初中三年魂飞天外。不过，叫阿爸吃惊的是，尽管阅览扩大并增强了他知识体系，然而主要催生的还是他情感世界的纹理。

博览文学作品的结果是秦陡岩选择了中文系，同时还有隐性结晶：他没同人谈过，是他逐渐从书本的海洋里打捞起爱情观。

简而言之，此刻他坐在圆舞浜边看老头钓鱼，他看见的不仅仅是被人粗暴地从浜水里扯起来的草鱼和鲫鱼，他看见的是某种奇特的倾向性，是命运，是让鱼逐渐靠近诱饵的那种必然……似乎他考虑的不仅仅是文学了，已踏入项木的专业。

他幼年首先喜欢上的女性是嫦娥，嫦娥裙裾飘飘似冷菊一朵，轻轻飞上月亮去了。

然后他自然喜欢林黛玉，林黛玉烟笼脸蛋，嘴里絮絮叨叨地埋怨，这不满意那不舒服……

接下来他忘记了古代女人，进入了现代。他喜欢《茵梦湖》，喜欢《法国中尉的女人》，喜欢市立图书馆不外借的内部阅读版《日瓦戈医生》里的拉拉……他惊觉自己喜欢那些个走向命运陷阱的女人，那些女人之所以称其为魅力女人，正因为她们渐渐走向万劫不复的陷阱……

在书本之外真时光里，秦陡岩原本来去潇洒心无所系，任何女人都只是异性，都奇怪地过着不知道为什么会自我满足的日子，他对她们缺乏了解的兴趣。他从她们身边走过，除了一阵不期然的香气叫他愉悦，他并不受诱惑。直到、直到他意识到虹的存在非同小可，然后最近沈桐的存在……

他出神地痴想了一会儿，落得心里只关心沈桐此刻在做什么。他叹口气，仿佛身上被拴上了线，线头在沈桐的小手里。他无精打采走出五村，左拐往前一直走到圆舞浜公园，他站在空寂无人的石岸边看凝止不动的浜水，图书馆在他头脑里旋转，形成了星系，他挣不脱书本形成的涡流，而沈桐端坐书本星系之外……

心情依旧糟糕，秦陡岩走出公园，顺着通往更郊野之地的小径行走。开始有市郊农民孤立的房屋出现在小径两侧，田野里出现了蔬菜和水稻，圆舞浜的边界已被超越。这是工人区之外的农业遗留区，这里农民自给自足，仿佛不与城市产生交道。像他这样突兀地行走，也很难遇见这块土地的主人。

他犹犹豫豫停住脚步，他看见了一个女人。一个坐在田埂上的女人，一个女的熟人，一个不知道有人走近正舒畅哭泣的女人。他躲到几棵灌木后面，呆想：这个难道又是小玫的姐姐吗？

不久之后，秦陡岩在中文系信箱里收到沈桐来信。

沈桐告诉他她已决定参加戏剧学院的人学笔试和面试，这是她唯一有信心尝试的升学机会，愿他祝福她成功。

他茫然不知戏剧学院意味着什么，他并不喜爱戏剧，也不关心演员的世界，为什么这个学院招收学生可以不经过高考的遴选？不管怎样，只要沈桐喜欢，她自然会得到他的祝福。

他明白自己不确定的“家庭教师”身份失效了，他没任何理由在这段人家复习迎考的日子上门去搅扰她。

他回了信，信文非常简单，只有一句：我确信你会考上！

他这才真正住进了中文系宿舍，这才真正走进了中文系教室，这才全神贯注再次努力学业。

白天是教室和食堂；从傍晚开始，就是文科图书馆。

图书馆的大笨钟每到整点就奏起古怪的报时曲，曲子很长，然后当当打钟。不到图书馆关门，秦陡岩就像木椅子上长出的蘑菇，腻在上面纹丝不动，连厕所都不去……他阅读以下这些作家的所有著作：海明威、马尔克斯、肖洛霍夫、托尔斯泰、马克·吐温、莫泊桑、鲁迅……

图书馆又回来了，书架在他周围密密排列，替他遮护，给他安全感，也让他新鲜的擦伤在旧书气味中得到消毒和痊愈。

潘海礁是他在东综大的奇遇，他几乎成了潘老师铺陈兄长情怀的唯一对象。他们除了在潘家见面闲聊，他还像跟班似的出席潘海礁的朋友聚会，不久认识了潘老师的女朋友——《信号报》编辑甘婷婷。

秦陡岩邀请虹参加和潘海礁甘婷婷的四人聚会，虹爽快答应了，好比那些银湖公园拍照的日子瞬间又回来了。他和虹忽又那么自然地约在校园里各个地点，平平淡淡快快乐乐说着话，去找潘海礁和甘婷婷玩。

没想到高大威猛的潘海礁找的是这么一位苗条纤细的甘婷婷。

甘婷婷和潘海礁在一起，让秦陡岩心里生发很多种比喻：甘婷婷是油条，潘海礁是大饼；甘婷婷是奶油，潘海礁是奶油下的蛋糕；甘婷婷是笑容，潘海礁是脸；甘婷婷是海涛，潘海礁是沙滩；甘婷婷是蜻蜓，潘海礁是树枝；甘婷婷是春风，潘海礁是天气预报；甘婷婷是鱼，潘海礁是游泳的人……潘海礁是雷声，甘婷婷是雨丝；潘海礁是快刀，甘婷婷是慢火；潘海礁是竹竿，甘婷婷是爬藤月季；潘海礁是重金属乐队，甘婷婷是爵士乐队；潘海礁是西瓜，甘婷婷是柠檬；潘海礁是太阳，甘婷婷是月牙儿……

人不可能喜欢甘婷婷，喜欢甘婷婷是不现实的，因为她一般直接就迷住你，来不及先让人经历喜欢；人也不可能讨厌甘婷婷，讨厌甘婷婷也是不常见的，因为她总一眼就招人恨，跳过讨厌阶段。

他看见甘婷婷，看见一个与众不同的女人，她沙哑的嗓音一喊他名字，他就亲得不得了。他想喊甘婷婷嫂子，被她笑着打断了："别乱喊！我叫甘婷婷！"

不晓得虹怎么看甘婷婷，反正她和甘婷婷相敬如宾，相处得中规中矩。一个是温雅贤淑女学生，一个是袅袅婷婷女编辑。虹同甘婷婷说话脸红，甘婷婷喜欢抚摩虹的秀发。

他和潘海礁一人一罐冰啤酒，冬天还往喉咙里灌凉。他们窝在冬日客厅阳光里，潘家老猫轮流伏在他俩腿上；甘婷婷和虹在厨房里忙活，主要是甘婷婷炒菜，虹摆弄凉菜。

喝了几罐啤酒，潘海礁脸上的疙瘩都暗红起来，他一开始大谈阔论中东，现在话题转回来了。他的眼睛瞪得像牛眼一样看男学生："你怎么连'倒爷'是啥都不知道？我们的世界都要被这些败类蛀烂了，你还神智无智！"

他看着潘老师笑，他觉得自己没必要知道什么蛀虫，世界很大，一群人蛀不完。

甘婷婷端菜出来，笑："潘海礁你又来了是不是？我关照你少管闲事好好过日子，你当老娘是假的？"

他趁机起身溜到厨房里，虹好像画画一样在布置她的冷盘。他恭恭敬敬凑过去看看："照相机没带，否则拍下来多好？"

虹无声笑笑："我又不是不知道你的摄影水平。"

他顿时想起了银湖公园，公园河边树下的丽影，他抓耳挠腮，若有所思跑出厨房。

四个人举起杯来喊一声干杯时候，秦陡岩蓦然记起上一次四人聚会，今天已换了人。他的心像被咬一口，痛得皱起了眉头。虹奇怪地看他一看。甘婷婷笑道："这啥表情？"

潘海礁把倒空的大啤酒瓶往废物箱里一扔："借着这痛苦

的表情我宣布一个坏消息。我被学校记过了。记大过一次。”

甘婷婷看看潘海礁，扭过脸去不言语。潘海礁笑道：“没事。他俩都知道我打了人，我打了就打了，记了过，事情就了了。”

秦陡岩看看甘婷婷，看看虹。虹看看甘婷婷，没看秦陡岩。

虹仔细留神的是潘海礁。她看看潘海礁还会说啥。

甘婷婷把筷子尖尖咬在牙齿间，微微笑一笑道：“少说。吃饭！”

虹的冷盘谁都不舍得下筷子；甘婷婷做的菜极其好吃：炒鳝丝、糖醋小排、干煎带鱼，还有塌菜冬笋。不知道潘老师以后吃了潘师母做的菜，还有没有胃口下馆子？

吃过饭，秦陡岩和虹识相地告辞出来。他看天气不错，问虹要不要一起去银湖公园走走，不想虹摇摇头，没精打采说要回宿舍午睡，请他自便。他莫名其妙陪着虹慢慢走回宿舍去，虹一路都没怎么说话，到了宿舍门口，挥挥手，就走进去了。

他没地方可去，就去了文科图书馆。那里没有人，只有书；没有爱情，有故事。

丁芬芳辗转从别人信里得知京城男人新消息：京城男人回京城后似乎如鱼得水，听说快要顺他家北京大妈意思娶京城好媳妇了。

她惊诧自己对这个消息的反应：仿佛乍然听见亲人的讣

告，眼前一亮，亮得要瞎掉，之后她内衣全湿了，浑身虚汗，止不住地发抖。

她立刻找个含含糊糊的借口跑出家去，跑到落荒的农地里。一觉得四野无人，她就放任自己痛哭起来，越哭越悲苦，越哭越气愤，越哭越怀恨，越哭越自怜……没人劝阻的哀哭是一剂良药常治愈经久不散却早已衰减的心病，她越哭越轻松，越哭越觉得该哭的都哭过了、哭走了，越哭越觉得自己小题大做，越哭越做好了甩掉过去重新开始的心理准备……

她掏出手绢拭抹泪痕时心情几乎已快乐起来，她惊诧地从指缝里看见有个男生躲在树后窥视她。她不明白这是否纯粹巧遇，她认出这是小玫那同学，她心里记得家里阴暗的过道，这男生被她抓住过手腕，他有着高而瘦削的身影，他看她的眼色从来是温和加上些许热量的，她觉得有种新鲜气息扑面而来，她对悲苦的注意力大大减轻……

丁芬芳回家后用凉水毛巾冰脸冰眼睛，却不想掩饰自己的哭相。妈妈和妹妹对她看了又看却忍住不把疑问说出口。阿爸在晚餐桌上一声没问，吃过晚饭却关起他卧室门，又同他关系户打起了电话。她新一轮对大城老牌行业公司的拜访又排上了日程，她不推辞，留下来工作的机会随时可能出现面前。无论如何，她不能离乡背井。

圆舞浜通往大城的公交车在早晨和傍晚都非常拥挤。如果不是年轻人，如果不是非常担心迟到，没人愿意让自己心脏去冒险。丁芬芳迟到过一次，给人留下不守时的印象，现在她宁愿为给人好印象奋力挤车。有一次她下车后吐了，还有一次手指被中门猛力一夹夹去了好大一块油皮，不过这些折磨阻挡不住她尽快找到工作单位的渴望。

对于时不时在公车上碰见的痴汉，她很泼辣。只要任何男人不怀好意靠近她碰她，她就大声讥嘲："喔哟，要不要脸？外面没下雨，在车厢里撑什么雨伞？"那些大城里的奶油狼听见，吓得脸色发白，要么拼命从她身边逃开，要么假装看着别人，浑身顿时规矩得像警备区大门的门岗……

找不到工作，她毫无安全感，像落水的人发现没一艘船正为她停下来……到市中心高级地段访问阿爸的朋友们次数越多，她胃口越被吊得高高，一心只盼天上落馅饼，能到老牌大楼里安享一份朝九晚五的工作，得自己工资，分配到一间小房间，和其他市中心女人一般逛街、看电影、约朋友吃饭、参加舞会……稍后找到那位和自己真有缘的男人，开始过日子。她觉得自己一点也没奢求，她只想马上进入舒适状态，对前途要求不高了。难道这样的期盼不是随时会被满足的吗？

答案是丁芬芳想得正确：阿爸急了，也许阿爸也用他个人的方式对别人施加了压力，有份工作犹犹豫豫浮现出来，对准她停留。她只要手一伸一拍板，就是她的了。

大学一毕业就和一群退休老人搭档工作，她从前没设想过。不过，作为眼前唯一现实可靠的橄榄枝，她不能不感到一阵欣慰。

姆妈劝她“骑驴找马”，意思就是接受这般好事。轻工业产品销售协会虽然只有三间小而拥挤的办公室，但地址实在叫人惊艳，竟然位于高级地区的中心——外滩。她忍不住薄施脂粉赶去给她这份大礼的好叔叔办公室，送上父亲替她准备的礼物，近乎撒娇于自家高龄长辈似的奉送了许多甜言蜜语……

走出协会办公室，她尽情呼吸一口掺杂老城区地下管道怪味的冬风，跑到冷风呼啸的防波堤上乱逛了一通，眺望江上船只，几乎深情凝望江边的西洋建筑群，眼光爱慕着老海关大楼。丁芬芳心里某种重不堪负的黏稠物质骤然汽化了。她抱着一棵光秃秃的梧桐树笑着哭起来。人生的某一段过去了……

接下来的半年她还不能就去上班，必须等那位腾出位置的老太太正式离职，属于文员的小办公桌届时才空出来。她倒感激有这么一段轻松自在的过渡期。阿爸在家里喝了几番庆祝酒，兀自同姆妈不断商议大小女儿们的事。

那天小玫去了学校根本不在家，姆妈坐在放了厚垫子的藤椅里，阿爸唤她过去。她高高兴兴走进去，发现阿爸姆妈要同她办交代。

阿爸伸出拳头，拳面朝上，慢慢松开手指，他手心躺一枚钥匙：“阿爸姆妈能力有限，但该你有的还是要给。你是大女儿，替你办好了，才轮得到小玫。”阿爸说，“我向公司争到一套一房一厅。”

她的心好比一朵当令花苞嗅到浓郁春风。

“不过，”姆妈脸上矜持得很，“你也要做一定的调整。

“我同你阿爸生了你们，辛苦到没停过。黄毛丫头十八变，你和小玫都乌鸡变凤凰啦。我们老夫妻也要过过自己清闲日子。小玫吃住在学校，你有了新房，可不可以自己过？我不服侍你们吃喝，我要松宽松宽！”

她飞快打断姆妈的话：“姆妈放心，我自己蛮可以照顾自己，我马上搬出去！阿爸姆妈有事，我回来帮你们。轮到我还姆妈债了嘛！”

阿爸姆妈尴尬笑了笑，姆妈又去厨房开出一顿丰丰盛盛好饭菜，算最后一次为她的吃食尽心。小姑娘都大了，她要享清福了。

阿爸争来的一室一厅就在同一新村，离开阿爸姆妈家也就几十米远，是个单身技术员搬去婚房后空出来的。好处是窗外景色比阿爸姆妈家妙，推开落地门是小小阳台，小阳台高高在上俯瞰川流不息的圆舞浜，简直就是主题景观房。一个人住够宽敞，苏联式样的工人公寓浴室和厨房独立，关上门应有尽有。

丁芬芳觉得幸福从天上掉下来是个果篮，砸到自己头上，果子滚一地，芳香扑鼻，红红绿绿。感官一时享用不尽，人简直乐傻了。

小玫从学校回来参观她新居，嫉妒得哭了，她担心自己只能一辈子与父母住一起。

生活里只缺一样。丁芬芳心知肚明是啥。在海边大学那样不缺，现在缺了。急切间又无处可觅。

一个年轻女人独居，如果她是有钱人，自然有种种情趣可消遣，即使装饰居所也能打发时光。可惜她没余钱，班还没上，连工资也没有。手里只有父母给的一点生活费，勉强够自己做饭吃。

她不爱读书不爱学什么新东西，现在休息疗养得差不多了，一直把自己关在家徒四壁的房间里没啥意思，还不如不在家开火仓，到处去走走。大城如此之大，便宜饮食也不是没有。

她从父母家拿来大城的地图，决心做一件从没想过要做的事：上班前把大城“游览”一番，对从小觊觎的闹市区来一番考察见识。

真是一朝化蛹成蝶、飞出圆舞浜小地方，她蓦然体会到大城之大和大的风范。市中心人多，多如过江之鲫，没人有兴趣朝别人多打量。街上美女一多，互相抵消美人效应，除非你的确天姿国色，否则就难浮现出来。她马上感觉到偷瞄自己的眼睛消失了，偶然有，也只是冷冷一扫而过，哪像圆舞浜那些没见过世面的男人，眼光扫到她，黏住就不放。

虽有惊奇失望，不过丁芬芳能马上接受新状况，还感觉自由扑面而来。她无所事事，但无人用谴责目光注视她。她没什么钱，买什么吃什么都拮据，不过根本没人留意她穷富，她买多少吃多少人家都平常接待。她虽像个气泡般不受人注目，但要人注目干啥？她意会到将来在大城上班下班会是怎样一种日子，她只抓住实际的快乐：她会有工资。有了工资，就能慢慢享受钱在大城里能帮她找来的乐子！所以，她快乐、满足、期待着，慢慢等待迎面要来的缤纷时光……

年过了，冬天缓缓向北回撤，树还没发芽，树枝还光光的。这天突然暴热，气温上升到十九摄氏度，冬衣谁都穿不住了，大城里男男女女脸上都迸春光，个个落在明晃晃阳光里，衣衫清淡，有弹性地走，走出了节奏。

丁芬芳去了南京路上美术馆，看一个外国人的摄影展，她为端详那些传递感官体验的相片忘记了时间……

出门搭车回圆舞浜正好撞上晚高峰，车有点挤不上去。她勉力上了后来的一辆公交，僵持在车门口，车门屡次关不上。她正想放弃，背后来一个力大无比的男人，奋力把人堆往车厢里压迫进去，车门在他身后合上了。她回头一看，只觉得此人像海员，黝黑的刀条子脸，一股浓烈烟草味呛人。

车行途中，身后男人渐渐对她有些不三不四。丁芬芳没喊叫，也没照例嘲讽他，她觉得男人探索着的发烫的手令她产生一种还魂感……拥挤车厢里，男人坚硬的部位紧贴了她，她感到春天危险地摇晃，春雨在阳光里竟淅淅沥沥……她奋力推开那男人，冲下了公交车，浑身难受得要死。她匆匆奔行在圆舞浜地区，觉得心要跳出喉咙口。法国梧桐树枝一夜间萌出了黄色的芽苞……

日子确实难过。

第三章

虹带着女儿观看翻译片《阿甘正传》。

二十岁的女儿几乎是她的翻版，一米七三身高，脸颊狭长，身段曼妙。她气质却和母亲不同，如父亲般直爽。她今天没答应男友一起度周末，她要陪姆妈，姆妈今天生日。

虹听见汤姆·汉克斯痴痴呆呆说什么“生活就像一盒巧克力，你从不知道下一颗滋味”，她在暗中笑了，摇摇头。生活是什么？生活可不像巧克力，生活对于虹来说，像的是换来换去走马灯般展览会，所有的辉煌都为了展出，背后却是成日成夜每个出展人的辛苦。

独身一个把女儿从产房里的小肉团养成如花似玉美娇娘，虹知道生活是什么。她从不愿用语言表达感受，她画画，画花鸟，永远只画花鸟虫草，不过她花鸟画是有喜有悲的，她自己明白，曾希望别人也明白，可渐渐放弃了这种愿望。如今她看人的眼光里没了娇羞之色，只留下清明温和。

走出电影院，女儿枫要掏钱请姆妈吃哈根达斯。虹和女儿勾着手臂，头靠头走到冰激凌店来。从背后看，几乎所有人都以为是一对时装女模特逛街。

“姆妈，生日快乐！”枫的头发甩来甩去，天然的浅浅波浪。虹看着她，觉得一个画家画得再好，纸面颜色终究比不上这活灵活现的肤色妩媚。

枫在设计学院就读，虹从她咿呀学语就教她画画，这门绝传现在让枫很受用。学院里她是最能用图案来表达思维的学生，各个设计课教授都喜欢她这支出神入化的画笔。

枫常说“遗传不必多，有实用的就好”。虹知道枫喜欢来自自己的灵巧和来自父亲的豪迈。虹知道枫不再是持身如玉的自己，枫是一道清新的风，不但吹来，而且带着自己气力。

“姆妈，我不多久毕业，我如果考上巴黎的设计学院，你一个人在家怎么办？”枫歪过脸蛋，认真看着虹。

“不用你操心。我去和外婆住。”虹微笑说。

“那怎么行？你本来就不活跃，跟老太太在一起，你完了！”枫对着姆妈摆手，“我考上，就带你去法国！”

“你去念书，我去法国干什么？”虹笑道。

“我早就想过了。我上学你可以去蒙马特高地画画，交些画家朋友。如果找到男朋友就更好！”枫笑道。

“开什么玩笑。”虹有点耐不住，“以为谁都像你，一心找男朋友？”

“哈哈，”枫点头，“我是要挑男朋友，趁着年轻好好开心。不过我若是到了法国，现在的男友就只好拜拜，我要找个帅气的法国男友！”

“挥霍你的青春吧，我不管你的事。”虹挥挥手，一如既往骄纵女儿，她从来不觉得需要教训她。人生无非一场场展览会，你方唱罢我登场。

冰激凌火锅送了上来，五色绚烂，全部是冷冰冰的甜蜜。

“姆妈，认真问你几个问题。”枫挑起一丸草莓。

“什么？”虹有些无精打采。顺流而下或顺流停滞，她已习惯了随遇而安的方式。对枫历来神出鬼没的诸般提问，她颇觉无奈。

“我总要出嫁的，你不能一个人冷清清过日子。姆妈你还是个美人，总要找个人吧？”枫果真一本正经了。

“没那个必要。”虹抹了抹鬓角，鬓角已悄染霜雪。

“姆妈，一辈子很快，你还有大好年华。干吗这么纠结？”枫摇摇头，“我不懂。”

“过好你自己的日子，管我做啥？”虹笑道，“我自有我的活法。”

“外婆那种不死不活慢吞吞的怪脾气，姆妈我看你是被她带坏了！”枫着急，“我不想看你也变成外婆那种模样。你要不听我的，我就不去留学了，在家里伴着你，当老姑娘！”

虹笑了：“哪有你这样逼着娘出花头的？你妈眼界高，看不上谁。”

“你真是眼界高看不上谁才这样的吗？”枫忽然犀利，“你难道不会在属于自己的关键时刻拼一下？输了有什么了不起，假如输了全世界？”

虹噎住了，女儿说得过分。她知道女儿为自己不值，但她怎能理解当年自己的处境？

“姆妈，你的爱情到底是怎样的？难道我们该为一段感情干枯终身？”枫意气风发，模样儿完全是个能把握自己命运的年轻女子，“你为什么不肯让我见见自己亲爸爸？”

虹叹了口气，眼角露出一点晶莹：“你长大了，如果你想去见他，我会安排的。”

“不，没有必要了。”枫摇摇头，“已经没有必要了。现在有必要的是你呀姆妈！”

虹含着冰激凌，冰激凌的甜味化了，只有令人舒服的回味。她不开口。

“把过去扔掉吧，姆妈，人生只有一次。你养大了我，任务完成了，该再有一次爱情。”枫叹口气，“你不要自卑哦，连我们男同学都觉得你迷人得不得了！”

“啐，没大没小！”虹笑道，不由得微红了脸颊。

“那个不知道从哪里冒出来的秦叔叔如何？我觉得他对你深情得了不得，你好像也不讨厌他。”枫开始提出具体建议，她是务实的现代人。

“他？”虹笑了，“要跟他在一起还用等到现在？”

“那么，画院的华叔叔呢？虽然他离过婚……”

“你不要瞎操心好不好？你怕姆妈以后拖累你吗？”虹嗔道，“你管你自己好好爱好好嫁，姆妈不必讲形式。我可以得空和秦叔叔一起去外国旅游，他这人当旅伴真是太好没有了。画画嘛，也可以和华叔叔切磋……反正我不会孤单，不会当孤老太的。”

枫站起来到柜台上要了咖啡和糖，重新坐下以前，伸手在虹的长发上抚了抚：“一个老小孩喏！不解风情哦！”

虹笑笑，不言语。枫想了想，喝了几口黑咖啡，还是认真瞪大眼睛：“姆妈，你又不是老古董，我真的还是不能理解爱情对你来说是什么。我不是要琢磨你，可你这样子，让我怀疑自己是不是太肤浅。”

虹如姐姐看妹妹般看着枫：“一代代人彼此不同。爷爷是办展览会的，妈妈从小看多了展览，知道这世界上的人有两种。”

“哪两种？”

“一种是在努力展览的，一种是躲开展览的。你妈妈是后一种。”虹微笑，“我只是看明白了，这两种人在一起彼此很累，所以我才一直做我自己呀！”

“我的爸爸和那些叔叔都是努力展览的吗？他们展览什么？”

“展览他们的人生呀。展览人生要有资格，不过，要有资格就只好展览一切……”

枫付了账，两个模特儿般女子一起款款走出哈根达斯。枫说：“《阿甘正传》很精彩，我喜欢。”

虹摸摸女儿臂膀：“阿甘这种人在我们这地方吃不开。”

母女俩没一起回家，她们在公寓门口分手，枫要独个儿去做做美容，虹算定自己能拥有一个阳光灿烂的下午。

本来想把家具和地板都擦拭一遍，时间够的话再擦擦窗，可枫今天搅乱了为娘的心。虹的心飞越时间之岭，怯生生回望东综大曾经的天色。她感到害怕，感到委屈，也感到一种奇异的幸福，幸福自己曾出席过人生的舞会。

她游览菲律宾的某个秋天，有人曾带她到薄荷岛去看萤火虫。那是晚饭之后，坐半小时的中巴，去到一个黑黢黢的河口。当地人撑出螃蟹船，带上一船各国游客往红树林环绕的河道深处划去。一开始只有星光和泼墨般树影，渐渐人心静下来，看见某些红树上落满了闪闪烁烁的萤火虫，不时又有单独的弧光划过，那是新赶来的单只虫子。

虹随螃蟹船划进红树枝杈，年轻男女们兴奋地靠拢亮晶晶的树冠，她猛然泪流满面。那是萤火虫，却也像虹和她的同龄人，树冠上一场舞会，校园也是一场舞会。舞会让红树亮晶晶，也随音乐绚烂到夜的深处，归根结底燃烧的都是青春。萤火虫从四面八方飞落那几棵发亮的红树，寻找交配机会，大学校园的舞会多多少少要为绿姝河里殉情的女鬼负责……不是每只萤火虫都能拥有生命的高潮，参加舞会的男男女女也各自只得属于自己的那份春色：有人仿佛永久获得一缕阳光；有人似乎被枪对准心脏打了一发子弹；有人得到一堆五颜六色糖果，吃下去生了病；有人什么也没有，最后却发现自己是最幸运的那位……

虹不后悔，虹从来没主动出击，她总如展览会剪彩时等待在空旷展厅里的人。有人来到她面前，或羞答答，或活色生香，她始终安静无为地看着。有时无动于衷，有时目眩神迷……发生过一些出乎意料的事，归纳成意外可以，说成事故也行，但虹总算保持了自己冷静和虚无的天性。这些年好歹也过来了，神赐给她的枫已同她自己读东综大时那般大了。

虹为自己的生日准备了一瓶意大利红酒，她斟上一杯，坐到阳台上春风里。她一个接着一个想起圆舞浜时代的那些人，那些人一会儿不由得让她笑，又不经意叫她哭了。她呷着红酒，放任自己在回忆时多喝一点，沉溺得深一些。她只有在这种难得的时候可以放飞记忆，爱一些东西，恨一些事情，但她深深恋着那些曾经的人影。那些人影早就飞开，不可能再出现，她的爱也随着飞远了。

虹可以接受没有爱的生活，因为她曾经爱过，就像萤火虫落在太阳下尘土里，明白自己已参加过星光舞会。那美妙一刻有我，我在，这便是一切。

何况她还拥有枫，为此她闭起眼睛，真诚地感谢神。

一

他和她怀着突如其来的想法彼此打量一眼的时候，明白对方根本不是什么真命天子或红粉知己。

他和她，明明都知道这只可能是一场苟合，若要说得美丽，无非一场艳遇。

寻找文学先锋派的小小趣旨落到真实生活里变成粗鄙笑话，秦陡岩因为一心在沈桐身上，进入中文系好久都没把专业兴趣摆到正位。他常常做一个相似的梦：有人拖他去参加期末考试，他于万里之外相思河畔懵懵懂懂被扯到考场里，惊诧自己早已高考过了为啥还要进学堂做题……无疑，他的心自我徜徉的结果是心理年龄不合理地变苍老了。

等他在宿舍盥洗室看到先锋派人物马马虎虎洗内裤、嘴里嚼着口香糖的时候，他觉得这些老孩子矫揉造作，没法与之谈有意义的话题……至此，他告别了自己的黄口期，变成一只成年麻雀。

文科图书馆对他而言是全部学业的中心。他觉得宛如空洞的心只有图书馆繁花般的书籍能暂时填补。为此，他确立了一个宏大的读书计划，只要眼睛撑得下去，他准备把东综大文科图书馆所有的书至少浏览一遍：能在某些方面打动自己的书认真阅读；要是爱不释手的，就想办法去买来当藏书……他不由自主在书堆里痴想沈桐，他想一会儿，就叹口气。

他决心什么课也不必认真，只英语课要下死功夫。文科图书馆还有外文资料室，首先他想阅读《新闻周刊》《时代周刊》和《国家地理》的原文。读了一段时间，他忽然又对法律发生了兴趣，于别人而言枯燥乏味的法律书籍对于他竟然妙趣横生，以至于他打算读双学位。

近乎浩瀚的阅读计划看来暂时对一个失意男生有镇定作用。图书馆阅览室有白色大窗框和天蓝色布帘，厚重书架切割出小小的桌椅空间，令秦陡岩有置身古堡之感，仿佛受某种大力量的庇护。嘲笑被挡在了外面，自卑被希望里的自强中和。

他的脚踏车几乎只停在图书馆门口和圆舞浜边父母家。他又日益显出孤僻的倾向，不在寝室出现。他每顿都回家吃饭，然后逗留教室和图书馆。

大多数情况下秦陡岩这么做能让自己安定。他像块干海绵，高效率地吮吸需要的和喜欢的知识，同时练习写专业论文。但周五晚是极其难过的，只听见体育馆和食堂二楼都奏响了舞会乐曲，新近在图书馆旁的学校工会会议厅也开张了新舞厅。春天来了，校园没音乐和舞会就好似灌木缺新芽，所有人都觉得舞会是健康和欢乐的。

虹主动邀请他参加新舞厅的周末舞会，这邀请出乎他意料，他似乎觉得虹已没理由仍同他搅和一起。虹犹如一只破茧而出的彩蝶，早已被四周倾慕的目光环绕。

虹虽然邀请他，但这邀请如同蛋清，冷静而透明。虹知道他突然变成了书蠹，笑道："我眼前这位是未来的大学者吧？"

他倒是第一次听见"学者"这称谓同自己相连，摇头苦笑："无处可逃，逃进图书馆。"

虹看看他，并不评论他，也不关心他。秦陡岩感知虹和他之间历来有条边界，牢而不显。越和虹相处，他越怵这条发硬的界限，丧失跨越界限的信心，连微弱的盼望也已溶解大半。

工会会议厅的舞会是小型舞会，舞池周围有桌椅和供应饮料的小卖部。来这里跳舞的人不全是学生，有教工也有校外来的人，都文质彬彬，似乎有无形圈子在料理。这里基本不放迪斯科音乐，始终慢三慢四，偶尔有快三和吉特巴、伦巴。舞客成双成对自来，或成偶数结群，不太会有人争抢你的舞伴或让你接近他们自己的舞伴……他和虹可以从头跳到尾，始终在一起。

"虹，"几曲下来他不得滋味，"你晚上回不回家？我可以骑脚踏车驮你回去。"

"我也骑车回去，我们一起骑车。"虹笑道，"麻烦你当我保镖。"

他暗暗叹了口气，却没有怨，他和虹就是这情况：春风不绿江南岸，明月淡淡送人归。

后面有几个周末秦陡岩独自一人去了体育馆舞厅。体育馆舞厅是大场面，有时候气氛甚至有点粗野，有时候则无限旖旎。你可能当一朵壁花或一条孤单游鱼，也可能额角头碰到天花板，有一亲芳泽的运气。说到底，既看你运程，又看你当天的气场。

他运气中等偏好，总能邀请到舞伴，大多数是同校女生，中规中矩共舞一曲。如果他敢于发出对同一女生的第二次邀舞，女生就要特意打量他一番，甚至搭腔交谈，他知道这是人家掂他分量。其实他只是来消磨夜晚，一个星期困守书城积累了太多黏稠虚无，需要在舞场里同着别人的荷尔蒙一起借机散发。他因此不敢第三次邀请同一女生，那样做，未必太过随便，让人家误会。他知道自己内心拧着，沈桐扭紧了锁，没送钥匙来……

一旦进入食堂楼上的舞厅，秦陡岩会回忆起中学时跟着实习老师来参观、被大学女生美色惊到的初景。这个舞厅令他更容易冲动，也更大胆。况且这里灯火比其他舞厅暗，常放暧昧的慢曲子。

那天他晚餐喝了一瓶啤酒，来舞厅时颇有寻找猎物的原始动机，文雅表象只掩盖了他的兽性而已。他站在舞客旋流边上，灯火五色烁闪，他茫然打量四周，觉得宇宙空阔自己无所倚恃，花朵般的人物都和自己无关，要接近其中任何一个都是拿自我冒险。他很难在这番考试里胜出，他甚至不知道自己有何优势有何缺陷……

假如不是纯粹的性欲让他冲，他恐怕不太适合来这舞厅消磨夜色。这舞厅特别挑逗他的性欲，也许对其他舞者也一样吧。

他盯牢了一个女生，他知道自己白日里不会和这样子的女生交往。不是说她不得体，只是她样子平凡，只在五色旋转灯光下和呻吟般乐声里才散发出瞬时魔力。他看中她那不自持的身躯，女生的身体姿势毫无抵御性，反而在衣履周到中表现得一丝不挂……她靠他很近，他一个箭步上去邀请，轻而易举把她搂在怀里……慢舞和黯淡的灯光下，他挺进她，试探她反应，他颤抖；她抬起脸看他，嘴唇如花瓣绽开，两个火热的躯体越偎越紧，彼此心知肚明要什么……

为了纠正自己的偏差，为了处理好一个处男的非理性冲动，后面一周秦陡岩邀请了虹到工会舞厅，正巧潘海礁和甘婷婷也半路里来了舞会。这次跳舞竟是他和虹在青春岁月最后一次互为舞伴，他发现了虹的秘密，虹也让他发现了自己的秘密……

初夏。一切安好。

沈桐的信悄悄落到秦陡岩信箱里：她通过了戏剧学院的

入学考，录取在戏文系；同学们仍在复习迎高考，她已经解脱了。她兴高采烈，她在信里缅怀了她和他温馨的友谊……

对他而言，对一个沉陷在图书馆里忘记晨昏、气血不调的年轻人而言，这封信无疑是一个关闭的乐园短暂重启的通知。他要思考的无非是应时而动还是矜持自守。短暂的乐园开启必然会有倏然而来的再次关闭，这是已然可预见的。寂寞常使人怀念旧日，不过，人不可能两次踏入同一河流，这是哲学。

去他娘的哲学思考！他是个活生生的人，他的锁头上没有钥匙，钥匙还在沈桐手里。他梳洗一番，推出脚踏车，奋力就往市区骑行了。

不过，这骑行甫出圆舞浜便戛然而止，秦陡岩意识到自己近来不修边幅，于是脚踏车折回柳叶路，停在苏北师傅老洪理发厅门口。理了发，脚踏车再折回家，他把眼镜擦得一尘不染，找出那件风衣和一条有笔直裤线的西裤，像一条毛虫为自己找一对翅膀，去和蝴蝶约会。他没去富民路，这时候沈桐不会在家。他来到沈桐学校，她们班正上下午第二节课，透过教室的小窗户，他看不见她。

下课了，女生男生好比出笼的鸟雀。他被沈桐同学们好奇的眼光烧灼，额头沁出冷汗；他手插风衣口袋，人靠铁栏杆上，竭力抵御隔开几个月后即将又见到她的恐惧，心动过速。

沈桐等同学们走得差不多，从前门出来，直截了当走到他面前。她的笑容像出自褪色的画，她问："哪里找来这件滑稽衣服，你看上去真怪！”

她为他的鲁莽到来翘了一节课，两个人就站楼梯角落里。嗬，他多么尴尬，束着风衣的腰带，活像捆扎好的粽子，又像跑进百灵鸟群的公鹅。

他知道有什么东西在要紧地方卡住了，不过说清楚很难。他找不到语言，哆嗦着嘴唇，喉咙吃过沙土。

她脸上好歹有一个笑模样，但他知道她没在笑，他知道她想说些他不爱听的话，她又不晓得从何说起。

还是他打破了沉默。这种时候，是男人就该开口，把妙人儿从无言的尴尬里救出来：“我来同你告别，我要住进图书馆去，读上几万本书，当一个学者。”

沈桐吐出一口气，笑了，说：“图书馆能住？你真浪漫。”

“谢谢你来信告诉我你考取了，我一直在想着你的考试。”他的俯伏和谦卑达到了顶点。

“有你帮我，我才有希望。”她握住他的手，轻轻捏了他一下，转身进了教室。他像只大鹅抬鹅掌离开，踏上楼梯前回头望了一望，视野里充满干枯荒草。

秦陡岩没回去图书馆，如果直接回去图书馆，图书馆就会像坟墓吞没他。

他只能去圆舞浜，圆舞浜既是静止的又是流动的。看着龙钟老态的人们装出在时间上奢侈的模样竭力举着钓竿钓鱼，他觉得解嘲：什么样的努力能比得上从没鱼的水里钓出鱼来呢？

如果河流不属于你，鱼便也不属于你。你，只是枉然！

仿佛要论证他突发的成熟，丁芬芳正好无聊地点起一支烟，站在小小阳台上俯视圆舞浜。她看见了他，在她眼里，他不是别的，恰恰是小玫的男同学，若有什么特点，那就是样貌不错，且窥视过自己在野地里哭泣……

丁芬芳扔掉烟蒂，洋气地靠在自己阳台薄薄铁玻璃门上，对着浜边发呆的秦陡岩喊了一声“Hello”。

他抬起头，看见的是舞会里的模特躯体，外加冷酷的女性世界投来的一丝暖阳。

她招手请他上楼，他雀跃地照做了。

很多很多时候，男人和女人的伪装主要为了对付第三方，并非彼此；房间构成的是一个排除第三方、只接纳你我的空间，如果人个性直爽、目的性强，或富有经验，那伪装在房内就没必要存在。

他踏进她的门，凭感觉立刻顺从了自己那不堪伪装的天性，而她则有经验。

不过，所发生的情况依旧惊世骇俗：丁芬芳关上门，对着秦陡岩仰起脸盘，仰到是个男人就会领情的那个不常见角度；他则一把搂住了她的蛮腰，香气扑鼻，男女嘴唇着急地黏在了一起，发出急不可待的呻吟……

夕阳正在圆舞浜上空发红，燕子划碎楼宇间的空隙，浜水泛起色彩鲜艳之波。他虽急色，却是童子之身；她尽管渴求，尚未寡廉鲜耻……

接吻之后，只是互相抚摩探寻。他毫无实际经验，她身上每个区域都是他的处女地。她明白了这点，她笑了，她想延长这场天落水般解渴的游戏，她任他寻求，奖励地在他胡楂上落下轻薄吻痕……

他的父母以为他正在图书馆用功，对于图书馆业者，他们感觉放心妥帖；他的寝室室友早习惯了他的走读，谁会在意他的缺位？这一个傍晚他应着她的招呼走进她独居之处，直到第二天午饭前才出来。尽管出来时他依然神奇地保持着自己的童子之身，但恐怕只是形式上的了。他没有越过界限却尝尽了人间温柔，女人突然在他心里完全真实了。他感谢她，他甚至已经依恋她，她比他年长，所以没什么不正常感觉，只有领先和迎面赶上的气氛……她做了晚饭和早饭款待他，这几乎就是对于男女共居生活的一次戏仿……

失恋的剧痛被实惠的药膏厚厚涂抹了，造成一种奇特心理：痛苦而欣喜，失落又得到，半边脑袋哭泣半边脸蛋嬉笑……他体会到自己分裂了，苦于情乐于欲，情欲便如此显现在心智上了……

不过，沈桐并没有像早晨露珠悄然消失，她平淡无奇的信件依然在最不得到期待的时刻出现在秦陡岩面前，单调地报告着她去往戏剧学院的轨迹。他没有提起笔来回复，每次接到信，他就在宿舍值班员办公室给她挂电话，谨慎又克制地表示关心和提出技术及经验上的提醒，同时请沈桐转达他对“伯父”的问候。沈桐在电话里是笑吟吟的，完全听不出任何生分，她没有和他见面的计划，她仿佛向兄长报告自己近况。

秋天是危险的，秦陡岩出没于圆舞浜，潜入圆舞浜边那栋房屋。如果丁芬芳在家，她永远用敞开的胸怀迎接他，也招待他吃喝。每次同沈桐通话后他便奔向唯一有用的慰藉：丁芬芳的肉体。他终于在渐凉的风中丧失了童贞。

夤夜出没圆舞浜没多久后一个周末，他回到家里，姆妈像看一个陌生人般打量他，对他说：“沈桐来过，坐了两小时等你，后来回去了。”

他感到胸口冷不防被大锤砸了一下，张开口却说不出话。姆妈耸耸肩，摊开手：“我劝你，死胡同要往回走！沈桐说她同你在一起像傍着河水，宁静地流；可现在有人像一团火，让她熊熊燃烧了！”

燃烧无非是一种过程，结果不足为外人道。沈桐多年之后再传来音讯时，秦陡岩觉得凉：燃烧可能是充实的，也可能是虚幻的，让人燃烧的可能是美景，更可能是谎言。多年之后，他已读过了沈桐书架上那两本书：一本《萧红传》，一本《名利场》。他想他明白了当年的沈桐，也理解人生有些坑，人只能看着自己在乎的人往里跳。

然后，他确确实实定期反复经历相似梦境：梦里到处是房子拆掉后的瓦砾，他跨过一条沟，看见沈桐家的楼房孤零零矗立在瓦砾堆中，楼旁开满黄花。他悄悄推开门，寂寂无人，攀上木楼梯，回荡着他孤独的脚步声。沈桐的闺房虚掩着，他走进去，写字台上亮一盏灯，灯色晕黄，一杯绿茶还冒着热气，房里却没有人。他拿起翻开着的书，是戏文系的课本《戏剧理论》……

走出瓦砾中的小楼，他确乎将什么东西留在了梦境中她的小房间里。他知道这是一段珍贵的经历，经历过，他就像初春的红梅经过一场绵长的雪，太阳一出，立刻散发馨香，从骨子里怒放开来，犹如点燃着的鞭炮大地红……

甘婷婷喜欢眺望报社窗外的法国梧桐。她泡上茶慢慢抿着，沉心静气打量法国梧桐乳白带点淡绿色调的枝干。是的，她喜欢法桐正为这些遒劲粗枝，树叶和悬着的铃铛果只是点缀。无论西郊公园里上百年的大法桐还是市区马路上几十年的成排法桐，让人着迷的不就是它们蜕皮的大树干那苍凉沉默的气息吗？她有时候会转而想起一张老照片：父亲骑在法桐树上，父亲爬上树为她逮知了，知了在他手指间拼命叫喊，他依旧沉默寡言，也没有一丝笑容。

甘婷婷在报社上班不爱接电话，几乎所有找到她的电话都是办公室老大姐转的。她喜欢长时间地查找和收集资料，以笔记方式把资料归档建立，不时引用到报道中。

《信号报》是比较偏经济领域的小型专业报纸，读者以各类知识分子为多。翔实的资料引用投合了读者的习惯或爱好，为报社带来一定声誉，社里对她的工作是肯定的。其实甘婷婷自己并非投读者所好，她母亲在大医院配药室工作，她从小去那药房，沉醉于铺天盖地排列有序五彩缤纷的药水瓶和药片盒，她做资料是对药房传统秩序的礼赞，很能满足自己隐秘的秩序欲。

碰到有人赞美她的资料工作，甘婷婷总是很有教养地微笑道谢。她倒不为客气就贬低自己的劳作，她让人觉得她真心认为别人有能力理解她劳作的意义。这一点上她做得与众不同，给人留下深刻印象。时间一长，老同她接触的人发现她是个待人极温柔的姑娘。

温柔这两个字，特别。温柔不仅仅是温和，还带着亲善甚至愿意叫人尝到甜蜜的心思。甘婷婷的嗓音天生有些沙哑，沙哑而温柔的声音慢慢成了她的名片。办公室的大姐们喜欢她，那是好事；连主任也被这声音吸引甚至于情感惑乱，好事就越过了界限。

孙主任被女下属的愣头青男友对付了之后，后悔已经来不及，也没用了。上面迟迟没清算他，允许他放下工作住院治病，他心里十五个吊桶打水，七上八下。他后悔不该因为甘婷婷平时顺从的态度和温柔的语调，自己就催生非分之想。作为一个中年人，他什么女人的温情也没得到过，生命一片荒芜，是他的苦处，但这不是挺进到甘婷婷私生活范围以求一逞的理由啊。

孙主任辗转反侧在病床上无声和自罚地吞咽胖老婆来访的咆哮。他养好了伤，一直怕想象如何重返办公室、怎么去面对甘婷婷，以及其他女下属。上面不调动他似乎是故意要罚他面对自己拉的臭屎。他的确在特别的情境下以不同的语气和字眼挑逗过甘婷婷，有几次还动手在她身上碰了几碰。甘婷婷当场没啥强烈反应，但事实证明她把这些都告诉了男友。老孙不知道自己出院后如何与甘婷婷相处：是低声下气道歉，还是想办法把她从部门赶出去？两者都不是上选，老孙拿不定主意。

重新踏进办公室的那个早晨，老孙在家被胖老婆推推搡搡，早饭也没吃好。窝了一肚子火提早出门，像个“劳改释放犯”那样，忐忐忑忑走进报社，躲闪着，踅进自己部门。

没想到甘婷婷已经早早坐在那里做资料。看见孙主任，她的确先愣了一愣，忽然绽开笑容打招呼，语气温柔甜蜜，像招呼一个远行归来的同僚，毫无芥蒂。她打完招呼还站了起来，大概是意识到办公室暂没有第三者，甘婷婷微微向惊慌失措的老孙鞠了一躬：“真是心里不好受，害您吃苦头了！”她说完坐回办公桌，低头向着稿纸。

老孙连连点头哼哼哈哈，逃进自己小办公室。一瞬间他热泪盈眶，觉得这事全然怪不得甘婷婷。一个姑娘家受了老男人调戏，私底下向自己男友诉苦，有什么错？自己活该被揍，都是轻佻惹的祸，罪有应得。

其实老孙没正确理解甘婷婷，甘婷婷老让人对她发生错觉。

甘婷婷冷不防看见老孙鬼鬼祟祟踅进办公室，失落了威势，表情像个小偷，她第一反应是肚子里发笑。

男人和男人真不一样！这不比女人，女人和女人大体同理可证。

甘婷婷想念英年早逝的父亲，父亲体格没潘海礁魁梧，也不善表达，却是棵大树。女儿在大树底下享受了童年和少女的凉爽。甘婷婷觉得老孙这种人，生出来活着的意义就是衬托自己父亲，让自己看看男人若不像男人，会怎么一个模样苟延日子，倒还不如死得壮美些。

她念及父亲的死，不悲伤，骄傲的感觉更浓。父亲本可以不死，但事实是他不怕死，从着火的房子里抢出他老父母之后，他接着冲进邻居家想救邻居……他素来沉默寡言，他只用行动说话，他不辩论不发表高见。他高兴甘婷婷高考考出了水平就立马带她去新疆。在辽阔的西北，他当她向导当她保镖，让她住好的吃好的，在那里花掉他一半积蓄。甘婷婷深信父亲是可靠男人，在新疆，她一路心安理得地吃喝玩乐，用父亲钱借父亲光什么心理负担都没有，比女子吃用男友还无拘无束。好男人就该让自己家女人毫无歉疚感、万事理所当然。

潘海礁认识甘婷婷缘于英雄救美，一个非常俗套的故事。简单一句说，甘婷婷额角头碰到天花板，下班路上迎面遭遇几个喝得忘乎所以的小年轻，连流氓都称不上，拦着她说醉话，吓唬她取乐。潘海礁正好雄赳赳走过，站路边屏息判断了五秒钟，上来三拳两脚打翻了醉汉，不容甘婷婷分说，一路不声不响护送她回家，还自觉同她保持五步距离。甘婷婷一到家门口，他转身就走，还是甘婷婷温柔地叫住了他，要了他的电话号码。说白了，她思念父亲了，潘海礁让她又看见了父亲的影子。

她平素做的是静悄悄工作，虽也采访，大多数经由电话，即使见面，也是见一些很安静做学问的人，波澜不惊。母亲大部分时间扑在医院里，甘婷婷常常自己下了班独自做饭吃，一个人早早就寝。她和母亲关系正常，同天下所有母女一样。她就是难受自己一直要梦见父亲，父亲在梦里没什么惊心动魄的行事，同她一起买菜、做饭、散步、闲聊而已，不过，那样的梦境旨在弥补她这些年缺失的一样东西：安全感。

认识潘海礁之后，她有一段时间不梦父亲了，潘海礁特别诚实也很可靠，尽管抽烟喝酒，但没看出有其他恶习。她有了一种新式的安全感，这和父亲给予的安全感不同，但同样有用，令她产生安定下来的好念头。

甘婷婷觉得好笑：恋爱到底男追女对，还是女追男好？她自己的总结是长相猥琐的男人反倒善于追女生，而模样像英雄好汉的，普遍缺乏追女生的心机和技巧。潘海礁独来独去，没女性朋友，爱热闹，却总是和事而不是同人黏糊。他对甘婷婷仿佛很在意，却特别被动。甘婷婷约他，无约不到，有约必准时。但要是甘婷婷不约他，他就石沉大海，跟消失了一般。等甘婷婷下一回见到他，他总说哪天哪夜他到了她家楼下，在茶馆喝茶。哪天哪夜在楼下树丛里抽烟，一心等她打他CALL机……不过，为什么不主动打她家里电话呢，他无言，仿佛这是没答案的。

打了老孙之后，潘海礁有些赧然，他发现了甘婷婷的不悦和别扭。他想驱散她这种不悦别扭，像一个人要撩开黏到脸上的蛛网。甘婷婷不知道如何向他分说感受，对于行业里风传的谣言她倒并不在乎，她和行业没多少社交。她的不安不在别人在于自己，自己内心深处，似乎又启动了对父亲的缅怀。

潘海礁一番拳脚把她从醉汉堆里解救出来，叫她有了安全感；潘海礁又一番拳脚对付了骚扰她的老孙，让她刚得到的安全感垮塌了。

不过，潘海礁不比甘婷婷那样多愁善感，每天的太阳对于他都是新的。打老孙，打了就打了，这王八蛋欠揍。学校没不让他讲课，那就只当啥事没发生过。处分只是一道小疤痕。婷婷不太高兴，是事实，但是不打老孙她就能高兴吗？两害相权取其轻嘛！

甘婷婷的报社刚刚分配给她一套一房一厅的房子当宿舍，她在考虑是否从母亲那里搬出来住，她也在考虑是否让潘海礁来同居。同居是件敏感事情，潘海礁想，婷婷为什么暗示同居而非结婚呢，结婚是大多数人的选择。同居当然也可以接受，只要低调瞒住周围的人……只是，只是她为什么考虑同居不考虑结婚？

这种思虑是无解的，甘婷婷就是甘婷婷，潘海礁认为她比任何女人都有资格出演林黛玉。她心窍多，猜不透她，正常。潘海礁尽管堂堂一条汉子，对甘婷婷是敬重的。她有知识有气质，潘海礁觉得自己教外语和体育教师教田径一样，只是传授一门技术的师傅，算不上知识分子。这么看，甘婷婷作为一个知识分子女生和他走在一起，在层次上她高。潘海礁愿意让她在彼此之间当头拿主意。

况且，世界上发生着让潘海礁热血沸腾的事：这阵子除了上课和会女友，其他时间他都与几个大学同窗在一起高谈阔论社会大事。大事从未如此叫他慷慨激昂，像在泳池游着的人忽被卷进江河激流，生活中其他事都显得普普通通了。他还没和甘婷婷谈起，但他不由分说投入了一些相关活动，日夜在校园内外奔走。

他在两个不同的聚会场合遇到了自己的学生虹。虹在别人滔滔不绝的场合永远静静地做着类似于记录员的工作。她娟秀的笔迹在本白簿面上显得特别有修养，她以笑容和眼色同潘海礁打招呼，余下时间都尽心地工作着。潘海礁本就很来劲参加这些聚会，有虹在场，他发现自己更想表达意见。这些意见虹都亲手记录下来，它们有一天会有用的。

聚会散场，他去和虹寒暄，不知不觉就成了孤单的虹的护送者，一路送她回学校回宿舍。虹身材高挑典雅，每每在宿舍楼下说再见，她走着走着会转身看潘老师，再次同他挥手告别。她的身姿宛如一尊希腊式雕塑，具有艺术感。

茶壶里水多容易溢出来，潘海礁参加了很多次激烈辩论的聚会，忍不住告诉了父亲。父亲喝着黄酒不客气用手指指他脑袋："我看你是作死！这种事你管得？你以为自己个子大了不起？"父亲如此，母亲更追着他敲打："姆妈就你一个孩子，你行行好少管闲事，让我多活几年。"

父母兜头凉水泼在他发烫的脑门上，潘海礁有点闷。学生秦陡岩上门来玩，他只好同这半大小子谈那些聚会上的大话题。哪知道这位本地大学生听啥都来劲、听这些没精打采，倒过来规劝老师："说说中东问题吧，或者谈谈美国是不是每场战争都为的是石油。说这些多好，轻轻松松。"

终于一喝酒漏了嘴，把郁闷同甘婷婷说了。甘婷婷正同他好好地在东综大后门街上吃饭，一口饭噎住，咳了半天："潘海礁，你这人有没有责任感哪？"

没责任感？潘海礁听了委屈，没责任感我能热血沸腾？

他正杵在那里别扭，脸盘上疙瘩发红发涨，甘婷婷摔盘打碗："潘海礁，你什么时候能长大？我等不等得起哟！"

为平息甘婷婷莫名其妙的怒气，潘海礁虽老大不爽快还是要讨好她，带她到工会会议厅跳舞。走进舞场，他看见了秦陡岩和虹，他故意装作没看见，他竭力用自己高大的身躯挡住甘婷婷的视线。

秦陡岩本来要走过去跟老师打招呼，虹扯住了他。

这一扯让半大小子一下子成型了最初的成人思维。秦陡岩使劲想潘老师为什么不来打招呼，虹为什么又用力拉住他。他看看潘海礁和甘婷婷的身影，假装木讷，偷看虹的神色。

他心窍顿时开了，他看见了虹忍不住望向潘海礁的眼色……如果再不明白，除非他真是傻瓜。

他的心像灌了水的吊桶沉到井底去了，虹看潘海礁的眼色骤然重伤了他，他一辈子都记得她一瞬间那种哀怨……

二

“来吧，快快来吧，我们各怀心病，你是我良药。”

秦陡岩端起水杯就常常看着水陷入沉思了。

这水真是透明的吗？喝下去真的不会肚子疼？

原先他对水是坚信不疑的，水就是水，渴了就喝，喝了人就舒坦了。任何东西都有短缺、供应不够，水却应有尽有，随意饮用。可是，这些天他老琢磨水，觉得水也可能是一个骗局。

爱情就是一个骗局。本来他坚信无疑，现在他相信爱情是一张幕布，后面的东西厉害透顶，几乎藏着鬼。没降龙御魔本事，少去揭女生头上盖着的红头巾。

丁芬芳总乐呵呵听在她面前放松下来的秦陡岩讲这种玄虚的话。

她认为他长相不错，很带得出去：要是真在哪里被熟人看见同他厮混，她还满可以就势嘚瑟一下子。她悄悄拿他跟京城男人比了比：当然他稚嫩得多，然而比京城男人有才。

江南的男生跟北地男生比都更孩子气，心肠敏感柔软，喜怒形于色，一定更不懂得女人心肠。但此刻，她不需要会伤人的虎狼，她需要一匹马那样的男人陪伴。马总是温存的，至多踢你一下，连咬人都不会。她需要男友，她正需要他这样的男友。何况，他比她小，她有支配感。

至于爱情，丁芬芳是过来人，没秦陡岩看得那么重。重要的不是爱情是激情，是“要”。等到不怎么“要”，甜头就过去了，人就会慢慢感到现实冰凉的铁爪子搁在后头颈上。

他一句“我爱你”都没同她讲，他明摆着在别的女生那里吃了苦头，心有余悸。这点丁芬芳毫不计较他，她倒很想看看他需要多长时间、多大努力可以挣脱出来（有些人是掉进去出不来的）。她没好好看过自己当年的脱逃过程，看看他也能映照自己，兴许能看见些什么有趣的。

他显得比她更想保持住秘密，他总是等夜幕降临才从东综大出来，怀着鬼胎，踩着他的脚踏车，到五村浜水边看倒影。他不看月亮和云彩的倒影，他只寻找一栋楼一个房间的灯火投在浜水里的亮色。只要水草尖尖上她那房间的灯亮着，他就亢奋起来，把脚踏车停得远远的，一个人急急又悄悄跑进楼里，在她门上用指节叩打暗号。

她同样燃着心头欲火等待他的到来。这是最像偷情的一种相会，因为不想被别人撞见，加上两个人之间的肉体接触是偶然又猝然发生的，其间她又发现他竟是童男，她有了一种引诱者的罪感，不太深，叫她有种暗色的兴奋：带有自责的偷情是尤其甜蜜的。

归根结底丁芬芳知道自己这时候需要男人，但她又看不上凑数的男人，秦陡岩正好符合她心思，他有市中心男生身上那种奶油味（圆舞浜男生身上有的则是机油味）。她原谅自己，她明白一个女人一生中可以随着形势变换委身的男人，这不需要自我谴责。

他被其他女人撩拨得开了窍，却又被活生生甩了，这使得他把她当成奇遇。

秦陡岩觉得自己是一张被火苗舔到了的厚纸，火苗现在不急不躁点燃了他，他有高烧感，尽管体温没变化。他感到羞耻，是的，羞耻，这是他的主要感觉。他心里还有虚幻的人影，是沈桐那令他悲哀的明媚眼神；也有虹高挑的影子，她只不再贞静地凝视他。可是，她们算什么，属于没见朝霞就临头的夕阳吗？他愤怒，愤怒她们以亲爱的姿势来到，只为顺手在他胸口插匕首。

他本来要被害死的，他想不出自己怎能熬过沈桐和虹对他的恶意（当然“恶意”这词值得商榷），她们不再顾虑他的结局，把他从心上抹去了，正是如此。

他感激丁芬芳，她是天降的仙女，她居高临下把他从圆舞浜边挽救下来。他的伤口刚刚灼热发炎，她便通身给他来了一帖清凉膏。

他不了解她，他几乎不能说真正认识她。他只知道她是小玫的姐姐，这仅仅表明她不是随随便便哪个女人。她是大学毕业生，是同他身份相近的人。从大体上他可以信任她。他绝不能说自己爱她，爱情不可能从虚无中迸发，他是看重爱情的人。

所以这是一种难以启齿的羞耻，羞耻自己的变节。从一个精神的人一步跨过去，成了一个肉体的人。

羞耻过后，他有一阵极大的欣喜，他看明白了她是个性感尤物，她和沈桐和虹不同，她的绝对优点是她的性感。当他沉溺爱情时，没怎么想过女人的性感，仿佛这同爱情无关。等他猝然毫无准备地尝到了她的性感，他恍惚起来，有些瞬间他真觉得爱情并不那么重要了，甚至他有能力怀疑爱情如果没性感为承接，会不会是一场哲学味道的骗局。

她对他这个不速之客保持着他第一次上楼来时她给予的待遇：敞开自己的胸怀。

其实丁芬芳也是第一次如此对待男人。

第一次唤他上楼来那天，她的确正在饥渴，很久没男人，她焦灼得像干裂的大地。他被她那天彻底开放的姿势迷住了，他那畏畏缩缩的天性竟也没能阻止他长驱直入，可见她那欢迎的无保留。后来她继续如此待他，既是一种惯性，也想转而观赏他的嬗变：一个羞涩的男人可以变得彻底不掩饰地色眯眯，仿佛就为色情而来。

不管怎么说吧，事实上他和她都在一种从没体验过的情境里。通常而言，一对男女是不会以这种方式突然遇合，没任何过渡，直接进入肉体的亲昵和戏弄的。然而他和她既然如此奇遇，各自心里又有苦痛作为追兵，不免令他俩更沉醉眼前火烧纸卷般的欢愉，这种欢愉是止痛药：她在亮着灯的房里向他奉献温热的胴体，他则把熬图书馆熬得炙热的间歇喷泉当成相会的礼花。

他带来了礼物，不是鲜花和巧克力，而是日常的各类食物、牛奶还有面包……

天已渐渐寒冷。她接到了去高级地区上班的通知，这是个喜讯。另外她和他相处得比她预想的好。

是他首先邀请她白天一起出游。他大大方方从学校骑行到她楼下，把脚踏车停进门口车棚。他上楼来搂着她亲热了一阵，然后很绅士地护着她下楼去，走过小石桥，带她去深秋的公园。

他和她走在一起，比她高出半个脑袋。他瘦瘦的，身架子有一种猿猴变过来的原始感。在五村的小路上走，他规规矩矩碰也不碰她。等穿过四村，他就挽住了她的蛮腰。深秋里两个人挽着一起走实在也暖和。她腻笑着看他，对这一天比一天展现得成熟的小弟表示满意。他带她去的是最最僻静的圆舞浜公园，因为路远，连浜区老人也不爱来这里。这里显得苍凉和闲野，流过公园的浜水也激烈些。

下午的公园里看不到游人，他笑嘻嘻说："这是我们的花园。"

他脸上露出一丝本纯的快乐，拉住她手，把她用力拉向自己，在阔大的草坪上吻她。从一开始以来，他和她之间的吻就不雅观，贪馋挑逗，被情欲左右。草坪上他纠正了接吻的作风，第一次带着感情吻她，形式上有适合于公众场合的敬意，有一番翩翩风度。

她和他漫步过花坛及竹林，挑了一段有阳光却很隐蔽的浜岸，坐在石阶上看圆舞浜。浜里有鱼，浜面上飞着黄蜻蜓。她笑了："祝贺我吧，我要去外滩上班了！"

他点点头："那个地方适合你，你的气质更适合黄浦江，圆舞浜太小气。"

他的话令她自豪，尽管知道那是怎样不起眼的一个文秘工作。她觉得他说得对，自己只是跨出了第一步嘛，要紧的是他那句话。

“是吗？你真心话还是讨好？关于我的气质？”她不放心地追问。

“你根本不像圆舞浜这种小地方的人。”他肯定地说，“你外婆家不在伦敦也得在纽约。”

他挨了一拳头，快乐而宠幸的一拳头，她大笑着，确信他对自己的评价不低。

为了得体的一句评语，他得着了奖赏。她拉直筒裙，躺在他怀里，两只手搂紧他脖子，又长时间地亲吻起来……

不过，离开公园走到她曾经独自哭泣的那片乡村田埂去，她触景生情地难过。也许她觉得他堪当倾诉对象了，她感受着他抓住她手的热情，试图把朽烂在肚子里的东西吐出来。她尝试着说海边的城市……

他凛然一惊，往后退缩了一步。他觉得她正试图改变现状。

迄今为止，她是一块单纯的奶油蛋糕，他看见的闻见的只是奶油和香味，他对此有无休无止的渴求。她是她，她也不是她，她是所有女人。他搂住她，他搂住的是女人，是所有女人浓缩出来的性感世界，是精美的人体。

突然间她开始倾诉，他敏感到他将从她口中听见她所经历的生活。这将是一场冒险，或者是强加的赌博，赌注就是他对她的感觉。

他和她萍水相逢的露水关系依仗的是什么呢？无非是感觉。他满足于现时她留给他的感觉，这感觉让他持续亢奋并乐于享受还没突破好奇感的性。他担心她说出让自己不可接受的东西，或者什么怪物把他从一坛酒浆里揪出来。她是个一看就有故事的女人，他本能地觉得她的故事不会让他好受。

她感到了他的犹疑，她对他的突如其来仍怀着相当的惊讶和感恩，她很愉悦他今天的真心恭维，于是她临时改了初衷，没去碰触自己最大的伤口。她转而轻描淡写说起了小玫，她说妹妹小玫不喜欢她，巴不得她从眼前消失。

他如释重负叹了口气："小玫吃你的醋，这很正常。如果我是你妹妹，我一口一口生吞了你。"

她笑了起来，她明白他没准备好好听她倾诉，虽然这该是他的基本功能之一，但不可操之过急。

现在回到了男女调笑的路径上，她只好先顺从。也罢，她也不想糟蹋刚刚开始的男欢女爱。

甘婷婷需要一个文字功底好的实习生帮她改编资料，问潘海礁有没有人选。

潘海礁沉吟道："给人家多少工钱呢？学生都很穷。"甘婷婷说："报社有标准，不低；我还可以申请加班津贴给干得好的人；我们的食堂更是呱呱叫。有倾慕你的女生可以派来让我管理。”

潘海礁说：“远在天边近在眼前，秦陡岩最合适。”甘婷婷想了想，同意了。

猝然听到这邀约，秦陡岩首先想老师女友的报社在东湖路淮海路口，那里离外滩不算远。他立马明白借此可以和开始上班的丁芬芳保持鸡犬之声相闻的距离。他有实习工资，就可以在任何地方同她幽会。他求之不得，立刻答应了潘海礁。

潘海礁点点头，神情迟疑不决；秦陡岩从没见过潘海礁不爽气，于是心里猜了一圈，是不是有关虹呢？

潘海礁终于开了口：“托你个事，能帮就帮我。不能帮也没事，保守秘密就好。”

“啥？”他想象虹出了什么事。能是什么事？心一阵闷。

“你和婷婷会常在一个办公室。你，你能不能帮我留意一下她周围的……”

“明白，你不用说了。”他掐断老师的尴尬，“看见谁胡搅蛮缠师母，我报告你。”

潘海礁的喉结在颈子上乱动，他招招手，让他跟到树下，压低声音：“你算我小兄弟是吧？其实事情未必同你想的一个样。看见胡搅蛮缠的你自然告诉我，但更重要的是你替我悄悄观察婷婷，她……她……她有没有和什么别人来往？”

“啊？”他大吃一惊，不由得张开了嘴；他合上嘴，潘海礁使劲在眺望校园；他点头，“我明白了。我晓得了。肯定留心。”

潘海礁没看他，伸手在他肩上用力拍了拍……

干实习生是要翘掉一些课的，系里边政策比较开放，鼓励一定量的实习，但学生得自行把缺的课补齐。他梳理了一下课程，甘婷婷要他一周去报社三次，可根据课程调整工作时间，所以问题不大。他觉得甘婷婷是个和蔼可亲的人，去帮她干活没啥压力。他对自己文字能力不低估，编辑资料肯定行。

丁芬芳在秋凉如水的床上听见秦陡岩对实习机会的诸般考量。原来自己去高级地区上班，这小子也跟了过来！她一下子不知道该高兴还是该提防。

她思量着高级地区的未来，要眼观六路，抓住一切冒头或没冒头的机会改变自己处境。她有点怀疑这搂着她一个劲儿要的大男孩将来会不会是个累赘。不过也没啥要紧，他要真成了累赘，解决掉他比解决海边那些男生容易。

本地大城里的男生性格不凶，从小就学“lady first”那一套，互相间崇拜“花功”好的哥们，鄙夷绕着女人不放的“寿头码子”。你看他前头吃了女生亏，都自己舔伤口，从没想去出头搞事，所以，这方面不必太担心。再者，刚上班一定有很多苦头吃，有他陪着，日子好过些，起码不缺床上的安慰。碰到那些老谋深算的男人，自己也有本钱抵挡，不至于太轻易受诱惑。

她想得这些关节明白，松了口气，腻笑嗔他：“盯我盯这么紧干啥？”

这些天来他一个劲儿同她厮混，泡图书馆读书也老想着她带给他的那份销魂。他本来应该过难关的，现在像混了过去，跟打足麻药锯手锯腿似的。

他同她在一起喝了很多啤酒，脑子肚子鼓鼓满满，不怎么想过去了的事情。他不在宿舍过夜已经很久，他和她同枕共寝。他知道这不可能长久，他同她没未来，但目前很好，很实在，很舒服，谢谢老天。他希望这件事昏昏沉沉也好、叫人听见咋舌也好，能尽量按目前的套路持久一点。他贪馋她，好比热死人的夏季里人不肯放开拿到手的冰激凌。她一开始就用了避孕方法，他俩都不担心这个。

各自想得明白，姑且同舟共渡。有秋月的夜叫人朦胧地幻想离地三米高的松快事。他俩互搂互抱，温暖着迷糊过去，只听见有人咚咚咚大力敲门。

秦陡岩首先从床上弹起来，彻底惊慌失措，急忙中只找到自己的三角裤，赤身立在月光边黑暗里。丁芬芳问了几声“是谁”，迅速套上睡衣袍子，拉亮了电灯。她想了想，把他轻轻推到阳台上去，关了阳台玻璃门。她看看房间里他的衣裤，尽皆塞进被子。她走到房门边，隔着门又问了声“谁啊”。

他发现自己裸身对着世界。开天辟地第一遭。冷风吹过他平时不裸露的部位，起了一阵鸡皮疙瘩。

时间虽已深夜，新村并没彻底入睡，周围楼房亮着一半窗户，幸好对面那几栋靠近的楼朝着这边没室外阳台，阳台都在南侧。他窘迫地扫视四周楼房，怕人看见他。

他捂着自己内裤，向前弯着腰，正像一个坏人向公众鞠躬谢罪。他明白自己有伤风化，若是白天，那他就成了她的招牌，连带她一起完蛋。

他竭力弯下身子，像一只大白虾蹲在阳台水门汀地上，透过朽烂的铁栏杆，他看得见夜色里的圆舞浜。月亮圆圆映在浜水里，有人在浜边石栏上谈心。这些天来埋在意识深处的闯祸感一下子明明白白浮了出来，像浜水下的死鱼突然凸到水面上，难看地横在显眼处了：他和她搞在一起，真闯祸了？！

到底是谁敲门？半夜三更打门没好事，凶多吉少。他肯定自己因为频繁进出她的门被人盯上了。男未娶女未嫁，无疑这算乱搞。“乱搞”这两字险恶，任何人在这国度里活着都没法承当的。

完了！他起了一阵冲动，想立马从阳台上攀出去，把自己吊在某个角落，躲过搜查阳台的人。可是，他只穿一条内裤，月光下浑身乳白，那样做，简直自己暴露目标，轰动整个夜新村，说不定惹得人人跑来围观。

尽管夜风寒意浓，他额头和颈窝里却都是热汗。他像一只西瓜虫蜷缩在阳台右边角落，等待着命运伸出冰凉纤长留着长指甲的手指，抚摩他满身鸡皮疙瘩……

丁芬芳打开门，阿爸拎着一只锅子站在门口，他狐疑地看着大女儿："睡了？"

"这么晚你来干啥？"她反感地问，"我都做了好几个梦了。"

"没事，就是来看看你好不好。你姆妈说好些天没见你踪影，让我过来看一眼。喏，这是她炖给你吃的老母鸡。"阿爸把锅子递过来，眼睛却往屋里头瞄。

她一转身："你进来吧。我睡得手软了，别砸了锅子。"

阿爸放下锅，几步把房间走了个遍，语气温暖了，很轻松了："我回去了。你也别好些天不来，姆妈其实很想你。"

"她是怕我闯祸。"她生硬地回答，"她派你来侦查侦查，看我有没有藏野男人在家里。"说着她仰起脸，给了阿爸一个白眼。

"哪里哪里，"阿爸躲闪着跳出门去，"我走了，你赶紧再睡！"

锁上门，她逐一关熄灯火，屋里又是一片黑，月光过了一会儿才浮现在瞳孔里。她打开阳台门，吓了一跳，然后才见他蹲在地上，抱着肩膀，月亮照得他脊椎骨像一座拱形的中国桥。

她伸手抚摩他的脊椎骨，他抬起头，困惑地望她。她温柔地笑了，把他扯起来，拉进门，搂住了他被风吹得冰凉的身体。这身体像沾满了晨露的细细灌木，微微地发抖。她暗暗笑着把脸埋在他胸口，伸出舌尖舔他乳头……不一会儿，凉意尽消，年轻的躯体散发越来越浓的热气，狂乱的享受又回来了。这是她索要的，这使得他发生在阳台上的闯祸感不但没被证实，反而被翻转过去埋得更深了……

秦陡岩看见有个并不认识的女生远远朝他走来。这是一个下着微雨的清晨，小路边的灌木都湿淋淋的，叶面上滚着晶亮水珠。女生穿白裙子，身材比较清瘦，她东张西望，跑过来问他："你看见燕子吗，燕子都到哪里去了？"

他的确很久没有看见燕子，燕子从前高高低低在眼前飞舞，小燕子在屋檐下的窝里叽叽叫，曾几何时它们消失了，如果不是这女孩子提起，他都没有留意。

女生的眼珠清澈透明，她失望地转过脸去。她洁白的皮肤和纤细的腰肢让他惊叹，这种静悄悄的美必须走得很近才欣赏得到。他觉得这女生是一样活的艺术品，跟他周围喧闹的马路人群或校园里野心勃勃的学生们格格不入。多看几眼，忽然看见这女生飞身起来坐到一棵名叫飞蓬的野草上，白色的细花环绕她，她朝他道谢一声，蜷缩身体，慢慢变成了一朵小白花，一眨眼分不清是哪一朵了。

他在梦里叹了口气，说："我知道我不能和你在一起了！"

丁芬芳睁大眼睛想着第一天去轻工业产品销售协会报到的情景，正想得入迷，听见他的梦话。

他在说谁呢？说我吗？他不能和我再在一起？他是不是害

怕了？

有什么可怕的？他不是谁的谁，我也不是谁的谁。

她恍然大悟他是在梦里跟他的从前道别。她笑了起来，男生要长大也不容易，也跟木头似的，一个年轮刻一个年轮，不能超前，只能一圈一圈长。她想，她没什么东西给他，也许只能帮他长大一个年轮而已。

下午三点半，甘婷婷坐在自己办公桌边，靠着搁了软垫的转椅背，看秦陡岩第一天当实习生干的活儿。此刻秦陡岩就坐在窗边一张空桌旁，勾低脑袋改写一份资料，把有用信息归整到一篇甘婷婷的报道里。孙主任走过，假热情地主动和这男生聊了几句家常。秦陡岩对孙主任点头附和，一连串“好好”“是是”，像急着把老孙打发走。甘婷婷暗笑。

除了不懂新闻学要素，秦陡岩的文字功底深，没什么问题，甘婷婷觉得可以用他，慢慢把报道的一些通例告诉他就好。有这么个助手，工作就轻松多了，老黄要拉自己上去打桥牌也不成问题了。甘婷婷知道，这个实习生其实是老黄批给她的，老黄其实就为了让她去当桥牌搭子。

甘婷婷今天同实习生讲要求的时候留意到一个细节：他衬衣领子里嵌着一根长长的青丝。

女人长发嵌在衬衣领口背面，他自己看不见觉不到，但确实很刺眼。甘婷婷琢磨这根青丝的时候同时用上了直觉和推理：直觉是他不再是潘海礁家见到的那个青涩的中学毕业生了。刚进大学的男生就算和女生谈谈爱情，女生的头发也只沾在他们前襟上。挂到后背的头发很暧昧，不见得有男女背靠背谈恋爱的吧？甘婷婷的推理就是这件天蓝色衬衣脱下来过，然后沾上了女人发丝。

甘婷婷趁他不注意，从背后悄悄帮他摘下了女人青丝，扔进字纸篓。她对那根长头发也有强烈直觉：首先这头发不是虹的，虹的头发她抚摩过，又轻柔又飘逸，这根却沉沉的直直的，凸显出主人强有力的血脉。她搜索了一下有关的印象，记忆中没有符合这头发性格的女生。那么，他和谁在一起过呢？这可是一个入学不久的大学生。甘婷婷几乎对他有一种类似长辈的责任感，想知道发生了什么。

只是她料不到秦陡岩也在偷偷感觉她。

秦陡岩记着潘海礁那句话带给他的震惊，他最近猝然的艳遇也让他相信男女之间不那么简单：任何事都有发生的可能！爱情撤出的地方就像不种粮食了的地，很快会出现欲望的野草。潘老师和甘婷婷的爱情如何，他可不知道。

他偷偷打量了甘婷婷。由于对女人的理解一下子有飞跃有突破，他发现自己打量甘婷婷不像从前那样带着礼仪和尊敬，现在看她，尤其偷看时，他的眼神是男人打量女人的眼神，透过了甘婷婷的服饰，也不在乎她的身份了。

首先他不由自主一下子品鉴了甘婷婷，就以一个男人品鉴女人的直截了当的方式。

他觉得甘婷婷苗条婀娜，别有一番女性风韵。她不是那种一下子叫男人荷尔蒙飙升的女子，她蛮别致，她的气质制约了她的性感。他觉得甘婷婷像一所建在迷宫中的花园，设置了探索她的难度和路障，不让人轻易靠近。他明白，她有所选择，她躲在篱笆后面观察靠近的人，只肯为她认可的那些开启通路。

他不仅这么想，还把这感受记在了观察日记上。

他有一种感觉，这感觉很奇特，不是身临其境不可能发生：他觉得甘婷婷在报社办公室里完全是一个不同的甘婷婷。

怎么说呢？在潘海礁家里见她，她是潘海礁正牌女朋友，浑身都是潘的旗号。她的办公室里却毫无潘海礁的痕迹，既没他照片，也没任何来自他的礼物。她的办公桌摊满了东西，没一样同她男友有关。或者说，用他的语言形容：她并没有属于什么人的标记。

这令他有点同情那个猥琐的孙主任，起码，不该由潘海礁来揍他，他怎么知道潘海礁存在呢？

不过，秦陡岩有点不舒服，因为潘海礁让他当埋伏在甘婷婷身边的间谍。甘婷婷的隐私他并不想窥探，他也不知道怎么判断甘婷婷这种大女生的状况。他觉得自己对女人实在一知半解，万一在潘海礁面前说错了话，那可承当不起！甘婷婷明显对他挺关照，带着他在食堂里到处打招呼，告诉卖饭菜的阿姨

“给大学生多舀点肉蛋，大学生长身体”，还不由分说把自己下午吃的水果分给他一半……

来甘婷婷办公室干活四五次后，他更害怕潘海礁问他甘婷婷的情况。哪里有什么其他男生和甘婷婷来往？她每天都留在办公室很晚，若有人陪着，那只有他秦陡岩嘛！她让他在食堂吃免费的加班晚餐，自己不吃晚饭只吃一种热水冲泡的麦片。假如有男人找他，大概只是报社副总编辑老黄，他倒是每天中午笑嘻嘻来甘婷婷办公室，喊一声“开打啦”。老黄和甘婷婷组成了桥牌搭档，中午在楼上总编办同其他人一起打桥牌。

他观察了老黄，讲不出啥印象。这是个五十多岁的文人吧，长得一般，不难看不好看，身材不肥不瘦，头发有点银丝，天天穿着夹克衫，夹克衫里头是灰色羊毛套衫……

很快秦陡岩心里放下了潘海礁和甘婷婷，自然因为圆舞浜的丁芬芳。丁芬芳慢慢习惯了新工作，她的工作量很少，很好打发，她打电话打到报社总机转大学实习生，约他中午一起吃饭。

于是，秦陡岩的生活很稳定地做了分割和规划。他要完成起码的学分，所以他上一些必须上的课，然后去学校图书馆看书。他按照《信号报》的出报频率去实习，完成甘婷婷交办的公事。尽可能抽空跑出报社满足心血来潮的丁芬芳临时三刻的约会，主要陪她逛淮海路上的商店。至于夜晚，他偶尔回自己家。从来不在寝室过，和室友都生分了，为了他们认识沈桐，他决意避开他们。剩下的未有记载的夜，他都在丁芬芳的小巢里。

潘海礁只在英语课上见到他，似乎忘记了托他办的事，一次也没问起甘婷婷。秦陡岩主动描绘了甘婷婷的工作和自己干些什么，潘海礁点点头，不曾接嘴。

日子忽如圆舞浜的流水，凝滞地慢慢向前挪动。多么宁静啊，如果人们不追究它美好不美好。

三

冬天像我行我素的钢琴曲缓缓震落大街上法桐黄叶，冬雨以更加自行其是的冷漠濡湿地上枯叶、打湿行人颈窝，叫一切热情都瑟缩。

甘婷婷对秦陡岩的体贴胜似他姆妈：她在办公室准备了麦乳精，规定从冬雨冬风里走进来的他必须以此御寒。她解嘲说：“你是我的劳工，我必须善待你。有你，我的工作就主要是打桥牌。你喜欢桥牌吗？我喜欢死了！”

秦陡岩跑出报社去同丁芬芳吃双人午饭，甘婷婷已对此眼开眼闭，只说他浪费了食堂的营养大餐。他这天笑嘻嘻从《信号报》小楼出来，还没去见从外滩走来的丁芬芳，却一眼看见黄叶满地的小路上站着沈桐！

沈桐瘦了。不但瘦了，她很憔悴。她身上的衣服也不精神，像没好好打理过。她远远望着他走近，有羞愧的神色。

他想沈桐怎么在这里，巧遇？不对，她像在等谁。

沈桐凝视他，笑了一下："你变得我不认识啦！"

他的心像帆，鼓满了风，不知道说什么。他想到了在等他见面吃午饭的丁芬芳。他问沈桐："这么巧，你在这里等人？"

"你姆妈告诉我你在这里实习，我来等你。"沈桐的声音可怜巴巴，一下子扭住了他的心脏。

"你怎么啦？那么远去我家找过我？你好吗？"他急了，冷风嗖地穿过马路，像要把沈桐卷走。他一个箭步为她挡住风，"饿了吧？我们吃饭去。"

他没办法通知在某个地点等他的丁芬芳了，他想了想，就把她忘了。沈桐看上去又疲乏又病恹恹的。他带沈桐进了《信号报》报社，下食堂去吃热乎乎的饭。

沈桐与往日显出很大不同，她小巧地偎依住他，无声地跟他走进喧嚷的报社食堂，这食堂除了报社职工，还同时供应周围楼里其他部门的人员。沈桐乖乖接过他装满的餐盘，同他在靠窗的桌边面对面坐下来。他站起身，又去端热腾腾的榨菜蛋汤，放在她面前。

"有话吃过饭再说。"他命令她，"你被冷风吹着了。"

从前他可没这般居高临下指令过沈桐。这真奇怪，他忽然觉得沈桐年纪变小了，像好久没见的一个亲妹妹来见大哥。他是大鸽子，她是小鸽子，他得好好照顾她。

沈桐奇怪地盯着他看，她笑了，眼神忽然间又活泼欣喜，她低下头，默默喝汤吃饭。看她样子，她的确好像饿了肚子。这怎么可能？沈叔叔天天掌勺做好吃的给女儿。也许，她上了戏剧学院，不在家里吃饭哪。想到那个戏剧学院，他心里被撞了一下，一阵疼。

走出食堂，他茫然无措不晓得说啥好。沈桐看看他："下午你有空吗？到我家去一下。"

"你家？"他想起了自己的梦境，梦境里沈家人去楼空，余下一杯残茶。他悚然一惊：不是已经在心里硬挺、把沈桐挺过去了吗？这是怎么回事？

沈桐看出了他的迟疑，她咬着下嘴唇，眼睛被一层晶莹的水笼罩："阿爸跟我闹翻了。他要见你，他……他病了！"

走近沈家弄堂，真是又如梦里。秦陡岩飘飘忽忽跟着沈桐上楼去。沈桐为什么显得如此不同以往？他想了想，恍然大悟：她熄灭了冲着他来的笑容。她一旦不朝他欢笑，就像褪色的画上的美人，不再散发香气撩拨他。

他叹了口气，随沈桐走进沈叔叔房间。沈叔叔躺在他窄窄行军床上，盖着被子。看见他，沈叔叔哦了一声，用力想坐起来。

他按住沈叔叔："叔叔不要动，我和沈桐一起吃了午饭来。你躺着，我来看看你。”

沈桐两只手互相捏紧，低头站在他身边；她的童花头两侧短发像小兽垂下柔和的角来。沈叔叔重重叹了口气：“陡岩，你没有良心，这么长时间也不来望望叔叔！”

他转头看一眼沈桐，只见大滴的眼泪正落在地板上，她拿一只瘦瘦无光泽的手去擦眼泪。他忽然愤怒起来：谁在这么短时间里叫她消瘦成这样呢？当然不是自己。他起了一阵仇恨，眼前有了个虚拟的男人，没清晰的面目。

沈叔叔还是努力坐起来，把枕头垫着背，指指沈桐：“记得阿爸同你说什么来？阿爸没事，你带陡岩到你屋里坐坐。”

他拘束地坐在沈桐梳妆台前，沈桐坐在自己床沿上。她的模样真的不对，明亮的眼波和明媚的笑仿佛都被一只无形针筒抽干了，剩下皱巴巴无生气的小脸。她抱着臂膀，安静地坐着，望着白色粉墙，没有话讲。他竭力把自己从虚幻感里唤出来：一踏上富民路，他就在回味那个“人去楼空”的梦境。照着那个梦境，此刻他面前梳妆台上应该有一杯残茶，还没有凉掉……那个梦境有一种力量，一种按捺住他、不让他胡思乱想的力量。因为这梦，他不知道该同沈桐说什么，也不晓得自己该有什么期待……

沈桐涩然道：“我去过你们家的，你姆妈陪我坐，我什么都同她讲了。”

他点头：“姆妈告诉我了。我是一摊水，像圆舞浜。你需要的是火焰，照亮你的日子。”

沈桐扭头看看他：“陡岩，你恨我吧？如果我是你，我一定恨。阿爸很喜欢你，他不喜欢像火的人，他说那些火焰都是骗人的。”

“也许吧？”他木然点头，“我不知道。我只知道自己生活在潮湿的地方，也许，这种地方的火焰带着霉味，看起来都不像火光呢。”

“你又瞎说什么呀？”沈桐莞尔一笑，“你没有方向感，你不能领我去哪里，你只是在我身边流淌。也许我是个笨蛋，我看不见未来。但是，你知道，不光是我一个，凡是女生都希望有一团火，哪怕最后烧着了自己。”

他点点头，只觉得早就退去的潮水此刻退得离他更远：“你找我来，是为了让你阿爸死了这条心对吧？”

沈桐愣在那里，看着粉壁，不让人察觉地点了点头。

他感到本来心窝里插了把匕首，她还嫌他死不绝，嗖地又插来一把更亮堂的。

“我总是利用你，我总归这辈子对不起你了。”沈桐饮泣起来，他看见大滴的泪水从她脸颊落到地板上，汪了一小摊。

“没事。”他站了起来，“只要你希望，我都为你做。”

他摇晃了一下，眼前蓬一团金星。他挨了挨，挨过去了，就准备下楼去。

沈桐忽地从床沿上跳起来，呜咽一声，扑过来紧紧抱住了他。她的脸湿漉漉贴在他胸口，她哽咽说：“我可不可以当你是哥哥？你是我亲的哥，我也舍不得你！”

他奋力在一阵浪涛似的眩晕里站住，心酸无泪，他搂了搂她肩膀：“我下去看看你爸。”

她痛哭着抬头起来，哭得稀里哗啦顾不得模样：“再见，再见！我昏头啦！”

猛地，他从她气息中闻到一股刺激的味道，这味道如同一个生硬的拳头打在他鼻梁上，叫他又惊又怒。他问道：“你现在吃很多大蒜吗？”

她没回答，她茫然浸在苦痛中忽略了这个奇怪的问题。

他扭头走出了她的闺房，几步梯级下去推开了她阿爸的房门……

一直到晚上十点秦陡岩悄悄摸进圆舞浜边丁芬芳住的楼房，他都余怒未消。大蒜味儿让他比见到真人更清晰地感知了燎着沈桐的那个带火焰的人。他直觉根本不信这是个正经人，他为沈桐扼腕，认为她就是碰上了骗子。可即便如此，他不能再骗自己：沈桐的爱不属于水，而他正是一摊水。他现在回到了圆舞浜，他属于这里。

敲开门，丁芬芳若无其事耸耸肩：“神神秘秘去哪里啦？也不同我讲一声，叫我好等！”

秦陡岩脸上浮起伪装的笑容：“真抱歉，报社临时的任务，我饭都没吃。”

她正把一张时髦的白色面膜敷到自己脸上，偷闲指指厨房："去吃吧，有煮熟的玉米。"

潘海礁走到东综大后门小西餐厅楼下时下意识往身后瞄了瞄：秋凉如水，夜色凄清，百步之内一个人也没有。他轻轻吁口气，跑上了西餐厅三楼，走进餐厅经理办公室。已有七八个年轻男女坐在那里，是从其他大学来的。他看见虹也坐在那里，觉得不适，朝她点点头。虹站起来又为他去泡茶。

这些年轻人都文静，气质却又很沉着，没人大声大气讲话，说话都留着余地，像准备好要同别人调谐。话题劲爆，谈起来竟然温和。潘海礁发现夜拖得很长，等大家都觉得没啥要说，时间已过了午夜。人不是一哄而散，有一两个安排了人开车来接；有的早了些告辞，去赶末班车；也有的进东综大找同学借宿去了。潘海礁和虹最后一批同西餐厅老板、东综大物理系的讲师告别。他把西服脱下来，一定要虹披上，伴她走回宿舍去。

"谁老是约你来当记录员？"潘海礁不满地看看乌漆墨黑的夜空，"别把小女生扯进来！"

虹淡淡一笑："你来，我为啥不能来？"

"我看你以后别参加的好。"潘海礁隔着自己西服拍了拍虹肩膀，"这不是女生适合参与的事。再说，你还算新生，你都没时间看明白想明白。"

虹没回答，她走路的姿势非常独特，是一个人静夜里自顾自走路不慌不忙的样子；她披着潘海礁的西服，又添了见过世面女子受人照顾安之若素的静安风度。

潘海礁想了想，不想放弃："你听我的，我是你老师。我让你不去你就别再去了！"

虹喃喃回答："我去没事，你在那里嘛！"

他还想说，虹却换了个话题："婷婷老师好久没见，她忙吗？好吗？"

潘海礁不由得叹了口气："这个你问陡岩吧，陡岩在她那儿实习。我已经很久没见她啦。"

虹嗖地回过脸来看潘海礁："怎么啦？你们怎么啦？"

"没啥，"潘海礁受不了同他几乎一般高的虹在夜色里的眼神，"我太忙，她也太忙，我们忙的是不同的事。"

"婷婷老师知道潘老师参加这些聚会吗？"虹到了宿舍门口，她没赶着进去，认真问潘海礁，看着他眼睛。

"她？她不太清楚。"潘海礁拿不准是否该回答一个女学生的问题，躲闪一下之后，他放弃了，"她反对我参加这些活动。你明白了吧，这就是我为什么让你别再来了！"

"婷婷老师反对，她是关爱你吧？潘老师你不让我参加，那是为什么？"虹说完这句，突然害羞了，没等潘海礁回答就朝宿舍跑去，一边跑一边挥手告别。

潘海礁心里一阵明白，他站在那里，脸上明明灭灭的，一时间不知道该往哪里走。

这么晚了，甘婷婷一定在她的新单人宿舍了，本来她是想着要与他同居的，也不知道哪天开始，这话题忽然冻结了。一回首，像无限接近的两个太空人互相弹了一下，又自自然然飘远了。

这到底怎么一回事？他觉得她生活里出现了什么人，只是没告诉自己。或者自己鲁莽出手揍了姓孙的，她心里不舒服？还或者，自己让她觉得不安全了？想到这里，潘海礁在校园小径下停下步子，抓住一棵樱树的粗枝条，前后理了理思路。

叹口气，他自言自语："也好，等眼前的事过去再决定吧！"

想着甘婷婷，虽说往事历历，他心窝发凉；回头看看虹的宿舍楼，灯火依稀，心头忽然一阵暖……

甘婷婷并没在她的单人宿舍，她身边此刻有不少人，都是打桥牌的高手。他们这群人聚在老黄天骄公寓，有个住家阿姨正为大家做夜宵。甘婷婷和老黄搭档一路赢牌，兴致勃勃。虽说这些玩桥牌的男人都已知天命，在各自职位上顺风顺水，情商智商皆高，但也有放纵自己的时候：一玩桥牌就没时间概念。

老黄太太常年住医院，不在家里，夜里闹得晚些，没有关系。其他打牌人都命令司机等在楼下，不等到吃过夜宵不会散场。甘婷婷每次到老黄家打夜桥牌都和大家一起散场，不过她不搭任何男人夜车，她总按时叫到大众出租车在楼下接她。老黄月底直接批她的交通费，从来大笔一挥，看都不看的。

吃夜宵时候老黄当所有人面关心她：“婷婷啊，最近你不正常咯。那个大学老师替你拳打镇关西，闹得挨处分，你怎么老同我们打桥牌，也不去会会他呀？”

甘婷婷笑而不语，她看着这群老谋深算的男牌友。他们吃夜宵，她一点也不吃。她觉得他们弥补了潘海礁带给她的不安全感。她突然明白自己忍着二手烟在这里打桥牌，为的终究还是一份说不清道不明的被保护的感觉。

她回到刚布置完不久的新宿舍，先下手把一室一厅的灯火全部开足。周围邻居全是《信号报》的同人或是主管局治下其他单位的职员，这让她在隐私没受到冒犯时只体会到安全。她搬进来前花了蛮多钱请人在几个窗户外头都焊了不锈钢栏，木门外头加了道铁门。她原先没想花这笔钱：原先计划让潘海礁住过来，他铁塔般一个男人，本是天生好保镖。至于后来潘海礁怎么没住过来，他俩其实也没特意商量决定，事情渐渐就成这么回事了。

遗憾称不上，甘婷婷觉得自己脑子比潘海礁好使，她知道是他最近的行踪让她恼火，让她不安。

甘婷婷洗了澡躺在床上，只留一盏台灯。她睡不着，翻着秦陡岩整理的资料。自从有这个实习生，她可以高屋建瓴来把握自己的报道，不用再埋头办公桌当“坑道工”，她的视野和立意更高了。经济问题往往不是经济问题，这是这个国度的特点。她看见一些隐隐约约叫自己担忧的东西，不过这种东西不应该在报道中出现，哪怕最隐晦的暗示也不可放纵。不流露不代表不去深入了解，甘婷婷历来不懒，有时候她觉得自己鼻子不亚于猎犬湿漉漉的鼻子，很能领略到飘忽不定的风向。

甘婷婷眼睛停留在一则实习生摘录的香港报纸社论上，这社论谈及经济，却在文字间藏着令甘婷婷感兴趣的隐语。她读了又读，她想她必须同潘海礁见上一面，了解他到底在忙什么。他不再热衷于见到她，说明他的生活中发生着什么。甘婷婷不认为有另外一个女人出现在他身边，她了解潘海礁，如果真有，她会第一时间知道。她不为这个担心，她担心的是他那种不修边幅的貌似自由实则缺少戒备的思想方式会无意间造成致命后果。

他同她做完爱，平静下来，下午见沈桐的深重郁闷仿佛也减轻了大半。

“今天你劲头不小哦？”丁芬芳戏谑地敲敲秦陡岩头颅，“碰上点什么磨难才如此发挥吧？”

秦陡岩笑了笑，头枕在自己手臂上，仰望台灯照亮的昏黄天花板。房间里很暖和，听得见圆舞浜悄悄却持续的水声。这房间犹如一艘船的舱室，他和她航行在时间之上。

他忽然打开了话匣子，告诉丁芬芳他和沈桐的故事。

丁芬芳津津有味地听着，像一个女律师听着当事人。她嘴角含笑，觉得这完全是蝉出土脱壳的幼稚故事。她很想指导他一番，却顾虑到他自尊心，所以选择先多听一会儿。

可是，最后她实在忍不住哈哈大笑起来："我告诉你，实际上没这么复杂，你只做错了一件小事。"

秦陡岩在丁芬芳放肆的大笑里感到气恼，可她那十拿九稳的教练似的话倒让他兴奋起来："什么？"

"你之所以是水，因为你对她没像你对我这样子。难道这种事你要小女孩主动？你啊你，你自己把女朋友送给了北方的狼，你又怪谁呢？"

他怦然心动地瞪大了眼睛，心头冰凉，冷汗从颈窝往外冒：她可不是说出了事实？可是，又没人教过，我怎么可能对沈桐那样？

"成长的代价啊！"丁芬芳温柔地伸手摸摸他脸颊，"现在不怕了，你已经明白了。下一次碰到可爱的小白兔，知道怎么先下手为强吧？"

秦陡岩神思飞跃，使劲想着想着，突然他抽泣起来。他挺着脸，气急败坏地喘息个不停，眼泪向两边耳朵流下去，哭得很伤心。

丁芬芳支起肘托着半边脸，光着身体笑眯眯看他哭。

他伸出手臂搂住她，泪水模糊的脸埋进她的胸脯。她喊了起来："哎呀，湿！"

他脸埋在她高耸的乳房间认真地哭着，她放弃了，只觉得自己胸口涕泗横流，难受得要命。她心里涌起怜爱，抚摩他浓厚的黑发，发出母亲哄婴儿的哦哦声。

不晓得怎么开始的，胸口伏着的幼稚男生结束了自怨自艾的哭泣，他扯下枕巾擦干了她的身体，忽然伏脸下去亲吻她，执拗地开始了新的戏弄……

她哎呀了几声，笑起来，再次沉醉到她和他互相间已熟稔起来的游戏中去。

秦陡岩已经明白了一件事：心里的苦痛，身体可以帮助解除。忘记成长的烦恼，成长本身带来了解药。他一边抚摩她了不起的身体，一边不由得想："沈桐长得像个娃娃，和沈桐在一起，肯定没有同她在一起这种欢乐！"他这么想着，心里的灼热焦躁慢慢像烙铁上的气雾飞散开去……

应该就是这之后那天的下午茶会上丁芬芳认识了波龙。波龙不姓波，他有原名，但他只递给别人印着"波龙"两个字的名片，他希望以波龙名目出现。

波龙是个瘦削白皙、有一双惊奇眼神的上海男人，按丁芬芳的判断波龙应该三十五六岁。丁芬芳走进轻工业对外贸易促进会举办的这个茶会，所有与会者都衣冠楚楚地站着喝茶吃饼干。这会场太好以至于每个人都有点装模作样，大概都自觉配不上。从前此地是法国俱乐部。穿着黑西服、贵重白衬衣、没戴领带的波龙远远以惊讶的目光注视她，淡淡眉毛竖立起来……

傍晚茶会结束，波龙坚持要开他的奔驰送丁芬芳回家，或最好她愿意留下来同他去这城市任何一个配得上她的地方一起晚餐。波龙说："我保证一吃过饭就送你回家，原包装把你交还给你男朋友。"

丁芬芳非常喜欢波龙恭维她的方式，她也大大方方告诉波龙她喜欢他用的古龙水那高尚的后调。她拒绝了波龙的邀请，也不让他开车送她。

波龙万分委屈地把细长白皙的手放在自己心脏部位："你让我觉得我自己不得体！"

丁芬芳以她能表现的最明显的可爱的高傲方式走出花园饭店，她相信自己不由自主地走出了当年在圆舞浜走路的步态，这步态一定叫看见的女人瞪大眼睛，而波龙本人应该像一条鱼吞了钩子，却被钓鱼人晾在水里不去理会。

她想着这情景就快活地笑起来，她愉快极了，浑身舒畅。今天她和秦陡岩约了在东综大见面，一起去后门西餐社吃晚饭。一路上她兴致勃勃，想着那个自命风流的进出口商人波龙，同时感谢秦陡岩出现在她人生这一段里，打足了她底气，让她不至于在社交场上出丑。

丁芬芳现在这样很拉风，正是她自己需要的效果。要让行业里的人都知道她可不是随随便便的贱人。若没有陡岩这么个小伙子，她饥饥渴渴要着男人，那可不就轻易跌到男人圈套里去吗？如果那样，难免被人看得一文不值，甚至连高级地方都会待不下去。

丁芬芳表现得可不再像个大学生，她一走进东综大，就摆明姿态。她像一只芦花母鸡走过一群白鹅。不过在她自己想象中，她是一只长颈白天鹅游过一群草鸭。

她挽起秦陡岩胳膊，继续以她修饰过的类圆舞浜步态走东综大绿荫道。秦陡岩脸颊充血，窘得像一只大鸡冠公鸡，非常担心被中文系女生们看见。他坚持了一会儿，终于假装买汽水，甩脱了她臂弯，过后，默默拿着两瓶汽水走在她身边……

让他糟心的是，最终他和她挽着手走出东综大后门，正巧碰上虹和潘海礁迎面走来。

虹喊了他一声，毫不掩饰自己的好奇，拼命打量他身边喜洋洋的丁芬芳。秦陡岩还来不及和潘海礁寒暄已经紫涨了头面，窘得走路同手同脚。潘海礁看看他又看看他，点点头："上课没见你呀，别忘了你是学生哦，要攒够学分才能毕业的。"

虹笑了一下，她的笑让秦陡岩心情坏透了。虹和潘海礁往校园里去了，丁芬芳一把抓住他手臂，往他怀里调皮地一偎："那个女生是谁？肯定是你心上人，你瞒不了我！"

丁芬芳走进西餐厅，依旧喜不自禁。她和不怎么想扮靓自己餐厅的老板说着场面话，手指在餐牌上移得比汽车在马路上行驶还快，她点了两份最贵的牛排，还点了炒豌豆和要花钱买的新鲜柠檬片。她看着他快活说："喝点红酒吧？暂时把校门口碰上的高个子姑娘忘记！她可真高，竟然比我还高。怪不得你脸红成那样！"

丁芬芳虽然要了一瓶价格不菲的红酒，酒量却不大，很快便不胜酒力，连牛排都没吃完就话痨。她的话从心坎直流出来，说得他心慌慌，恨不能伸手遮她嘴。还好她喊西餐厅老板："你不介意我结账吧？他是学生，我请客。"

物理系讲师先生点点头，朝秦陡岩咧嘴一笑眨眨眼。她掏皮夹的工夫，秦陡岩麻利地把现钞放在讲师先生手里："我有实习工资。"

秦陡岩这下子必须挽着她腰，慢慢领她穿过热闹的街坊、公开亲昵地进入圆舞浜。丁芬芳忘记拿自己皮包，皮包现在挂在他右臂上。她东张西望，不认识这条路，想冲进小店去看看有什么可以买……他皱紧眉头，心里最担心会不会碰到小玫。若迎面碰到小玫，小玫会怎么看他？忽然他想起虹可能认出她，虹在小玫家应该见过她呀！他浑身燥热起来，纸是包不住火的，早晚大家都会知道……

丁芬芳打开家门就去喝凉水，喝过水慢慢清醒过来："我们怎么回来的？坐出租车？"

他看她一切妥当，只有点过度兴奋后的累。他告辞说：

“你好好休息，我要回家去，我爸妈找我有事。”

初冬天气的夜，对圆舞浜来说，除了漂浮水面的褐色柳叶，显眼的还有淡了人迹的石栏。石栏杆象征一种界限，圆舞浜是在严格界限之中流淌的水流，完全可让各方放心。

秦陡岩因为四周寂寥无人，很定心地穿过浜边小径，跨过柳叶路，直线进了自家新村。

似乎已一个世纪没在水杉树下行走，也有一个世纪没呼吸屋后带尖利薄荷腥气的臭浜味，很久很久没和父母见面呢。他忽感歉疚悲哀，像一个只顾长途旅行的人偶尔回家，责备着自己。想来戎马倥偬的将领们或会有类似心情，难受自己没照顾好每一个人、每一件事，该做的没做，不该做的做了。不见得有人会指摘，却难对自己交代。

父母都在灯下读书。阿爸摘下老花镜，招呼他一声。姆妈上下看他，要倒水给儿子。秦陡岩摆摆手，进了自己小房间。房间照样散发着浜水味的潮湿气，他感到亲切，他感到中学时光浓缩在这角落里。他下意识走回父母房间看了看那张长沙发，曾经有一个下午，沈桐倒在这沙发上疼痛不已，什么都懵懂的他当时茫然失措……的确，女孩子们没错，如果他比她们大几岁、懂多一点，也许他才能担当好男友角色。

这时候，秦陡岩怀疑人生是一场无差别游戏，每个人都打不响第一枪。

生活是拿来犹疑的，拿来经验和学习的。你在自己的主场永远是输家，然后去别人地盘，利用别人的青涩叫别人吃亏，抢走你已被抢掠的资源，和别人的青梅竹马上床，心里或许念想着找不见了的从前……

秦陡岩心里走马灯似的滚过一张张生动的脸：沈桐的脸、虹的脸、芬芳的脸，还有自己变幻不定的脸，以及早已赴美的举办舞会的女生的脸，他从那些脸上看见了自己漫长的少年和青少年，他确认自己现在正进入成年。成年来自沈桐对他的残忍、虹对他的漠视，加上丁芬芳如此怪异的接纳，猛地向他坦示出女性世界的隐私。

他和阿爸姆妈说声去散步，走出了家门。邻居都已入睡，他们其实不分白天黑夜都在沉睡，这世界没他们什么事。

秦陡岩绕过屋子，走到臭水浜边去。半个月亮洒在开旷之地，夜里的臭水沟变漂亮了。只见深黑色一道蜿蜒，流淌在居民区的楼房间。黑流映月，有淡淡层云的倒影……如此恶臭的河沟竟然也拥有秋后残余的蛙鸣。他简直不相信自己眼睛了：蜀葵竟在开放，尽管结了密密的种子，大朵大朵的花盘深夜里浮在种子的星系之上，朝向月亮绽放。

他怕失足，不敢十分走近臭水沟边茂盛的蜀葵群落：这些蜀葵长得比他更高，在冷风里肖然不动，吐着不合时宜的冷芳。他惊奇地看见深红色的蜀葵现在有着乌黑发亮的花瓣，乌黑的群花散发与臭水浜合调的带枯草气息的臭气，若非月亮为花涂上银光，这些黑蜀葵简直是焚烧后的景色……

他回了家，姆妈热了一碗银耳给他。他吃完银耳，在自己长久不亲近的行军床上睡着了。

第二天吃过早饭要去赶古代汉语课，秦陡岩吸了一口清冷的空气，特意从屋后绕过臭水沟去学校，想在朝阳下看一眼那些奇怪的蜀葵。

他转过屋角，放眼望去，吓了一大跳：哪里有什么蜀葵？臭水沟边空空如也，昨夜看见的成片高大的蜀葵连个残根剩茎都不见。如果深吸一口气，只有臭水的臊味儿，毫无植物消息……

这件事给他留下了魔幻印象。

四

很快就下了一场雪，这是大城历年气候上的异数。大城已多年暖冬无雪，这一年忽地下了这场大雪。大雪遮盖一切，涂抹掉很多东西。

等眼睛习惯了雪，它慢慢融化，世界变得不同。

冬天除了这场雪无奇可叙。

一切人、一切事物都有稳定期，在稳定期里人重复自己的习惯，变得越来越期望改变；事情则是秘密孕育，人无法预知将发生什么事，那是上帝的图谋。

春天来临的时候，沈桐往秦陡岩学校寄了一封信，告诉他她退学了，已经离开大城，接下去会出国。她没留下地址，只说谢谢、再见。

春花烂漫的时候，秦陡岩看见校园里虹偎在潘海礁怀里走，他俩等高，这种依偎更体现心意的亲密。他没告诉甘婷婷他看见的，完全没有必要。他也不会告诉潘海礁有关甘婷婷和老黄的绯闻。

春天令人兴奋，也令人感伤。每年开放的牡丹和玫瑰是一样的，人心就变不同。丁芬芳仍旧和他厮混着，住在一起，常常做爱。不过，他和她互相间已太熟悉，她对他媚劲儿少使了，她常看着他叹息："你想没想过挣钱呢？你的专业将来怎么赚钱呢？赚不到钱你怎么办？"她为了说明自己对他是纯粹好意，又常常补充，"当然，你有没有钱同我无关。我们俩走到哪里是哪里，本来就是即兴。你总要为你自己将来好好考虑。"

秦陡岩听说了项木的故事。

项木进入哲学系很快成了系主任的宠儿。他超前成熟，在哲学类核心杂志上发表一篇令东综大刮目相看的论文《被赋予的人格》（文中数据分析依据由他舅舅担当院长的精神病医院历年医学统计），他顿时成了半学术半时尚味儿的明星。

项木的性格没让他继续在哲学思辨上前进，论文发表后他开始明目张胆旷课，以至于大家弄明白他发表论文并非想在研究路上求寸进，反而是交代一番以求金蝉脱壳的招数。这问题倒不大，搁在哲学系只能让系里不食人间烟火的老家伙们有个笑料，他引发整个东综大焦虑的是之后他当上了“国际倒爷”。

项木姓项，姓项容易，不容易的是据说他和同姓的民国烈士有血缘关系。早在中学里他不就到处散布这讯息吗？他和一群圈内朋友当上倒爷，倒卖的是普通人倒不到的大东西，至于是什么，流言里空白。想知道可以直接问他本人。

不过，校园谣言和社会谣言不同，校园谣言更关注一个人的操守而非收入。谣言表示项木操守不行，他倒卖的是违禁品。违了什么禁，谣言不说。你要是问那几个接近谣言源头的家伙，他们推推鼻梁上眼镜，也不正面回答你。

很多人对此一笑了之，觉得传一个本科生的谣未免低级。直到项木大大方方不瞒任何人地买下了千岛湖一个挺大不小岛屿二十年开发使用权，校园才轰然议论起来。这个学生大发了，他还在哲学系本科就读着呢！倒卖啥能如此大发？妇女儿童？军火弹药？

秦陡岩很久没见到项木了。他没欲望见老同学。不是对他没好奇，他见到项木，未免就要谈到沈桐。谈钱秦陡岩没兴趣，大部分学生都穷，手里只有半个月伙食费，没钱是大家共性。谈钱这东西在大学校园是犯忌的，没人愿意显示自己脑子有铜臭。

秦陡岩已习惯自己的大学生身份，如果比方成游泳，眨眼间他随着水流到了河道中间，一起下水的人都分开了，只能互相望见。

潘海礁发还秦陡岩考得马马虎虎勉强及格的英文卷子，三月末天气有一股焐出小飞虫的温热，潘老师从衬衣口袋掏出一包奇特的褐色烟卷："抽支外国烟？"

他们走进香樟树林子，靠在太湖石上抽烟。秦陡岩的烟是跟丁芬芳学的，她上班后开始抽长长细细的薄荷卷烟。每次做爱后她都要吞云吐雾，让他陪着吸上几口。

潘海礁问他："很久没来我家，小日子过挺好？"

秦陡岩摇摇头，脑子里晃过一百个镜头，觉得潘老师陌生了；因为虹，潘海礁不但陌生了，而且令他反感。对，虽说是朋友，反感是肚里的石头。

"还在婷婷那里实习着吧？"潘海礁把烟蒂扔到沙地上踩死，"她挺罩着你？"

秦陡岩咂吧着潘海礁的话，品着话里的味道。想起甘婷婷同他说起过潘海礁一次，仅仅一次。

他抬起头看着潘海礁："婷婷老师为啥总担心你？她同我讲起。"

回答他的不是潘海礁，是他没有想象过的四月份。

这完全是巧遇。

秦陡岩多久没在宿舍住了？室友们已把他床铺当成了储物格子：他的铺盖卷在角落里，床上塞满箱子和杂物。他回宿舍打开上锁的抽屉，找甘婷婷同他要的本科入学通知书。婷婷替他办一种新的实习生津贴。他给室友们带了梨子和香蕉，大家开着玩笑，他竭力避免他们问起“沈姑娘”。

楼下是东综大最宽阔的主干道，通往教学楼群和办公楼群。一场春雨刚过，地上湿漉漉的，突然传来杂沓的脚步声，还有轰隆隆好些人合在一起的呼喊。

秦陡岩和室友们咬着香蕉懒洋洋探出头去望，看见大群大群的人排列成拥挤的队形，挥舞着手臂朝教学楼方向走，听不清他们喊些什么……

路上人不但没过完，而且越聚越多。秦陡岩一转身，吃水果的室友一哄而散都跑了。他不知道发生了啥事，也不知道学校组织什么活动，这些他素不关心。他只有些疑惑，此类场景从前没见过。路上跑动的学生面有怒色，胡喊乱叫，难道学校亏待了大家的伙食？很久没在学生食堂吃饭，他也不清楚情况……

正无人可问心里纳闷，新的一群人匆匆走上来。人群簇拥着几个人，他一看，看见了潘海礁。灵机一动，他明白了大半。

秦陡岩拿起自己找的东西，忘了锁抽屉，立马跑出宿舍，下楼追潘海礁。可等他跑上校区主路，不但潘海礁没了踪影，刚才过路的大群人马都走得远远了……

他想了想，踩上脚踏车，想追上去看看潘老师，然后马上去市区《信号报》报社。

虹渐渐失去了请她参加聚会的通知，她明白这是潘海礁发挥了他的影响力。他的影响力在发起聚会的学生和教师中越来越大，大家慢慢都认识了这位铁塔般长相的猛男，他们给他起了个绰号“船长”。潘海礁话越来越少，越来越精练，但眼睛里也多了忧色。

虹不计较潘海礁不让她参加聚会，说实在的她是个女人家，爱画画，爱安静，反感二手烟。那些人在聚会上讨论的，她听了，说到底晕晕乎乎。那些人个个感情炽烈，开口场面极大，她捉摸不透。

甘婷婷如同失踪般不再出现于圆舞浜，虹发现自己待在潘海礁身边并没人来驱赶她，也没人暗示她越过本分。渐渐她习惯了自己的新位置，潘海礁接受了她的撒娇，拥抱了她，公开和她亲热着进出校园。

她没希望潘海礁说什么做什么来表示他只属于她，她不需要这样的东西，潘海礁也不是秦陡岩那般小儿郎。她想起这大城不断举行的展览会，没一个宴席长聚不散，没一桌不是流水席。展览本身并不演戏，展览是有生命的，美好的展览如鲜花盛开。不但展览期间观者流连忘返爱个没完，展览结束无论多久，只要想起它们，参观过的人还是觉得荣幸，荣幸拥有了一段小时光小风景。

冬天里，虹的父亲见到了潘海礁。潘海礁送她回家，顺便上高楼去讨教她父亲一些问题。这只是简简单单一件事，谁也没特别推究其中的意义。不过虹非常仔细地观察了父亲的神色。爸爸看多了世界各地来到大城的出色人物，他对不合他心意的人总忍不住露出不耐烦。还好，他对潘海礁呈现一种淡然，向他解说了他求教的，之后也没特别同女儿谈起他。虹把这看成一种顺利的标记，至少，只要没什么影响她和潘海礁之间的平衡状态，她就能接受并且快乐。她从小在瓷盘上画工笔画，时光静静流淌在色彩间，她习以为常并能享受。

潘海礁同虹说起过甘婷婷，他说甘婷婷认为他不成熟，会带给他身边人不必要的麻烦。他这么说的时候虹觉得他身体语言同他语气一致，往后退缩，离开她微微远去。虹淡淡一笑："哪个男人不给女人带麻烦？你见过不给女人带麻烦的男人吗？"

她自然说的是自己父亲，潘海礁却使劲搂住了她："你是我见过最通情达理的人。"

不过，虹没有说，不愿意说：她确实也不太明白潘海礁为何热衷于那些消耗人精神体力的聚会，那些听起来挺大的事，真对他那么有吸引力吗？

她从教学楼窗户里看见了如潮水般涌过去的队伍，她一眼就看见了潘海礁。她看见的潘海礁已经走在整个队伍的前列。他率领着东综大这些师生组成的队伍走到校长办公楼去了。虹咬着下嘴唇，静静坐回座位上。教室因为走掉很多同学显得空旷，讲课的老师重新端起他的讲课笔记，叹息道："风声雨声读书声……"

秦陡岩的脚踏车一路打铃呼啸而过，接近学校行政楼群后却无法通行。从各处跑来的学生堵住了道路，喊声震天。他闹明白了，这些人叫喊，为的是反对让他们感到沮丧的东西。有些学生自制的小旗帜上有项木的大名，他们反对项木这样的"倒爷"和找到路道大把捞钱的人。他们喊叫着"我们吃不饱"，喊叫着"教授穷死了"……

天晓得，秦陡岩对钱从来抱持不屑态度，不关心钱，所以他竟对这人群大声嚷嚷的话题缺乏了解。他竭力想听明白他们说的，可惜听半天也没全听懂，只明白了大意：有一小部分人瞒着大家拼命捞钱，其他人却没机会，这让大家生气。

学校保安排成长长的队，试图恢复主通道交通秩序。他们举着蓝白色小喇叭请求拥挤着叫喊的人让出通道。

学生和教师组成的人流一边齐声喊叫，一边听从保安的指挥让出了道路。他们站立在保安指定给他们的空间里继续齐声喊……秦陡岩骑车经过他们的时候仔细端详了他们：和他自己一样的学生仔，比他激动，相信喉咙里喊出的词语能改变现实……

秦陡岩出了校门，一路往市区奋力骑行。骑到《信号报》报社门口，他搁下脚踏车，一路跑进甘婷婷坐的办公室。甘婷婷正端着电话机和人讲话，他转身去倒水，咕噜噜喝了一大杯。擦嘴工夫，甘婷婷放下电话转身过来，他说："潘老师带学生闹到校长那儿了。"

甘婷婷咬紧嘴唇，她的嘴唇很粉红，没血色，她点点头："我猜到了，你那么远跑来告诉我这个？"

他摇摇头："婷婷老师，这事情要紧不要紧？潘老师不会惹麻烦吧？"

甘婷婷愣着不响，她沙哑的嗓子素来只说令人愉悦的话。她摇摇头："现在不知道。"

"我担心……我担心虹。"他听见自己说，"虹这阵子老和潘老师在一起。"

甘婷婷吃惊地瞪着他，她淡淡的眉毛拧着竖立起来，显出从没叫他见过的怒意。她转过身，一把抄起电话，又啪地放回去。

秦陡岩转身走出了办公室，他走到报社门口，推起自己脚踏车，又骑了上去。他不知道要去哪里，他无处可去，他觉得脚下的路石缓缓旋转，令他强烈头晕。

他忽然想给自己阿爸打电话。他走到弄堂口公用电话亭里，拨通了市立图书馆。

阿爸听他说了学校发生的事，问他：“你现在在哪里？你不要去瞎闹。”

他嗯了一声：“我在报社，和实习老师在一起。”

阿爸说：“好的，你要不要听听我意见？”

他又嗯一声：“那些事情我都不太了解。”

只听阿爸在电话那头放缓了口气：“陡岩，这么同你讲你会明白：我和你妈辛辛苦苦养你，你现在考进大学了，我们也尽力了。你年轻，血是热的，我不会像你妈那样总教训你。告诉你，阿爸姆妈家的钥匙你有，没地方去，你就回家吃饭！”

他从没听过阿爸一下子说这么多话，听不太懂，但听得出阿爸用力在同他讲。他嗯了一声：“那我不去看热闹，我今晚住宿舍。”

阿爸搁掉了电话，秦陡岩听着嘟嘟声，半天没想清楚。他听见自己同阿爸讲今晚住宿舍，宿舍里他已没床位。他又知道自己不乱讲，他今晚不能去丁芬芳那里，他想回学校去。

他想明白自己，他是想要待在校园里看看到底会怎么样。他想看见虹，想看见虹好好的没事，也想看见潘海礁没事。

他胡乱吃的晚饭，在十字路口点心店买三只肉月饼，好在温热，吃下去胃还算舒服。

他从后门走回东综大，回到寝室楼。上下三层的寝室楼里几乎个个寝室大敞着门却没人在。这景象很奇特，仿佛一阵飓风经过，人都卷走了。他百无聊赖躺倒在室友铺位上，四月的鸟鸣搅乱了黄昏寂静。他睡着了……

波龙自从认识丁芬芳后一直向她示好。波龙说自己不是坏蛋，时间可以证明。为表示自己真不是坏蛋，波龙告诉丁芬芳自己已婚，且有一个儿子。波龙对她丁芬芳有好感，非常大的好感，这是生而为人自自然然的事，没必要掩饰呀。

波龙说我就是看着你愉快，想请你吃饭，请你喝咖啡。你有什么事情我帮得上忙，那是我的荣幸。我甚至愿意和你男朋友交个朋友，能欣赏你这样子女生的男人他眼光不错。

丁芬芳把波龙的这类表白全部看作他的花功，一律左耳朵进右耳朵出，一句不当真。说一句不当真也不是，全部当糖果，全部当零食，但不当回事，纯粹视为娱乐。

丁芬芳相信自己不傻。她想波龙不明白她是三万户工人新村圆舞浜长大的囡，波龙不晓得她在海边读大学经历过的风浪，波龙更不了解她为了回城、回到高级地方经历过什么心路历程……把她当没见过世面女人哄，只说明波龙不聪明，对女人不得要领。

当然她丁芬芳愿意有波龙这样的实力派人物做朋友。她和波龙吃了几次午饭，听他吹牛是件解颐的事。波龙老说自己要去做什么做什么啦，反正都是他心目中的冒险。等再一次见到他，他不会回顾那些计划过的冒险，而是提出新的计划。她想，波龙有钱请客吃大城最贵的美食，她作为笑容可掬的听众，已为尝鲜付出了自己那一份价。

波龙这天打电话给她，告诉她马路上交通很堵。他正好在附近，他准备开车来接她，送她回家。波龙说这是他觉得高兴的事，完全不必多虑。

她答应了波龙，甚至于想应该在东综大后门请波龙吃一顿饭，虽然这里不是市中心只有做学生生意的小餐厅，也算她一番回请的心意。

波龙接上她，说说笑笑就驶近了圆舞浜地区。丁芬芳看看车窗外，说我们可以从东综大正门进去后门出，我请你在后街停车吃饭。波龙很容易就驾车进了学校大门，却遇上了闹哄哄的大群喊叫的学生。

波龙关闭车窗，开了一点微微的冷空调，放一段他喜欢的日本爵士乐："学生仔太嫩，看不懂世界。"

"你懂？"丁芬芳看窗外人群，想起了很多自己在校园的情景。

波龙没听出她情绪，继续畅所欲言："世界变化很快，我看只有一个关键要抓住，就是开动全部脑筋想想怎么赚钱快，要想办法赚快钱！以后这世界就是钱！"

他意犹未尽，看看窗外："喏，就是趁这些朋友还没醒过来，快去挣钱。等他们弄明白了，机会就没了！"

丁芬芳本来很想说几句恶心一下庸俗商人波龙，为热情澎湃赢得她同情的学生仔要点公道。等听完波龙这些酣畅淋漓的话，她没想到他话里意思正中自己下怀，没得好说了。

丁芬芳发现自己在钱的问题和世界变化的前途这些方面和波龙想得完全一致，她对波龙的智商和判断力有了新印象。难怪人家混得顺风得雨，虽说吃相不太好，他有他的优点呢。

“钱当然是好东西，可惜不是人人像你和钱有缘分。我们朝九晚五，就几张钱糊口。”她笑道，“这世界简直不公平。”

波龙激动得砰一声把车停到了路边，回头看着她挥舞手掌：“傻话，傻话！谁和钱有缘分？谁和钱没缘分？钱就是钱，跟树上一只鸟是一样的。你要，你就想办法去捉，不想办法不行的，不可能谁捉到了分给你。那个平均分配的时代已经过去了。当倒爷又怎么了？你有机会你不利用？傻吗？”

丁芬芳扭头再看齐声呐喊的男女学生，他们困惑而纯真的表情让她一阵心酸，本来她是他们中一员，很可能站在一起喊出长久的不满：凭什么有人毕业分配直接升天，有人却被扔进无人问津的小城镇？同校同班不同命吗？可这个开着豪华车的波龙当面指出她“没有自己想办法捉鸟”，她没想吗？想了，没办法而已。

“哪里有什么机会。”丁芬芳不由自主叹息一声，“能待在这大城就谢天谢地啦！”

波龙才重新发动车，又噗一声熄了火。他的目光本来就一副惊奇相，现在不得了了，扭头把她当怪物看：“你这个人，我怎么跟你说你才开窍呢？你好模样好底子，浪费了你还不知道！你要待在这个城市？你说话怎么不害臊？这鸟城市灰蒙蒙死沉沉有啥了不起？你说你为啥不去香港、不去纽约、不去伦敦或者巴黎呢？”

波龙的叫喊像一个巨大海浪掀来，嘭然一下盖灭了学生齐声的呼喊。丁芬芳像坐在电影院里被突然调高的立体声震惊了，半张开嘴说不出话。庸俗的波龙说得对呀，坐在协会办公室和一群老妪混到哪天才是头呢？大城户口落不下，难道不能去比它更好的地方？

“可是，那些不都是外国了吗？”丁芬芳声音变了，委屈地问出一声。

波龙倏然吹了声长长口哨：“哈哈，我怎么说的？认识我波龙不是坏事吧？我就要去巴黎当外销员啦，这是我放低身段换来的公职。我到了巴黎，要不到几年我就成法国人，不信你看着！”

“嗯？”丁芬芳完全不知道波龙在说啥。

波龙竟然怜悯地看着她，他那眼色太令她恼火啦。波龙说：“你不动脑筋捉鸟，鸟哪会到你鸟笼来呢？你比我方便，你要去巴黎，嫁给法国人就是啦。好蠢！”

丁芬芳大喊一声：“波龙，滚你妈蛋！”拳头砸在他椅背上，可波龙的话砸进了她的心。

她看向窗外，眼神越过了大学生们，看到了傍晚天际线。

那里燃烧着雨后阳光更娇丽的晚霞，丁芬芳喊道："波龙，你他妈的个教唆犯！"

秦陡岩听见室友大喊着"累死我了""脚跑断了""饿死啦"跑回寝室楼，他鲤鱼打挺跳起来迎上去："回来了？都没事吧？"

"有什么事？"大家鄙夷地看看他，"你没去？你一个人在寝室里看门呢？"

"所有人都回来了吗？你们看见公外潘老师了？"他问。

"潘老师应该没回来。有人在同他谈。"室友回答他。他们竖起耳朵欢呼一声，校广播台播送好消息：食堂不但仍开着，而且今晚免费。

人一下子又跑光了，秦陡岩跟上也去食堂，不过他没带碗筷。他穿过满食堂兴高采烈大吃大喝的学生，寻找一个高挑苗条的女生。没看见虹，他几乎要掉泪了。潘海礁如果被校长留下来谈话，虹能不陪着他吗？如果潘海礁有什么意外，虹会不会也一样？

他心里滋生着莫名其妙的火苗，对潘海礁非常恼火。他莫名其妙跑到了路上，朝着虹的宿舍跑去。宿舍门口看门通报的老阿姨不在门岗里，他看见今天有不少男生自由出入女寝室。他不知道自己中了什么邪，也跑了进去，他大概记得虹住几零几室，他到了那儿正犹豫，背上被人拍了一下："陡岩，你怎么跑进女生寝室啦？”

他一扭头，虹端着洗衣盆，俏生生站在眼前。他登时笑了，心里松宽得开花长叶。

“你回来了？你没去？”他高高兴兴倒退着跑出去，“我就是来看看你，没事，没事。再见！”

只听虹大喊一声：“别走，你回来！”

他和虹一起走到了她宿舍楼下，虹紧张得发颤。他一个劲地解释：“没事，没事，他们只说潘老师在同人谈话。你不要害怕。”

虹用力往前赶，不过她没说去哪里。他跟得有点吃力，只好问：“我把车骑出来驮你去吧？”

太阳已彻底落下，他和虹从室友那里打听到他们最后在哪里见潘海礁和人“谈话”。他奋力踩着脚蹬，虹坐在他身后，一只手挽着他腰。她一言不发，木呆呆坐着，仿佛一个人等待她自己做不了主的审判。他骑着车不停转过头想看看虹，虹都给他同一句话：“快点，天要黑了！”

他发了梗劲头，像体育课考试，拼命把车踩得飞快，他喊道：“你抱紧我，不要摔下去！”虹的身体贴近了他，那种温暖的奇异的感觉独一无二。他觉得虹搂住他，既不同于沈桐那次搂住他哭，也不同于那些夜晚浜边居民楼上丁芬芳嬉笑着搂住他。虹如此端庄如此认真地搂住他，为了赶去看她独一无二的情郎，也像奔赴她自己的命运，无论这命运是好是坏，是祸是福。无声的眼泪珠串般从他眼眶溢出，落在鼻翼上，滚过嘴唇，又咸又涩……

说时迟，那时快。他一下子到达了校长楼背后那栋教务楼下。还有很多大学生聚集在那里不动，有的席地而坐，有的靠在路边树干上，更多的还叫喊着“开除项木”，原地走来走去。他扔下脚踏车，和虹自自然然手拉手到处打听潘老师。起先问不到，虹开始掉眼泪，后来有一个聚会过的女生看见了虹，她跳着朝她招手，告诉她潘海礁和其他五个代表还在楼里和校方谈话呢。

潘海礁和几个人一起被护送出来的时候，虹像一只漂亮的小母鹿一跃而起，推开一些莫名其妙的护卫者，扑上去紧紧抱住潘海礁。秦陡岩倒退几步，从人堆里逸出，远远望着。送潘海礁他们出来的人很有礼貌地同他们握手道别，示意大家都可以离开。秦陡岩松了一口气，从地上扯起自己的脚踏车，一个圆弧线，不管方向，飞驰而去……他的手背抹掉眼角泪水，朝路灯和天空抬起脸，脸上澄洁如月……

出乎大多数人意料，四月太太平平过去了。五月鲜花盛开，同样平安无事。六月学生们被期末考试缠绕，无法多思多想。六月底，本来高高兴兴准备回家过暑假的一年级学生们收到了紧急通知：一年级生暑假取消，留校准备出发，参加为期四十天的军训。

秦陡岩和虹都在这次军训名单上，目的地是无锡陆军驻地。

秦陡岩向丁芬芳告别的时候，她神秘地微笑，闪身到阳台上，俯视着汩汩流动的圆舞浜。

她笑道："我特别想看看你穿军服的模样。所有的军官都很性感！"

他正色道："我们参加的是新兵训练，是士兵不是军官。"

丁芬芳望向远方："四十天？整个暑假？四十天多么漫长啊，我可不能保证在这里等待你四十天。也许，我就飞走了！"

"知道。"秦陡岩说，"我和你从来是即兴，要飞你就飞。"

说硬话的时候他想着虹，虹也将和潘海礁分开四十天。四十天不长，四十天也很长。他相信自己会在军营里碰到虹。虹令他不至于在圆舞浜的阳台上为面前这个"即兴女友"流惜别之泪。

"好的，记住你的话哦！"丁芬芳有点气恼有点沮丧地伸出手指，指指他鼻梁，"也许这是我们分手的好时候，免得夜长梦多！"

他搂住了她，吻她，拿开她手里的薄荷烟，嘴唇上沾满烟味。他把她扔到了床上。

她大笑着尖叫起来，也不怕邻人听见："救命啊，还没受训，丘八样子就出来啦！"

秦陡岩觉得这就是最后一次同她做爱，他做得尽心竭力，他看着她一点点严肃起来，同他一起投入时光织就的小旋涡。他对她满怀感激，他觉得她是他危难中从天空里掉下的女骑士，她以无限的女性搭救了他的灵魂，这番恩情他不会忘记。他张开眼睛，她骑在他上面，正在飘。他的眼神透过天花板，透过层层房间，透过楼顶，凝视着永恒所在之处，他抚摩她的脸，说不出那一声“谢谢”……

他的泪水流向耳郭，她愉悦地叫喊起来……

五

甘婷婷不觉得五十多岁的男人全是老朽。男人不能一概而论，尤其不能以年龄盖棺定论。五十多岁的男人是从二十多岁过来的，如果你不特别注意他们外表上衰残的印迹，你可能听见青春和阅历交织出美妙声音。

潘海礁如果有桥牌桌边任何一个男人一半阅历一半情商他就不会到校长那里去领头喊叫。他出头露面谁高兴？一群乌合之众高兴；他荷尔蒙烧脑自暴自弃谁为他睡不着？我甘婷婷。是的，我甘婷婷无德无能无魅力，说了你潘海礁不爱听；我给你冷脸让你后悔，没想到你不但不领情，还渐行渐远，倒过来同我摆谱。现在好了，勾搭上大学女生，无知无畏那种，把我甘婷婷甩了。你长相厉害，做出事情来也绝，你一定以为自己很有领导力吧？

老黄傍晚打内线电话喊甘婷婷到他办公室去。最近为了不知哪里传黄丁绯闻，老黄已不太请甘婷婷去他个人独用的办公室。甘婷婷想，可能有要紧事，老黄顾不得了。

她大大方方走梯到老黄的副总编办公室。的确他不用秘书不好，门口放个秘书，那谁也嚼舌不动。她想着推开老黄门，老黄抬脸看她，没啥表情，指指大沙发。

"我替你问了。怎么说呢，没啥大不了，也没谁想把事情闹大。学生一个都不会有事，你那个大朋友，为人师表，行为不太妥当吧？但也没啥，还年轻嘛，最多也就是不要再任教了。"老黄打个哈哈，"有惊无险，有惊无险！"

"啊？"甘婷婷可不是有惊无险，她大惊失色。那天晚上她忍不住打电话到潘家问平安，潘海礁自己夜半三更接的电话，告诉她一切都好得很，他控制好了大家的诉求，没发生身体冲突和语言暴力，人人都文明，同他谈的人也一副好心情，肯定学生们出发点很好。怎么他就不能再教书了？他不教书，岂不是更会成问题？

老黄琢磨透甘婷婷，他摆摆手："这种时候，过得去已经很好，你别奢望。年轻人吃点苦头、打掉点骄气是好事，否则将来有得给婷婷你惹祸，还不服管！等风头过去，万事还可以商量嘛。"

甘婷婷没接腔，在老黄面前，她不再是那个可以用笑容调节一切的温婉女子。两行委屈泪挂到脸颊上，她沙声道："这个人倔强如牛，他会跟西班牙牛那样认真的……"

老黄笑了笑："不一定啊不一定，所谓'识时务者为俊杰'，我相信年轻人都不傻，他们会看懂的。"

甘婷婷擦了泪水，谢了老黄，站起来。老黄也站起来送客，他又一次像不经意般随手挽住甘婷婷腰肢，手掌热热地覆在她身上，送她出门。甘婷婷没表示什么，她低着头走了下去。

阿爸生前从不用鲁莽的语言管教甘婷婷，也不同她说什么ABC的行为准则。甘婷婷早就发觉自己和别人有所不同，思考方式不是A导致B、B导致C，她喜欢等待ABC向她暗暗展示更多东西，等结论自己出来，而非自己推导。

那结论有可能是CBA，也有可能ABC各不相干呢。她也许在写报道时推导，运用逻辑推理，在生活事件上她不相信逻辑，她有耐心等待水落石出。只有水落石出的生活才是本质的生活，她不想用推导取代自己对生活本质的顺服。

老黄并不令人讨厌，他很入世，很聪明。潘海礁的抚摩曾叫甘婷婷沉醉，可是，如今他在哪里，他抚摩谁？老黄的手也是滚烫的，他的手至少也不会让甘婷婷恶心。说恶心那是你们那些唯恐天下没戏看的小人才会说。

甘婷婷给潘海礁拟了一封信，不知道自己会不会把这信寄出去：

海礁如晤：

与君一别，经久不见。

思往日之恩义，犹有依依之念。闻君参与校事，身边不乏知己，婷婷知趣，敛收喋喋之口。所谓滴水涌泉，我在清凉之间，愿体察君之灼热。凡有苦楚，君可随时与小女子倾吐。我俩当日相许之事，我永远当真。

君参与之事当与不当，我俩已无争执必要。幸各方温和，未酿成难转之局，犹有脱身之计。友人告知可能事有余波，亦情理之中。望君志存高远，于失意之时少取冲动之策，则家人朋友幸甚。塞翁失马，焉知非福，前程远大，不必计较一时。

信函一去与君别。祝君珍重，自我爱惜，以求永福。

婷婷　字

1987年8月18日

同一个时段，虹从无锡杨湾步兵炮团团部驻地给潘海礁也写了一封信。信件由团部驻地寄发，未经任何人审核，直接由邮政平信寄往大城东综大教工公寓五号潘家。虹在信上给潘海礁留了以下文字：

礁：

来到兵营已经许多天，第一次给你写信。不是懒笔，确实经历了种种闻所未闻的新兵训练，刚有体力和余暇。

首先你不用再为我担心，这里的教官都很正派，也对我们女生很体贴，一直照顾我们。即便军长训话要加强对学生的体能训练，营长连长还是偷偷放女学生一马，让我们至少熬得下去。但听说男生就苦了。他们在三座山之外的营地，和我们隔绝。

有趣的是我的小朋友时刻没有忘记我，那天轮到我去供销社买私人物品，陡岩竟然在那里得意扬扬地等我！原来他送了班长很多礼物，他的班长和我的班长是好朋友，因为陡岩把我描绘成他的女朋友，他们就帮他见我的面。我的小朋友陡岩对我情意绵绵，比你对我好得多。他送给我水果和到无锡买的甜小笼包，还给了我一叠诗稿。猜猜那是什么诗？

礁，希望你想念我像我想念你一样。你的事不要太放在心上，无论怎样，无论今后发生什么事，又能改变我们什么呢？只要能安安静静地过日子，我们在校园里、在我们青春岁月里发出的喊声就是壮丽的，会像我送给你的画那样永远留下来，点缀我们的人生旅途。

等我回家吧，我想念圆舞浜的夏天，你陪我吃冰激凌。

虹

1987年8月15日

秦陡岩同意剥夺他暑假、送他来兵营的人送给他们全体的话：看看真实的世界比过吊儿郎当的假期有价值。

他们坐着军车从东综大出发。出发前在墨绿色运兵车前由带兵班长亲手剪掉了学生们的长发，每个人都获得一个寸头。他推了推年纪比他大身材比他矮小的军人班长：“周建华，你说你们怎么做的调查研究？怎么我这种不声不响过日子的人也没暑假过？”姓周的班长想撩他后脑勺，够不着，只好骂一声“屌孩子毛病多”，引得大学生笑倒一片。

卡车从东综大开往无锡，路上不能停靠。他们一个个挤到后挡板处，一手拉着车篷油布，一手掏出那活儿来撒尿。路颠得尿一下子又一下子屏住。风把无力的尿液吹回来，洒到大家身上。

到了炮团驻地，男女分营。已经凌晨三点，每个学生都在地上翻找自己的行李和草席，大灰蛾子路灯下翻飞。连长连踢了十五六个学生屁股才把人集中起来向右看齐。等一身汗腻进营房躺下去，才迷糊着翻几翻身，起床号就吹响了。一群呆头鹅又被班长们从蚊帐里揪出来，晨曦下排队，空气里有股呛人烟味，向右看齐，齐步走，走向露珠滴滴的草地……

一开始到处都是骂骂咧咧声音，男生们像被惹毛的白鹅耸起肩膀走路，也斜着眼看连长，连长装作什么也没看见。

等走了一身汗，连长把队伍拉到井台上，发了五六个吊桶。学生们把桶扔到井里，却打不上水来。桶浮在井水上，不肯扎猛子。班长们上前帮忙，麻利地吊上凉水，兜头洒在浑身热汗的学生仔身子骨上。大家跳着脚喊冷，都咒骂着笑起来。

几乎光着屁股回营，换上老百姓干衣服跟班长们学办内务，主要是学着把领到的绿色军被叠成四四方方一块，到处勾边棱角。干完内务终于一个个穿上了新军装，每人一个尉官的大盖帽，集合拍照。拍完照，大盖帽收回，换训练用普通绿帽子。

气温三十七摄氏度，直射阳光下地面温度足足五十摄氏度。连续三天练正步，风纪扣扣到嗓子眼，抬腿像木偶。连长穿硬头皮鞋，见歪膝盖窝子就踢。秦陡岩和班里其他学生兵一样硬挺，上午练一小时军装就湿透发黑，中午洗了晾出来，一个多小时才半干，接着穿回身站到毒日头下。有人站着站着眼一黑软翻在地，他没事，他还挺爱毒日头。他暗暗想到丁芬芳。

一旦想到丁芬芳，训练就不那么熬人。人跟着节奏走，心飞百里之外，思大城里风月。她怎样？她在干什么？她能没男人陪伴？想到醋意盎然，他自有金蝉脱壳之计，他转而想虹。

怎么比方这事呢？虹是一种痛楚，虹是他不可能接触到的霞光。想念着天上霞光，他切肤的醋意就减轻了。当初借着丁芬芳消减沈桐捅的刀伤，如今又借虹缓和芬芳将留给自己的巨大空虚……他苦笑着，心里夸奖自己：真是个好死不如赖活着的好汉，咬咬牙，啥都能挨过去！

秦陡岩观察连长王平，王平参加过对越自卫反击战，是战争英雄。人样子不错，长这么高大能在弹雨里活下来，简直让人怀疑他躲在什么地方不冲锋。反正他所属那连死剩下三个，谁能证明谁？王平对学生兵算客客气气，除了第一天练正步用军官皮鞋踢人，其他时候都静静站边上看着，不说话。

下午休整，大家洗澡洗衣服，秦陡岩照着王平直走过去：“报告连长。”

王平愣了一下，秦陡岩自报姓名，敬礼说：“我是历来遵守纪律的好学生。我要求特别待遇。”

王平哈哈笑了一下，像没听懂秦陡岩的理由，他从军官制服掏出一包红牡丹，往嘴里叼了一根，没让秦陡岩，啪一声打着火：“你要啥特别待遇？说说。”

“不是训练，军事训练我水里来火里去，跟大家一样。”秦陡岩挺起鼻梁，“我女朋友也在杨湾军训，我好几天没见她了。”

王平吐出长长的烟雾，看了他一眼。秦陡岩大大方方看王平，仿佛自己提了个合理化建议。王平跟着烟雾吐出几个字：“看你表现！”

看表现？秦陡岩一时间没听懂，傻站在那里，风吹过他前额，他的抬头纹让他看上去有点悲伤。王平叹口气，放低声音：“你写个信，我让通信员给你送。”

这下子弄巧成拙，秦陡岩吃晚饭，等晚集合，打扫内务，乘凉聊天，吹过熄灯号，大家钻进蚊帐，立马鼾声四起。他打亮手电，趴在军被上给虹写本来没准备写的信：

你好，老同学：

看来命运特别会捉弄人啊，为着别人干冒犯校规的事，你和我这两个乖乖上课的也陪着失去了圆舞浜的暑假。不过，我实现了小时候的当兵梦。你大概吃苦了？

你好吗？生活上习惯吗？有没有缺少什么东西，我们这些男生可以一起帮女生的忙。

眼前还都是中学里上课的记忆，你就坐在我后面。有时候你安静得让人害怕，好像我背后没有人。我不是骂你鬼，哈哈，我只是……只是写到这儿忽然有些伤感，日子怎么过得如此之快，我们遇到了很多很多事。本来像出门远足，一跑却跑到天边回不了家……

看来我们的连长对我不错，愿意让他勤务兵帮我送信给你。请你保守秘密，如果托他带信人多了，我就没法再给你写信。

我来无锡之前听说潘老师一切顺利，无须担心。我想，你也希望听到他的平安消息吧。

陡岩

1987年7月23日

秦陡岩写完给虹的信，翻来覆去不能入睡。蚊帐里闷热得透不过气，他实在无法遵命睡觉，悄悄溜出营房。几盏路灯照不到的广大地方夏虫唧唧，伸手不见五指。一只小孩手掌大的松褐天牛发出直升机飞行的振翅声从灯影里飞来，他一拳揍得天牛落在地下，一脚踏成肉泥。他晓得自己写信言不由衷，他妒火中烧，虽不诅咒潘海礁，却恨不得他远走他乡，从校园里消失。

官兵们和大学生们都沉入了梦乡，黑幕中有此起彼伏的鼾声。秦陡岩借着星光摸向连部，他白天见到连部有一个台球室，没门锁，用一把环形锁绕着门把手。

他掰开台球室的门，细瘦身体试着挤进门缝，鼻子里灌进一股霉味。他进了室内，打开日光灯，把厚厚剪绒门帘和窗帘拉紧，不让灯火透出去。台球桌像一片小草坪，他拿出三角形的木球格，把红黄蓝绿的圆球定好，桌下掏出击球木杆，专心致志练起击球来。

夜的深处他打得五颜六色四处滚动，夜的寂静令人心慌，大黑蟑螂在布满灰尘的粉墙上突突地挺进，秦陡岩感到时间被击球杆打得碎裂，如饼干屑洒落地上。他想起丁芬芳，她和他总在夜的深处互相抚慰，但眼前的夜里她夜蛾般飞走了，以前他觉得自己和丁芬芳之间缺乏爱情不在乎结局，现在突然哀从中来：他谁也没留住，恐怕连她也失去了。

青春是巨大的广场，他站在广场中央，眼巴巴看着他舍不得的人朝各个方向走远。

他伸出手，击球杆打着了天花板。他扔掉击球杆：离他最近的是虹。虹只在三座小山的那边。他想象自己擅离军营，翻越黑黢黢的丘陵去见虹。他想自己会被虹的连队扣留，交给团部“军法从事”，所有人都将谈论他的痴心和浪漫，只除了虹。虹想念着潘海礁，只会笑话他的拙劣演出。

一个人呆板地练着击球，天露出了鱼肚白，那是一种孕育希望的灰色。秦陡岩收拾好屋子，照样潜出台球房，在竹林里撒了一大泡尿，听见有脚步声过来。躲进竹荫，他往路上看了一眼，正看见王平拉着一个女青年朝驻地外走，王连长警惕地看了看四周。那女生年纪二十多岁，穿着白色T恤和鹅黄色超短裙，背个鲜红的包，腻笑着，一看就是当地人。

几天之后，穿墨绿制服的邮递员给潘海礁送邮件，送来秦陡岩的军营来信。潘海礁随意浏览秦陡岩对军营生活的描绘，手捋家里老猫厚毛宽背。他读到信的末尾才放开猫双手捧住了信纸：

有件事我想还是有责任报告你：在我告别实习报社的时候，婷婷老师看上去很不愉快，人也瘦了憔悴了。那个曾经被你打的中年人现在躲开她远远的，但并不是没有人接近她。我看见报社的一个副总编辑天天都拖着婷婷老师打桥牌。这人年纪很大，我看见他，始终觉得不舒服……我没有资格关心婷婷老师，但我衷心希望她快乐，希望她的生活环境带给她笑容，那种我在老师你家里见过的婷婷老师特有的迷人笑容……

潘海礁没同父母解释什么。父亲和母亲从不主动来过问他的个人事务，他比父亲长得更有男子气概，父母似乎对他把控自己生活的能力有稳恒的信心。潘海礁也没什么可解释，除了学校告诉他下学期排不出他的课，生活也没发生任何实质性变化：除了课费这一块没了，他仍享有教职并领取基本工资。可不能断言这是什么报复，必须谨慎下结论，从前不是没出现过个别教师无课可上的情况。

不过潘海礁认为自己不是傻瓜：他妈的这就是报复。报复是可耻的，针对的是他的正当行为。暑假过去他将没课可讲，有一种从未对付过的空白横亘眼前。

现在没有聚会了，以前聚会过的那些人一个个变得神经兮兮，对聚会本身讳莫如深。生活本来不满，现在更空虚。他渐渐起床很晚，起来就吃午饭，吃完午饭捋着自己的猫，不知道一天里还有什么可做。

很久没见的老四找他喝酒，潘海礁喜出望外。老四是个无业游民，如今仿佛可以当潘海礁过日子的师傅了。

老四听说了潘海礁那些他自己不想说的事，尽管传言比事实更邪乎，大体也就是那么回事。潘海礁听老四讲传言，不想补充不想纠正，贪自己的杯。总算不再是一个人喝，一个人喝，叫喝闷酒。

老四扯下两只红烧老鹅腿，递一只给潘海礁，自己牙撕一只："礁礁，发啥娘的愁？这是好事！大好事！你这条大汉娘里娘气在学校里教什么课？你属于江湖，江湖属于你！你晓得？我们认识的明白人，人人都在闯深圳，我们俩也去吧？那个地方只需要聪明人，什么档案材料都无所谓。听说老黑他们已经挣了大钱，就他那点水平！嘿！"

潘海礁吃鹅腿，喝剑南春，脸上疙瘩红红地亮，眼里透出精光："老四，我是想去闯天下，这屌城里闷得慌。不过你得等等我，我有些事要处理好才能动身。"

老四举杯，喉头连滚："我嘛，老娘交给阿妹，手里那些女人统统放生！到深圳重新做人、从头开始！"

喝过酒，同老四拍肩膀告别，潘海礁打嗝走夜路，通身发出汗来。要从圆舞浜走到甘婷婷宿舍楼实在远，不是个醉汉还下不了走这般长路的决心。潘海礁像走景阳冈的武松，不但个头轩昂眉眼浓大，气势也像拿着哨棒。他走过武宁路桥，横走竖穿奔中山公园，踉踉跄跄跑到静安寺，酒醒了大半。水果摊上他要三片西瓜，淋淋漓漓灌下喉咙，拔腿又走，走得离淮海路近了，放慢步子看手表，找个公共厕所，洗了洗自己脸手。

潘海礁走到甘婷婷楼下正是晚上九点半，他仰头看甘婷婷房间窗户，灯全然暗着，窗户上只有街头霓虹的反光。这条街是条静街，行人稀少，车辆少行。潘海礁找块条石坐下来，走路一身透汗，心里凉下来，倒也亮堂了。他想着老四说的“闯深圳”，脑子豁然开朗。

婷婷和虹突然都离他远了好几步，他想到她们，她们却靠不近来。男人大丈夫，不比武松，至少也得是豹子头林冲。老四说把他女人都“放生”，潘海礁听见这个说法当时笑了笑，老四就这层次，说这层次的话。潘海礁下意识摸了摸自己头颅，照道理已经不该半夜三更来找婷婷。他想到虹出发前那一夜，那一夜改变了他和她俩的固有坐标。虹是那么个忠诚温婉的女人，她奉献的第一次让潘海礁首次想到一个陌生的东西“责任”，给他留下既珍贵又不自由的感觉。

一辆黑色轿车打着大光灯拐进这条静路。潘海礁抬起头，吃力地逆光看过去。他看见婷婷从后车门下来，一个花白头发的男子跟着下车。司机把车暂泊在路边，送婷婷的男子伸手虚虚搭在婷婷腰肢上，几步路到了宿舍楼下。男子说了句什么，婷婷笑了。那人转身上车，车慢慢驶离，婷婷站着看那车驶远……她看见路边站起潘海礁，潘海礁绷着脸走过来。

“你？”婷婷叹了一口气，沙哑的声音落在静夜里，“你喝了酒？”

潘海礁点点头，他把两只大手更深地插进裤子口袋，收拢肩膀，让自己变得比实际低调：“我喝了酒，闷酒。”

婷婷迟疑了一番，低低说：“上去喝点热茶吧？”

“不上去了。”潘海礁突兀地打断她，“我来看看你有没有要帮忙的。刚才那个人是谁？是那个找你打桥牌的？”

婷婷愣了一愣，冷笑起来：“你信息倒灵通！远远看着我吗？《1984》里当大哥的？”

“不是。”潘海礁摆摆手，有些瑟缩，“我来同你告别。我想去深圳。”

“深圳？”婷婷沙哑的嗓子越发沙哑，“闹了一场，一走了之？你那个女学生怎么办？”

“甘婷婷，”潘海礁咳一声，“你知道吗？我上次揍那个家伙的时候我知道闯祸了。我揍他没什么，但我一拳揍下去，我知道坏了事。我不了解你，这是我的真相。我不是故意要远开你，我现在弄明白了，你不会喜欢我这种不成熟的人，我、我只是长得更像个男人而已……”

“你说些什么醉话？潘海礁……”

“甘婷婷，反正我今晚喝多了，说了就说了，说完我就走。我想问问你，世界上有老谋深算的小伙子吗？你等不及小伙子有城府，你就只好和老浜瓜一起玩桥牌。这世界就这么不尽如人意。我知道我徒有其表，我为自己感到羞耻，所以，你早就该料到了，我明白了不配来你这里。我不想害你，你知道我会把这些绕着你哼哼的老公猫一只只砸死，但若你喜欢有他们，我是砸不完的，我不想把自己送进提篮桥。”潘海礁说完了蹲在地上，抱住了自己脑袋。

甘婷婷环顾四周，她转回脸对蹲着的大个子说：“你先回去醒醒酒吧，我们改天再说。”转身她往楼里走，走几步，回过头又看着潘海礁。

潘海礁从地上站起来，抖擞自己。甘婷婷看着他，纹丝不动。潘海礁眼泪从眼眶里淌下来，在夜灯光里闪烁微微亮色。甘婷婷慢慢转过身去，隐没在楼道的暗影里。过一阵子之后，她房间的灯亮了。潘海礁对着那夜灯光最后看了看，拔腿飞奔淮海路……

丁芬芳美美地睡了一觉，这是秦陡岩去军训之后她开始进入新生活的第一步。

阿爸唤她回家去吃饭已经好几次，她当时都提不起兴致，秦陡岩在夜的床榻上仿佛成了她的锚，她不由自主绕着他的作息转。她感叹自己是女人中女人，女人如蒲柳，总是自然地委身于男人。经历过男人的女人反而更如此，她不挑，她知道一段时间里她能委身的只是一个男人。她欣赏陡岩年轻性感，欣赏他颇有才情，也舒服他和自己服同样的水土。他的幽默出自大城腔调，她能笑起来痴狂。他一离开，仿佛屋子里拿走了绿色植物，一下子空落落。但丁芬芳发现自己并不沮丧，她觉得他本就是暂时放放的绿色植物，这个空间既不是他的也不是她自己的，这是旅舍，是驿站，她感到自己要动了。

睡醒了到协会去点卯，房间里尽是那些个老太太身上涩涩的气味。丁芬芳害怕同她们一起待久了，苍老会像青苔般顺着黄浦江漂来的水汽往她身上爬。她在这里混日子哪天是个头呢？

提早离开办公室，找个借口到江边透口气。大堤上全是国内游客，大呼小叫地留影，高兴得很。丁芬芳本来一直鄙视大惊小怪的外来人，这天却托着腮坐在长椅上看了他们好久，她明白这些人不容易，到黄浦江边是开眼界的。自己要离开黄浦江吗？像波龙说的那般远走高飞？

晚上回父母家吃饭，小玫也正好回家，一家四口团团圆圆。姆妈开上四菜一汤：酱麻油拌海蜇头、红辣椒臭豆腐、蒸东海带鱼、清炒鸡毛菜、虾米冬瓜汤。

阿爸拿出五粮液，芬芳兴致好，陪他喝两盅。小玫脸颊粉红粉红，眼珠子亮晶晶，不太说话，心情好得不得了。芬芳喝了两盅酒，指着小玫笑："肯定谈上男朋友了，没错的！"姆妈顺她手指看小玫，小玫撒娇："不关你们的事。"

芬芳拍拍阿爸肩膀："老头，多喝两盅，现在只剩我一个嫁不出去了。"

话音才落，还没等大家笑，小玫哼一声："作怪！你才不缺男人呢！别以为别人都不知道。"

姆妈顺着小玫话音回脸来看芬芳，姆妈的眼神一半考校一半似乎在责怪。丁芬芳噎了一下，又端起酒杯喝一口，想着怎么回答。是不是谁看见秦陡岩出入呢？她正不知道如何是好，阿爸解了她围："你的户口问题老爸帮你搞定。"

"啊？"她喜出望外，大喊一声，把其他顿时都忘了，"搞定了？"

"别急，快了。"阿爸得意地笑笑，脸上喝红了，"我下周带队去你学校那地方交流，我已经托我们老总和对方兄弟单位老总打过招呼了，由他们去协调学校。这里协会答应正式聘用你，户口应该可以回来。"

姆妈举起酒杯："双喜临门，都要喝一口！"

小玫对着她眨眼睛，好像还憋着坏没说出口。

心一宽，丁芬芳暂时把波龙那些刺激人的话忘了，天天开开心心往返圆舞浜和外滩。这天从外滩回圆舞浜，稍稍晚了点，正赶上下班高峰，公交车挤得很。夏天车里又没空调又没电风扇，每个人都汗湿衣衫。一个胖女人整条胳膊都是腻腻油汗，猛一下贴在她手臂上，简直给她沾了一手臂黏液，她不由得喊起来："哎呀，这什么呀？沾人一身！"胖女人凛然扭头看她："金贵啥哟？都是挤公交的命。这是汗，汗水没见过呀？你不靠流汗干活？过日子靠啥？"

丁芬芳听出胖女人话里憋着坏，旁边的男人们都在暗笑，她一指头指定了胖女人："你什么意思？沾我一摊臭汗不道歉，还阴阳怪气？"

"你个臭娘逼！"胖女人一翻脸，推开身边两个人，拿起她自己的破包就朝她脸上砸，一边砸一边骂。丁芬芳挨了胖女人两下砸，眼前冒金星，拉着公交车立杆捂住了眼睛……两个大姐隔开了架，扶她下车，让她在车站长椅上坐下。她出了身虚汗，脸都灰了。一口气憋住了……

她走到附近公用电话亭，想了又想，没人可打电话，她把电话打给了波龙。

六

朝阳似火，朝霞在山峦上燃烧。

秦陡岩随连队急行军拉练，背上背着扎得整整齐齐的军被，军被上横搁钢枪，军用水壶挎腰里，军用皮带把上衣扎得紧紧，很有兵士样子。

汗水早湿透了军衣，连长允许大家解开风纪扣，连队简直在无锡郊外公路上一路狂走。大学生已经在几周之内变得精干和灵活，看起来有点部队要的模样了。王平走着走着摆开胳膊，起个调子："唱！'抗战烽火燃，我连上战场……'"

嘹亮粗豪的男声齐唱，声震乡野。

唱罢连歌，才歇了歇嗓子，二排长又来挥手臂：“预备：好钢要经烈火烧，烈火烧；响鼓还要重锤敲，重锤敲！……”

秦陡岩仰起脸，随着大伙儿一起吼：“枪法虽准还要练哪，杀敌本领要好上加好，好上加好！”

一口气跑了二十公里，回到连部人人望着食堂。放包架枪，重新站队向右看齐，拿上小板凳，成两列纵队向食堂前进。连长王平站在食堂门口看学生兵，大喊一声：“立正，稍息，放小板凳！”

学生兵坐到了低矮小板凳上，王平居高临下：“听好了，军长要来召开大学生兵军人大会。你们把队走好，把歌唱响，不要丢我脸，我的脸丢不起！”

谁也没把军长放心上，军长是王平的军长。军训眼看就要结束了，快熬到头啦。

班长们和值日兵一起端来了早餐，以八个人一班的建制围坐而食：一锅白粥，一锅绿豆粥，一锅白面馒头，一盘咸菜，一盘对切开的咸鸭蛋。秦陡岩看看大家脸色，猛站起来喊一声：“报告连长！”

王平转身看过来：“说！”

“连长，天天没肉吃！”秦陡岩瞪着王平。

王平不回答，回瞪着他。秦陡岩看看拿起馒头笑的同学，放低声音："没肉吃，军长来了唱不响歌！"

地上滚一阵哄笑，学生兵喊："一个月没见过女人，两星期没见猪肉了！"

王平沉默着看大家；班长周建华跑过来揍喊报告的秦陡岩瘦肩膀："屌孩子，就你毛病多！"

王平大吼一声："炊事班长听着，把连队养的那群老鹅宰了！"

虹接到了潘海礁来信，她心里快乐，把信藏起来，准备下午休息时分去河边芦苇荡子里看。那块儿芦苇有两米多高，密密的，遮住里面小空间像私密的书房，只有小野鸭子出没。

这些天来虹有些不安，她的不安与她的幸福有关。军训是一次放逐，来得正好，偷吃禁果的女人本就要被逐出伊甸园。不过，她对潘海礁比以前更有把握了，她本来是安全感强大的人，不怎么忧虑，如今更像吃了一枚定心丸，好像不善言辞的潘海礁通过亲热向她诉说了他的爱恋和誓言。他是长得多么英雄的一个男人呀，他做的事不正好证明了他敢作敢为勇于担当吗？这样的男人有什么可担心的，只是短短分离，过了暑假就又见面了。

可是她发现自己月事推迟了，这是不是尝了禁果的反应？她不懂也绝不会问，但她开始盼着月事，每拖一天她的疑惑就增强一天，但她还不能想到另一种可能的结果。

下午操练之后，每天有两个小时午睡休息时间。带兵的班排长都是男的，通常不进入女兵营房，所以女兵午休自由度高，没班排长在场。虹匆匆洗漱一下，摸出信，款款走到芦苇荡子去。

潘海礁的信文是这么写的：

虹，你好：

军训的生活还好吗？你那么白，肯定晒黑了。但这也是宝贵的经验，我们都没有这种机会。但愿你适应和喜欢军营里短暂的训练。

我很想念你，真的。和你在一起，你很安静，可能不觉得什么，可是你一不在，我就诸事不顺，缺少了很多理所当然的方便。你看，你是不可缺少的。

…………

信文看到这里，虹粉脸微赤，笑容荡漾在脸颊，鼻翼上的淡色雀斑都红了，她很快乐；潘海礁还是第一次这么直接说想念她，说她不可缺少，似乎还肯定了她对他生活工作的帮助与贡献。

我的教职看来受到了这次大闹校长室的影响，暑假之后我的课统统被学校取消了。但是你不要为我担心，上帝关上门，总会为我打开一扇窗。我的朋友们已经为我考虑好了出路，我准备从学校辞职，去深圳闯一闯。

…………

虹吃了一惊，笑容倏然从脸上消失。一个大学教师从学校辞职去深圳？这是什么意思？所有人听见都会大吃一惊的。用白话文讲这就是发配充军呀！人家没发配你，你自己要发配自己？虹习惯了太太平平的生活，没任何心思出门，连旅行都不曾考虑，更何况要跟着潘海礁去南边的小渔村？

她这时候恍然猜到了潘海礁的暗示，她脸唰地白了，抓住信纸往下读：

深圳是一张白纸，但这张白纸是老人家给的，分量不一样。有人告诉我，要不了多少年，这个小渔村就会发展成中国最最现代化的大城市。这里没条条框框，只要你有热情有干劲就能分到自己那一份明天，简直让我想起当年美国西部跑马圈地的故事，太激动我心了。

我明天就和老四一起去深圳看一看，月底前能回来。如果一切顺利，我就办理离职手续，和大学告别，去拥抱我自己的人生。的确，大学虽好，不是我久恋之家。我想离开这圈子已经想了很多年了。

我们刚刚开始，我同你说实话，我特别不愿意把你这样的好女生拖入我一片混乱和混沌的个人生活，我希望你仔细反思和考虑我俩的关系。不要冲动，要想得全面和长远。你曾经说过我“热血沸腾一点就爆”，我的性格和血型大概就是如此塑造了我，最近我看自己都很沮丧，实在没信心像个成熟的人那样给你力量和承诺。当然，说这些我觉得自己都没有资格。

虽然“好男儿志在四方”，以前我很醉心这句话，如今，真到了这一步，我感到很悲伤，是的，没有经验过的悲伤。我梦见了你，在梦里，我向着你，想抓住你的手，可是，还没抓紧你，我就悲伤得醒来了……

明天出发，我们上海见。见面再谈！

海礁 亲笔

1987年8月28日

虹从芦苇荡子里出来，她感到浑身发热，风吹在脸上像隔着一层厚布，周围的声音传过来的速度减慢了。她坐在自己床位上，浑身骨头散了架似的酸疼，她疼得流出了眼泪。

大家都以为她中了暑气，那个看上去很喜欢虹的带兵班长急得飞车骑出去把团部的医生驮了一个来。不过，医生认为她无恙，可能只是累了。

一支支学生兵连队排成肩并肩的两路纵队，高唱连歌，彼此吼叫着压住别连的歌声，脚用力蹬踏，扬起土路上黄色灰尘，每个人脸都蒙了一层脏粉。男生们很开心，他们喜欢这种场面，他们要走到团部军人礼堂听军长演讲。

秦陡岩走在连队的最后一排，和一个与他同高的印尼华人学生一起走。他比那黑乎乎的印尼华人早听见女生的声音，或者可以说，他的鼻子比他耳朵更早发现情况：空气里漾起一股气味，这气味无法描绘，反正他一闻见就伸长了头颈四处观望，好像马驹闻见了春天。

女生连队乘坐军车开进团部，她们穿着崭新的军装，齐耳短发两边晃荡，矜持地从车上看着列队前进的男生们。有的男生向女生挥手，传来带兵班长的叱责；有的男生打起了呼哨，这呼哨声能传远，叫军长听见可不得了。连排长登时紧张起来，一个排长兜头给个打呼哨的来了个头拓，打得呼哨哑了。秦陡岩尽力瞭望军车，想看见虹。

“预备，唱：日落西山红霞飞，战士打靶把营归把营归……”二排长一挥手，二排开唱了，女生兵当听众，唱的人可肯下力气，一片粗声大气；“预备，唱：好钢要经烈火烧烈火烧……”这边三排也不甘示弱，插进二排节奏眼里开唱，唱得二排差点走音，传来军车上女生的笑声，银铃似的，叫人爱也爱不过来。三排得了意，把连歌唱得比《国际歌》还雄。

团部军人礼堂是一栋水泥建筑，门口有个人字形楼梯，女生从左边上，男生从右边上，到了平台上，男女生对看一眼。常常是女生大大方方，男生忸忸怩怩。秦陡岩故作严肃，对面看去，不是虹那一个系的队伍。右转往礼堂里进，他瞄着左边留给女生兵的排排座位，看身高一般就能找到虹，她比别人高出一个头的。可是他怎么找也没找到她。

所有军训学生坐下，把军人礼堂坐了个满满登登。中间一条甬道，左边女兵右边男兵，人数对等。营长和团长先进来看各自负责的军训学生，笑眯眯点头。连长们和班排长都立正站着，像仪仗兵似的。他看连排长笑话，看他们此刻如何毕恭毕敬，却见王平松松垮垮地靠着墙，黑皮鞋在地板上摩来摩去，很放松，一副得宠模样。

军长从右边边门走进礼堂，矮矮胖胖的个子浑身没有肌肉，走进来的模样简直像个地方文官。不过他的大檐帽很神气，身上的制服有星星，颜色也不绿了，变成褐色，看起来很高级。军长走到讲台前，一个立正，向左转，对着满是学生兵的礼堂敬了个礼，顺手摘下大檐帽，放在讲台上。

军长一开口，秦陡岩周围的人就轻轻地叹气，他微微笑了：在大学里大家对待来开讲座的学者教授可没这么客气，谁像军长这般讲官话，早嘘声一片了。不过，这里是军营。

军长说着说着，见学生兵鸦雀无声，个个正襟危坐，同平时招来的新兵也没啥两样。他讲话的声色就放开了：

“部队不是学校，军训不是办舞会。现在的大学生，无组织无纪律，自由散漫，糟糕得很。在我们具有悠久历史的部队……”

“嘘——”

仿如一阵阴柔风吹，礼堂里飘过一阵似是而非的声音。这声音让全部男生汗毛一竖，觉得犯上作乱。仔细听，那声音又湮灭了，是不是听错？军长听声音的节律和大众一致，他也觉得可能听错了，于是忙不迭回到自己的停顿上来接续下去：“在我们部队，纪律必须绝对服从，军人的天职就是服从……”

“嘘——”

这次阴柔的微风被有准备的耳朵捕捉到了，这声大逆不道的嘘声发自女生营。男生们面面相觑，笑着望向女生一侧。

“怎么回事？”军长声色俱厉，他肯定从没遇到过这种不可思议的事情。他愤怒地望着女生兵，不知道该向谁开火。

“军人必须服从，因为……”

“嘘——”

执拗的第三次嘘声，纯女性化的闹场。所有连排长全是男人，此刻个个涨红了脸，坐下了的也站起来，对着军长立正。

“带兵的连长在哪里？”军长抓起自己的大檐帽，猛地敲讲台，“给我把人找出来！”

男生愣了愣，狐疑地看看女兵连队的连长们，那些大不了几岁的年轻男子尴尬无比、不情不愿转身去看那些军服焕然的女大学生。军长伸出手臂，指向他认为发出嘘声的角落。

一定就在那个时候，女生兵呼啦一下全部站立起来，如同一阵暴风来不及起于青蘋之末，哗啦哗啦洒着雨点子就来了。所有女生齐声嘘向军长，带着无比的女人的轻蔑，向着脑满肠肥连本色军人都不像的糟老头子吐出带唾沫丝丝的声音：“嘘——”

男生羞惭了一秒钟，立刻加入这过山野火般的嘘声。加大的肺活量让集聚的声音如低沉的浪涛滚出军人礼堂，响彻位于太湖之滨的团部大院。军人们竖起了耳朵，他们从没听见过如此桀骜不驯和充满居高临下轻蔑感的不齿声。

军长浑身发抖，大喊大叫：“带兵的连长给我站出来！”

连长们如草地里绿色的大蚂蚱，蹦出来排成一条直线。个个涨红了脸，有的戴上帽子，有的光着脑袋。

“给我带回去整顿！”军长把自己的大檐帽往腋下一夹，左转，几步路就跑出了礼堂，跳上黑轿车，一溜烟走了。

“闯他妈的大祸了！”王平对着秦陡岩和周围一堆男生兵说，“你们这些屌孩子，娘的……”

学生们欢呼起来，把军帽抛向天空，男生兵跑向女生兵，找自己系的同学：“哎呀，好久不见！”

他急忙到处去找虹，他找到了虹的连队，他不认识那连长，也没看见虹。他迟疑地碰碰虹连队连长的手背：“连长好，我找……”

那连长听见他说话，厌恶地瞪了他一眼，转身给他一个背。

他正尴尬，一个女生看着他笑："你找虹吗？她今天没来。她病了，在团部医院呢！"

波龙在许多年后曾对丁芬芳说："那天是你的转折点，我把你从马路边捡起来，送进医院。你医治了你自己，走上了正确的道路。"

丁芬芳坐在车站的长椅上，头晕得一阵一阵出虚汗，被胖女人用包砸到的头顶起了一个小小的硬包。更让她泄气的是，她手腕上戴着的女表不见了，这表是她最近一次生日秦陡岩送给她的礼物。一定是胖女人乘她被砸晕，从她手腕子上抹了去的。丁芬芳忽然惊觉这件事不单单是突发事件，那胖女人说不定针对她设了一个局：很可能那奇怪的汗水是故意抹在她手臂上，为引发她的抱怨，然后以争吵的方式掳走她的财物。一想到财物，她眼前又一阵黑，下车到现在她都处在前所未有的沮丧和晕眩里，她的黑皮包也杳然无踪了！那两个扶她下车的大姐？！

波龙的车停在马路边，波龙从驾驶室跳出来，奇怪地歪着脑袋端详丁芬芳，然后他很郑重地问："想不想呕吐？"

他送她到第六医院做了全面的脑部检查，并且让他手下人赶来帮她去报案。波龙很会照顾人，比跑去军训的那个大男孩对她有益得多。波龙让她躺在观察室，对她微微点着头，并不开口打扰她，不时让她喝几口他赶去买来的牛奶。

丁芬芳委顿到极点，像一朵玫瑰被人揉碎了撒在那病床上。

她闭着眼睛的时候觉得这世界发生了某种变化，就像你看着看着群山，忽然看见山体崩裂，大地震把巨石向你砸来。她看见这世界的恶意向她涌来，恶意本是存在的，从前没对准她，现在来了。

她觉得医院的救护和用药发生了作用，她舒服一点了，不再像一把通电的电烙铁浑身发烫抽紧。但她丢失了皮包，皮包里有她一个月的工资和个人证件，这让她感到莫名的难受和痛苦，简直不愿相信这是发生了的事实。

波龙像看穿了她似的说："第一次碰到恶人吧？像我们时常碰到这种事，已经都习惯了，忍一忍就过去，没啥大不了的。"

丁芬芳摇摇头，她觉得这是一道坎，很难跨越过去。她不晓得从小到大那些让她感到被刁难的力量来自哪里，为啥别人不像她体会到那般多？她现在相信那胖女人和那两个大姐是一伙的，她们看准了她来下手的。而她，竟然落进了这些蠢女人的陷阱。

波龙给她削苹果，也给自己削了一个，在她身边吃，吃得津津有味。她好奇地看波龙吃苹果，他像在伊甸园里吃上帝赏给他的好果子。

波龙笑道："我理解你，我没啥奇怪的。这种事人人都会轮到起码一回，早点晚点罢了。"

她无力地问："波龙，如果你下次碰上这种人，你会怎样？"

"我？躲开啰！"波龙满不在乎把果核扔进垃圾袋，"我才不去和这种人纠缠。他走他的独木桥，我还有我自己阳关道呢！"

"不，我要追回我的钱和证件。"她固执地说。

"有很多东西，掉了就掉了。"波龙不以为然，"你是聪明人，知道我的意思。"

丁芬芳把脸伏在手臂上，现在她开始想些抽象的东西：可不可以让时光倒转回去，不让自己上那辆公交车；能不能把好的日子和倒霉的日子编上号，看看到底一个好日子会有多少个倒霉日子来冲抵？

她又想：京城里那个男人现在在干什么？他有没有彻底忘记我？波龙有老婆有孩子，可是空闲得像个没家没女人的，他到底怎么一回事？

波龙像是没话找话："要不要考虑离开这里呢？要知道，到外国去，那里到处是好人，会让一个女孩子过日子过得很愉快。"

她抬起头看波龙，波龙吹吹小水果刀的刀刃："你知道我不是坏人。我可以帮你办，办完了你再谢我不迟。”

她看见医生朝她走来，担心得要死，她担心自己被砸得脑震荡了。医生让她和波龙都看了检验报告：她没事，吊完针可以回家。

王平苦着脸把队伍带回了营房，在解散之前，他跨一步站前来：“说几句！”

他把军便服脱下来，扔给班长周建华拿着，他穿白色的汗背心，像个老百姓：“你们这些屌孩子，真的是不懂事！军长的面子是金子的面子，他这下子丢了老脸，你们的好就好不起来。当然，这是女生先干的，你们只是从犯。吃过午饭，不许睡觉，上山拉练！”

秦陡岩没等吃午饭，就跟着王平，想跟王平央求，让他去团部医院。王平早就看见他跟着，故意不理他，直到他跟到连长宿舍门口，才一边解皮带，一边扭头问他：“想干吗？”

“报告连长，请批准我去团部医院，我女朋友病了。”秦陡岩低声下气。

“哦？知道了。今天不行，今天军长要我们拉练。”王平摆摆手。

“连长，我女朋友病了！”秦陡岩觉得这话够有力量，连长应该能明白。

“你妈病了也不行！这是部队！”王平忽然怒冲冲对着

他，“屌鸡巴小孩！”

秦陡岩气得鼻息如牛，扯着自己军服，想把它脱下来扔掉：“什么屌部队？有没有人性？我女朋友病了！”

周建华跟了来，从背后一把抱住秦陡岩：“回营房，回去！”

秦陡岩发牛脾气推开比他瘦小的班长，凑到王平面前，看清了连长黑黑脸皮和脸颊上的胡髭：“连长，人心都是肉长的，你一大清早送超短裙出营很殷勤哟！”

王平猛地推他一把，人往后一跳，手里皮带啪地打过来，抽在他手臂上，打出一条血痕：“周建华，给我把这屌孩子关禁闭！”

他被周建华推进台球室，班长哄孩子说：“不把你关厕所，不叫你洗茅坑，这叫优待你们秀才！”

秦陡岩看着班长锁紧门，房间里还是那股子霉味。他下意识拉上窗帘和门帘，房间变成暗暗黄昏色调。他在破沙发上躺下，军帽垫着脑袋，两眼发直看天花板。

虹怎么病了呢？住到团部医院，这病能有多严重？他感到心里一阵担忧，又是一阵怜惜。他在昏暗中忽然发现虹与沈桐与丁芬芳都不同，虹其实是个不知道发嗲的老实人，虹总是默默承受着四周。如果有人欺负虹，那是作孽的，她会像个无声沙袋般接受或重或轻的打击，如果吃不消，她就会受伤，会死下去。她不懂得躲避。

秦陡岩想着虹的这种特点，忽然笑起来，因为他的思绪滑开去，另想起了丁芬芳。芬芳是尤物，是个聪明人，她根本不避讳自己的自私和贪小。她也不尊重很多人假装尊重的原则，她带着游戏态度和他厮混，她说我俩不需要爱情，我俩彼此有需求，这就很好。他明白芬芳的意思，他说："在没有更好旅伴的时候我俩凑合一下，独自旅行简直是犯罪。"她打心眼里赞同他这眼光，她笑着肯定他："我们的关系必定有哲学基础。这是它最浪漫的一点！"

秦陡岩借着微弱光线看那一格子彩球，彩球像不同的女孩聚在一起。如果沈桐是嫩黄色球，丁芬芳必定是鲜红色的，而虹呢？虹是什么色彩？

他想不明白虹的色彩，但他轮流想着三个女生，感到自己的爱情是块三色黄松糕，不肯注定在一色上。

也许，我这种情愫算不得经典的爱情吧？他怀疑自己的爱情早已失落在什么地方，到了需要的时候拿不出手。

这时刻有种离经叛道的思绪划过他黑色的脑海：甘婷婷怎么样？

甘婷婷怎么样关你屁事？他立马警告自己。那是潘老师的前女友，是自己实习老师。

潘海礁忽然之间甩了甘婷婷，和虹黏到一起。这事怪不得潘海礁，他明白是虹先看上了潘老师。甘婷婷会很恨虹吧？她会是什么心态？

甘婷婷怎么样呢？他固执地回到了这个点上。作为男人，一旦懂了人事，必定会把各式各样的女人琢磨一番，他并不责怪自己这一点，他担心自己其他方面呢。

甘婷婷有点林黛玉的意思。他先做了一个判断。

和圆舞浜边丁芬芳相比，甘婷婷没有性感优势，甘婷婷不是让男人一看就想到曲线或胴体的那种姑娘。她体态婀娜，你尽可以借她想象嫦娥或赵飞燕，不能够想到杨贵妃或玛丽莲·梦露……对于他秦陡岩，这林黛玉却总是居高临下的，不但在薛宝钗之上，当然也在玛丽莲·梦露之上，因为林黛玉有内秀。甘婷婷是知识妇女，是个才女，她不靠颜色吃饭，她靠才情。她的才情男人未必能及。

如果没有圆舞浜边的艳遇，他至今怕还是只童子鸡？对于童子鸡，女人是一个整体形象，是彼岸，是理想。谁也不会把处男对女人的认识当成知识讲。他和丁芬芳共度了销魂的时光，他现在成了过来人，成了尝过女色的男人，所以他明白自己可以借着对于女性的初步知识来想想：甘婷婷怎么样？

甘婷婷和他认识的其他女生不一样的。甘婷婷据说从小在苏州河边长大，待人有一种天生的亲切气氛。这番亲切没有来头，好比一只快乐不知道忧患的奶猫跑到你跟前，天真无邪。这亲切既不似来自长辈，也不拘谨如陌生人的好意，它说来就来，也不冒犯你，等你发觉，已到了你私密距离里头，朝你羞羞涩涩打招呼地微笑，正如一个少女偶然逛进了你园子，一低头看见你蹲着锄草，那猝然的一声好。

秦陡岩在潘海礁家里见甘婷婷时，端起功架要喊她“师母”。到了报社实习，潘家那一幕已远生了。甘婷婷一来同他厮见，那番亲切感，他又有新奇总结：她同他讲话是仅限于俩人间的，不可以让第三者旁听。不是暧昧，而是同好似的，怕会得罪第三者，所以不能叫他们听。或者说，她好比和她的一个同谋在细细商量，岂容旁人置耳？

他实习时想到过潘海礁，难怪潘海礁必须到甘婷婷报社门口来打人。

他看见甘婷婷其实和报社里那些男同事都很亲切（女同事则未必），理智点公平点说，应该是报社里老老少少的男人都很受用甘婷婷那天生的亲切。她没任何骚媚的态度，她的行为举止和语言都恪守妇道无懈可击，但她令男人觉得可以快速接近，接近仿佛也没设置“一米线”，那种叫人舒服的温柔、和善的亲切还带上了林黛玉式女人的魅力，尤其叫受中式教育的男人着迷。

秦陡岩身为学生没多去想甘婷婷的女性魅力，却十分陶然于她沙哑的嗓音。甘婷婷天然沙声，沙声带着性格的亲切，仿如西瓜红瓤带上沙粒感，在耳蜗里回旋，在心弦上厮磨……这天下午关在连队桌球室禁闭，他忽然下流：要是和甘婷婷亲热起来，这沙哑的嗓音岂不是天底下最诱人的音乐？他耳朵都红了，整个人蓬然兴奋，心里非常黑色非常流氓，也非常男人……

那些老男人绕着甘婷婷转，好像争着多听听她声音，多感受感受她慷慨的亲切。他理解潘海礁的醋意，也突然理解了其他女人对甘婷婷的友好恐怕是伪装。

关在桌球室里，秦陡岩这般诗意？他竟然花了更多时间琢磨甘婷婷而非思念虹？

他最后得出初步结论：甘婷婷是萨克斯风吹奏的一曲爵士乐。

傍晚时分，连长王平亲自来打开桌球室的门，凛然站在门口，居高临下看着蜷缩在破沙发上的秦陡岩，说："起来，去吃晚饭。吃了饭，搬个藤椅到连长室门口来同我说话！"

七

送学生回校的军车在东综大排成长龙那天晚上，秦陡岩和室友们都待在寝室里，大家满口粗话，热烈回味军营里受到的种种折磨。他们还不便去看望女同学，带了四十多天大学生女兵的军人们此刻正难受着。连他们这些男大学生都不吃醋，旁观女生营的连排长们红着眼眶和各系女生道别。听说个别女生和军官发生了不曾启齿的爱，但那是极少数，身份相隔，不合理智，况且女生大多是城市女生，军官全是农村汉，文化更似崖与沟。部队纪律严明，军官和女大学生隔着岸，在军营里无法亲近。今晚可能是军官们唯一的表达机会。

王平穿一条篮球短裤和汗背心坐在他寝室里，秦陡岩搭着王平肩膀："连长，军官服怎么脱了？你还踢我膝盖不？瞧我不揍你！"

王平不言不语推开他手，军训他妈的彻底结束了，人际关系变了，王平跟个小老百姓似的坐在大学生寝室里。他考不上大学的，他出现在这里是个奇迹。

"带我去你女朋友的寝室楼看看？"王平对他提个要求，"我还没见过女大学生。"

秦陡岩笑了，打开行李，翻出一件短袖衬衣和西式短裤："去女生宿舍你得换身衣服。"

王平和秦陡岩穿越校园，在秦陡岩久违的法国梧桐下走路。秦陡岩心里一动，似乎没多久之前他和项木还陪着沈桐和虹走这条路去参加校园舞会……王平哼了一声："我们没文化，我也想过上大学。"

秦陡岩没接嘴，王连长待大学生不错，年纪也大不了他几岁。今夜在连长的生命里也算一个节日，他马上走进女大学生宿舍，看看他梦里向往的人生会如何布景。

那个关完禁闭的晚上，秦陡岩随连队吃过有老鹅肉的晚饭，王平早早列队，宣布提前结束乘凉时间，命令连队钻帐子睡觉。秦陡岩搬起院子里的藤椅，随王平朝连长宿舍门口走去，听见有人忧心忡忡在背后叹息：老秦要被连长修理啦！

王平拖出自己的藤椅。炊事班长腰里围着围身，腾腾腾跑着送来一大盘切开的红瓤西瓜，放在石椅上。王平指指西瓜：“吃西瓜，咱们俩吹个牛皮。”

一个关禁闭的学生兵奉命陪连长吃瓜吹牛皮？秦陡岩马上嗅到了瓜的香气和王平的好意，他吃了两片西瓜，舒服得浑身水润，问王平：“连长，我能去看看女朋友不？”

王平不置可否：“我参战前在地方上有个女朋友，长得水灵！谈了好几年……”

“那后来呢？”他抄起第三片西瓜。

“后来她爹不同意，让她跟老百姓谈。”王平摇摇头，挥舞大蒲扇，啪一下子，打下一只蝼蛄，地上飞爬。

“妈的！”他代王平骂，“好比破坏军婚呢！可恶！”

“军婚还没有，没结婚他可以反对。”王平叹口气，“我们是兵，要打仗，要死人，我没办法。”

“连长，战场到底怎么个样子？你们连打剩下三个，你这么个个子，怎么子弹长眼睛不打着你？”他笑，把憋着的吐了出来。

“战场？说实话我也快忘了。”王平叹息，“实际上很快。一整个连往上冲锋，耳朵全震聋了，听不见；到处是曳光弹，五花六色的；子弹打光了，手榴弹扔光了，上刺刀等着肉搏，什么人都不见了。等到天亮，后面部队上来收拾，才知道全死了，只剩我们三个有气，那两个挂了彩，就我没事。”

“评了你英雄。”秦陡岩点头，跷起大拇指。

“没死。”王平点头，“战争结束了。”

秦陡岩对西瓜失掉了兴趣，他掉在王平轻描淡写的故事里：“连长，大难不死，必有后福。”

“我一升连长，就跑回镇江去找我女朋友。操，嫁了！”王平惨然说。

“啊？”他感叹。

“当中隔开三年，嫁了是正常的。”王平笑道，“若当初嫁给我，很可能他妈的当了寡妇。我活下来的概率小于百分之三。”

“连长，你不容易。”他动了情感，瞥见王平截然不同的人生。

王平端起西瓜咔嚓咔嚓匀速地啃：“你明天去团部吧，准假单我给周建华了。看见你女朋友，托她帮我介绍个女大学生当老婆。”

秦陡岩笑道：“那有啥不可以？不过，我好奇你见了从前的女朋友，她怎么说？”

王平啐道：“都生了小崽子了，她能说个啥？我该找他老头说理，让他赔我青春损失费！”

秦陡岩和王平嘿嘿笑起来，夜色里飞着无数的灯蛾和金龟子……

团部离男生营不远，以拉练的速度走过去不过半个多小时。秦陡岩没什么可带给虹的：上海带来的几包梨膏糖，军人供销社买的一袋子红糖和一袋子冰糖，路上还斗胆跑到农人家桃树下偷了五个水蜜桃，他兴冲冲进了团部大院，直接找到医院住院部来了。

团部医院住院部只分内科外科。虹住在内科病房二楼，病房里三个都是女大学生，虹的病床靠着门。她靠在大靠垫上，脸色白白地正在看书。看见秦陡岩笑吟吟进来，虹笑了："你来做啥？"

虹把水蜜桃分给病友，那两个女生都看着他笑，看得他挺臊的。他不是虹的男友，他来献什么殷勤？

虹对那两个女生淡淡说了一句，听得他春雷轰顶，差点跌倒。

虹说："这是我男朋友。"

秦陡岩惊疑不定看虹一眼，虹镇定自若回看他一眼，眼神里说着很多话，但他不明白。

他问虹她的病情，虹更淡淡说："就是中暑了吧？身体素质差，昏过去了。"

她请他出去一小会儿，她换了一身白色连衣裙，款款从病房出来："我们可以在团部逛逛，医生同意的。"

虹竟然伸出手握住了他的手，同他手挽手走出了团部医院。他心里七上八下，他觉得自己不傻，可不能信以为真！虹到底演给谁看呢？他摸不透。

虹的手嫩滑又干爽，握着他显出特别稳定，像个打定主意的人的手。她对他淡淡一笑说："你黑了，比白面书生好看。"

他再次恍然只有虹这样的身高才和自己相配，他既不是俯视她，也不是仰看她，他看她，眼神可以如此水平，真是不费力气。她和自己显得如此自然地平等，假如不计人世间其他的抽象标准。

他脱口而出："真想和你去跳国际标准舞。"

虹想了想他的话："你是说和我跳比和你那个小可爱跳更有意思？"

秦陡岩听见虹提到沈桐，心收缩了一下，苦笑："她出国了。"

虹点点头："那么小玫姐姐呢，真好笑，你俩怎么搞到一起的？"她手下用劲，捏了他一下。

秦陡岩觉得自己的脸大概红了，火烧火燎的，头颈也烫。虹没逼问他，有点得意地定睛看着他。他俩在团部大院走，前面是点心店和供销社，他喉结上下滚，终于回答她一句："人要成长没办法。你又不想和我这种同龄的嫩货搞在一起！"

她哑然笑了一下，脸容如花。他还是大不了胆子，但试探道："我不算嫩了吧现在？"

她扔了他手，鼻翼上的雀斑发了粉红，问他："饿不饿？

这里有油条卖。”

居然真有油条卖，和上海街头油条摊一模一样，真叫人馋。秦陡岩笑嘻嘻上去：“我们要两根老油条。”卖油条的拿出两张乳白色油纸，包了油条递给他和她。他问价钱，那人笑道：“是军训的大学生吧？不要钱，送给你们吃。”

他伸手过去握住了虹的手，俩人咬着油条笑盈盈地乱走。他叹息道：“我时来运转了？连长请我吃西瓜，放我出来看你；这里油条摊又送我吃油条。幸福哦！”

虹脸上有了点血色，不再白苍苍，她文静地四处看看：“你牵着我手走东走西？你今天好大胆子！”

王平走到虹的女生宿舍门口有些迟疑和畏怯，他倒了倒脚，问秦陡岩：“我们真进去？”

“不进去你为啥跑来这里？”秦陡岩笑了，学校是他地盘，现在他像在招待和报答王连长，“不过，要让守门的老太婆放我们进去，还得靠你王连长。”

他扯着王平跑到宿舍管理员窗口：“请你放我们进去，这是部队里的连长，他看看女兵就要回驻地去的。”

老阿姨听见是军人，热烈伸出脸来。看见王平规规矩矩穿白衬衣西裤，下面还是带袜子的皮鞋，非常满意：“好的，上去吧。请保持安静。”

王平上楼时开始忸怩。秦陡岩使坏吓王平：“要是你穿着背心和篮球短裤，老阿姨放你进门才怪！”

女生们从楼梯上走廊里走过，使劲看他看王平。秦陡岩现在摆出老资格模样，对女生们笑笑：“男生连的连长看望女生来了，我作陪！”

女生们捂着嘴笑，秦陡岩走到虹宿舍门口，伸手很高兴地敲了两敲。才敲，惊得缩手不迭。

虹捂着脸正在寝室里哭，其他女生都不见，她一个人孤零零哭得伤心。她没听见他敲门，她沉浸在自己悲伤里，什么也听不见，什么也不听。

秦陡岩一个转身，王平比他还机灵，一把拖开他：“我们赶紧走吧！”

“走什么？”秦陡岩听见自己的心脏怦怦跳，“去找我们系的女同学。”他带着王平上了一楼层，好久不见的女同学看见他，都喊他名字，秦陡岩笑道：“带我们连长来看望女生，这是王连长。班长和团支部书记负责接待吧？”

王平同他一起喝着女生泡的茶，女生快活地把打过仗、有名的英雄王连长围起来唠嗑，秦陡岩一闪身，溜了出去。他慢慢走下楼，回到虹寝室门口，探头一看，虹不见了，里面没人。他正在倒脚，肩上被人拍一下，一回头，虹端着脸盆冲他微笑，她刚洗了脸回来。

他装作不知道她伤心，他掏出一枚花生糖给她：“今晚你不回家，住宿舍？要不要到后街上去，我请你吃点心。”

一点点秋意潜入松动的夏夜，晚上还挺凉爽。秦陡岩和虹吹着小风往东综大后门走，谁也不偎着谁。虹才回到学校，肯定还没机会见到潘海礁。潘海礁执意要辞职闯深圳，秦陡岩明白这会是件大事，对于虹来说，不管怎样都不可能好过。秦陡岩觉得自己要够朋友，他现在出现在虹的身边，天意就是要他护卫虹，不要让她吃太多苦头。

虹身上飘来清香，她实在美丽不可方物。秦陡岩叹道："虹，你真漂亮！一米七二，谁来长长看？！"

虹终于笑了："你审美观有问题，你抱住电线杆谈恋爱去吧！"

"你又不是电线杆对吧？有眼睛的人都看得见你漂亮。你否认没用。"他说。

他放眼往街上一望，好巧！吃了一惊：丁芬芳在那里逛呢。身边还有一个年纪比她大好些的男人，滔滔不绝同她说话。

虹也立马看见了，虹笑了："小玫姐姐嘛！天天在这里出没，不是在等你吧？"

团部大院静悄悄的，没有军人走来走去，倒都是老百姓在里头跑。虹和秦陡岩踱步到大院后面半山坡上，那里有棵合抱的大栾树，树下放条长椅。虹赶忙在长椅上坐下；秦陡岩哼《夏日里最后的玫瑰》给她听，虹笑道："留声机虽然走音，这歌是好听的。"

“潘老师来信吗？他好吗？”他问。

虹摇摇头：“不说他好不好？”

他愣了会儿，又说：“不是出了什么事？有人找他麻烦？”

虹咬着手指。秦陡岩看她，看见她眼眶红了，珠串般泪水掉下来，哽咽起来，用手捂住脸。

“怎么了？怎么了？”陡岩慌了手脚，手足无措，“真出事了？被抓起来？”

“没有。”虹摇摇头，掏出手绢擦泪，“学校不让他上课，他跟学校翻脸，决定辞职去深圳了。”

“深圳？”秦陡岩不能相信自己耳朵，“去那鸟不拉屎的地方干吗？大概避避风头吧？”

“不是，”虹又伤心起来，手绢擤着鼻涕，“他要离开家，去那里发展。那里有自由。”

“那你？那你们？”秦陡岩傻傻问道。然后他自己悟到了答案，心里一喜。

虹擦干了眼泪，抬起头看高高的栾树。

秦陡岩看看安静的大院，问她：“你会跟过去吗？”

“他不要我去。”虹答道。

“明白了。”他点点头，“潘老师是个好人。”

她没接嘴，于是他俩开始了长长的沉默。喜鹊和乌鸦穿过这沉默，飞去又飞回。她站起来，他也跟着站起来。

“军训马上就结束了。”秦陡岩说，“回到学校再说吧。”

"告诉你一件事，你可不可以告诉我你的想法？"虹转身问他，她脸色不对。

"你不舒服？我们赶紧回医院去。"他急了。

"我没事。我……那就回医院吧。"虹说。

"你要告诉我什么？"他问道，"你的任何事我都会保密的。"

虹站住脚，一下子转身过来："要是我怀孕了，你说我怎么办？"

"啊？"秦陡岩猝不及防，脚底绊了一下，通身摔倒在树根上。连忙爬起来，手脚都痛，望着虹，"潘、潘海礁？"

虹摇摇头，又点点头："我只是假设，还不知道会不会。"

秦陡岩酸楚里挺起一阵莫名的豪情："你放心，我是你哥们儿。不要害怕，有事我帮你想办法。不是什么大不了的事，天塌不下来！"

虹整个人松弛下来，她看上去变软了，她软下来，他一把拦住她，却发现虹搂住了自己，她比他算矮些，她搂住他，很顺手。

虹说："谢谢你陡岩。"

他笑道："没事。为朋友两肋插刀！你长得高矮正好，搂着我，我俩这模样应该很好看。"

两个人从半山上走下来，回进团部医院去。他们手拖着手，真是一番青梅竹马样子。

告别回营，秦陡岩有点不放心虹。他走走又跑回来，在同病房女生羡慕的眼光里装傻，把虹又拖走廊里去："我再告诉你一次，万事有我。我现在不比过去，我该知道的都知道，该有的朋友也有，你可以放心我。好吧？"

虹微笑，拉着他手："你从前怎么不像现在这般英雄呢？"

"被你看后脑勺多了，看傻了。"他脸上笑着，心里难过。

秦陡岩拉着虹的手往前走，喊了丁芬芳一声。丁芬芳正同波龙在看一家金店的金手镯，回头吃了一惊："喔哟，你回来了？"

她眼里看见高高的虹，看见秦陡岩和虹牵着手。她头回来回去，看看金手镯，又看看虹的手，对波龙笑道："这两个是我妹妹同学，刚刚军训回来。"

波龙正盯着虹看，看得虹不好意思。波龙笑道："这么巧？要不要我请客，大家一起去金水大酒店吃夜宵？"

秦陡岩大大方方回答："我们吃过晚饭了，现在要去商量点要紧事。谢谢，再见。"

丁芬芳哦了一声，挥挥手："那好，再见，再见。波龙，来挑金手镯！"

秦陡岩拉着虹到小西餐厅里坐下喝咖啡，虹眺望远处的小玫姐姐，笑说："你这样会伤她心的。"

秦陡岩啐一口："得了吧！哪里找来个挂金首饰的陪着！"

"你吃醋了。"虹说。

点好了咖啡，虹还要一份奶油蛋糕。他问："你没事吧？"

虹沉默着，咖啡送上来，她用小匙子搅着，低头看黑的波纹。

“你……”

“我没事。”虹打断他，“我明天不在学校。”

“我也回家。”他点头，“我这几天都在圆舞浜父母家里，离你不过几步路。你随时打我家传呼电话，我哪里也不去，专心等你电话。”

她笑了，握住他手：“你真够朋友。别这么紧张，我没事的。我总能找到你，你放心办自己事情。”

“那我每天傍晚给你家打个传呼电话。”他沉思着说，“不要忘了我是你男朋友，男的朋友。你要讲义气，凡事不要甩开我。”

虹眼眶红了，一边还笑：“有些人看着是小孩，见风就长大了；有些人看着男子汉，实际上根本长不大。”

她抬起脸，拼命推他。他转过头去，门外小马路上那个男人和丁芬芳一起站着，芬芳招手要他出去。

秦陡岩把虹留在座位上，走出小西餐厅，朝丁芬芳一笑。

丁芬芳沉着脸：“到我那儿去一次！”不等他回答，拉起波龙的胳膊扭头就走；波龙笑着朝秦陡岩挥手，好像挺过意不去的样子。

秦陡岩走回虹身边，坐下来：“如果你想谈，跟我谈谈潘海礁好了。”

丁芬芳无可奈何转头回来同波龙讨论金手镯子那时候开始愤怒。

这又是哪一出呢？她怎么总处在被人不当回事的地步？这小子天天上她的床，想怎么着就怎么着，跑出去鬼混一个假期，回来二话没说就泡小玫同学去了？这是拿她当什么？

波龙这些天看见有点门道，天天死皮赖脸往她跟前钻，挥金如土买东西送她。她可没让波龙得逞。她要的不是这些小恩小惠，何况波龙是有妇之夫。

只是新恨旧仇像碰到磁铁的铁钉子，拉拉杂杂给拖吊起来。她前些天被天杀的胖女人打了，还给抢劫了财物去，心里透心凉。这世界谁都觊觎着自己，要打自己主意。为这个，连波龙她都没来由地暗暗恼恨：他不明摆着也是个打猎的，想用他那杆枪来猎取她吗？自称好人在她这边没用，她自己会判断，能判断。她要不是倒过来觉得波龙是个好猎物，她才不和他周旋呢。今天猛一下碰到校园里跑出来的秦陡岩，也不知道啥时候回上海的，没同她打一声招呼，她这么随便，想扔就扔？

想到心酸处，丁芬芳坐在波龙副驾驶座上淌出来两行热泪，又羞又耻。波龙不动声色递过一张面巾纸，接着又来一张："伤心啥呢？为那个小男生？他那么年幼无知，跟他计较什么？"

她怒道："波龙，关你什么屁事？老娘想伤心就伤心，你少放屁。”

“好好，好！”波龙摆摆手，继续慢慢开车，“送你回家？还是找个地方继续玩？”

她摇摇头：“我不回家。”

波龙扭头过来细细看她，看完了，叹口气：“那么去市区找个俱乐部喝酒吧？”

波龙熟悉这大城里所有的夜总会，无论高档的还是低俗不堪的，他都知道。丁芬芳拍拍波龙肩膀：“我不要去冷冰冰的高雅地方，你带我去低级的、不要脸的那种地方，让我也开开眼，我想堕落！”

波龙摇头：“我可不能辱没你。你别一副没人疼的样子。这个我是过来人，凡事忍一忍终归会过去，做人还是要往上流走。听我的没错。”

他开车进了和平饭店停车库，电梯上来，到望江平台上落座，要法国红酒。

丁芬芳望见黄浦江上的轮船，挂着红黄的灯盏，洋洋洒洒驶过去。白天在协会也望得见黄浦江，只这夜里江景不同。置身堂皇的高级酒吧，喝上温煦有力的葡萄美酒，一股劲力储在心尖尖上，自怜可以，自怜之中又似乎萌生新芽，希望的嫩叶颤巍巍伸展。

“波龙，我要离开上海。”她饮了一口酒，脱口而出，心头一松。

“好主意！”波龙玩弄自己钥匙圈，上头有只泰式打扮的骨刻小象，“去哪里？”

“去外国！”她喊道。

“为了什么？”波龙仰在椅背上，身体滑下去躺躺舒服，“你得想清楚才做事。女人是情绪的奴隶，情绪只会带你进入一个又一个旋涡。你出国容易，想清楚不容易。”

“我不想同你说。我只想离开这里。这里没有诗意。”她摇摇头。

“诗意？”波龙嘿嘿笑了，给她酒杯添酒，“为了诗意离开这里？”

“我透不过气来，波龙，这个地方老是不让人透气，我好像被什么东西牢牢绑着，你懂？”她喝光杯里的酒，健谈起来，“我不能和你讨论这里的事情，但我能在外国和任何人讨论这里的事情。我会在外国很轻松地讨论这里的日子，生活在他处嘛。”

生活在他处？这是秦陡岩曾经带书到她那里过夜，她夺过书去看见的标题。她喜欢哲理的气息，否则她怎会接受一个书生？

“我要离开我父母，波龙，对了，我还要离我妹妹远远的。我必须这么做，我只好出国。”丁芬芳说着，喘得厉害。

“你家里怎么了？”波龙给自己另外要了一杯威士忌，把冰块弄得噼啪响，无精打采问她。

“没怎么样。和别人家没什么两样。我如果不从这池子里跑出去，我就一锅煮在里头。”她觉得说话过了头，这么说自己家庭不会给波龙留好印象。

“我倒是理解你。”波龙喝酒说，“原生家庭嘛，对英雄豪杰都只是妨害。我见多了。不过，你是女流之辈。”

丁芬芳又喝了一杯，心里松快了好些，很想同波龙谈谈形而上的东西。她想来想去，说道：“我如果是一棵树，种在多大的缸子里也不舒服；我如果想活出个人样子，活得像波龙你一般潇洒，我就得到处去找找，找找我合适的地方。”

“那什么是你合适的地方呢？”波龙指指她，“你再往下想！”

“想想又不犯法！”丁芬芳媚笑起来，把杯子推到波龙面前，让波龙给她加酒，“我要凭自己的本事赚到大钱；我喜欢什么不喜欢什么没必要得到别人批准；人家可以嫉妒我，但不可以因为嫉妒对我使坏；男人来讨好我，不许强迫我干任何事……”

“那是人人都想要的。”波龙打断她，“你以为外国能让你这样？”

“我不知道。我只知道这里不可能。”她斩钉截铁告诉波龙，“我必须出国，我要去找找我合适的地方。”

“好了，你喝多了，我送你回家。”波龙笑嘻嘻，“其他怪念头可以放一放，有机会再说。”

“我不要回去，我要同你聊天。”丁芬芳抓紧杯子。

“嘿，你听好了，我波龙是正人君子，你知道的哦？你现在还没烂醉赶紧回家，否则喝过头了很容易出事的。快走，回家！”波龙跳起来付账，给服务生小费。

潘海礁前几天方才从深圳回来，过几天他仍要过去，去了就要留下来很长一段时间。他在家里做了一次大扫除，阿爸和姆妈都用异样眼神看过他了。他扔掉了几乎所有属于自己的东西，剩下一点不多的放进了要带走的大皮箱。

他给甘婷婷打了一个电话，简单告诉她自己准备的去向。他把话说得干巴巴的，电话里甘婷婷只是机械地说着礼貌和祝福的话。他想从那些词语里找她心里的感受也是徒劳。

他等待虹回校，他几乎就是为了她才滞留在上海。他感到自己的翅膀已经张开，并且在空气里变得越来越粗壮。他看见了深圳，仿佛看见壮美的远大前程，一刻也不想在这平静缺少激情的城市待下去了。

虹打给他电话，他走到东综大伟人像下面见她。晨曦下，她伫立在石阶上，秀丽而孤独。潘海礁在招呼她之前想了一想：我为了她可以留下来吗？

心里一旦产生了明确的答案，他就壮胆走上去唤了她一声。虹宁静地转身过来，冷冷地看着他。

和虹的见面没持续很久，虹似乎变了一个人，让潘海礁感到这大城里的一页真已经翻过去了。本以为很难处理的事，冥冥中有种力量已为自己处理好了。虹这个女学生慢慢靠近自己，又自行脱离开去。她什么也没啰唆，冷静地、理智地，甚至让他感到被怜悯地对他说了一声“保重”。

至少，潘海礁觉得自己不会忘记她少女般曼丽又清绝的高挑身影……

他的辞职报告学校当局以最快速度批复给他，他和这个以他家庭而言仿佛切割不开的学校进行了个体的切割，从连体婴儿的共体上单独被撇开。他的自由快感因为一种被弃感而不能持久，他很想提早离开家奔赴深圳。

虹转身离开潘海礁走进宿舍楼，就打了传呼电话给秦陡岩，他正在家守候她的消息，匆匆赶到东综大咖啡馆来见她。高考结束那天，他正是在这里请虹和小玫吃冰激凌的，方才一年多，咖啡馆是老样子，人已阅历很多人事。这就是大学生和中学生的区别吧？

“你见了潘老师啦？”秦陡岩问，“怎么样？”

“他去深圳。”虹淡淡回答他，动也不动她的咖啡。

“你呢？”他心里有抑制不住的蠢动，他考虑这是自己的好机会。

“我？不晓得。”虹很长时间迟疑，“我恐怕要退学。”

“啊？为啥？”他倏然感到自己想错了，但讲不出错在哪里。

"我有我的麻烦。上次同你说起过。"她低低吐出一句话，低下头看着咖啡杯。

"哦！那个！"他点点头，"应该不是大问题，我已经替你想好了。我亲姑妈是医院那个科室的，她一定会帮你。我，我会说你是我女朋友……"

"谢谢你。你是靠得住的人。"虹抬起头，泪眼蒙眬了，"但是，但是我不想这么做。"

"不可能不这么做呀，虹！"他听明白了，心惊胆战，为虹不值得，"你不要钻牛角尖，这是一辈子的大事。你真的别怕，我姑妈会照顾得好好的，谁也不会知道。"

"不是，不是。你想错了。"虹擦擦眼泪，"这是我一个人自己的决定，我要离开学校，我去我自己能过的地方，我想、想要这个小孩子！"

秦陡岩彻底蒙了，彻彻底底蒙了。他不了解虹，根本不认识有这种想法的虹。

"潘老师难道不知道？"他犟了一句。

这句话提醒了虹，虹急忙看定他，极其认真地说："他不知道。你答应我，绝不告诉他！"

秦陡岩把虹送到她家公寓门口，最后说了一句："如果家里瞒不住，你需要交代，我愿意来、来顶这个事、事情。打电话给我。"

虹不置可否，虹握了握他手，进了电梯。他垂头丧气走出来，在农贸市场里瞎逛了一遭，慢慢走在圆舞浜边。又秋天了，圆舞浜上的浮萍往前流动，小小鲫鱼啄着水面飞落的柳叶……他不由自主走到那架小石桥上，抬头看丁芬芳的阳台。

不看犹可，一看尴尬了：她正在阳台上眯着眼睛吸烟，她目不转睛看着他，他走过来那时恐怕就被她发现了。

秦陡岩对她挥挥手，想转身开溜；她向他招手，如同第一次站在阳台上向他招手，这姿势气氛一下子叫他沉醉了，四肢百骸都回到那曾经的一瞬间去。他越过小桥，跑进了楼里，一会儿就到了她门口。她打开了门，微微往后仰着，正用那曾经朦胧的眼神看着他。他跨进门，反手关上门。她闭上了眼睛，嘴唇微启，胸脯在家常袍子下挺翘起来……

八

波龙送丁芬芳回家，在她家门口停了车："你上去吧，我就不送了。女人喝醉了，我波龙是不会乘机占便宜的。这是原则。"

她笑了，酒喝得正好，波龙也可爱。

波龙看她打开门要下车，就说："你没真醉吧？记住我一句话：你要是想去欧洲，我可以帮你办到。一年里头你就能到欧洲定居。"

她回过头看波龙："真的？"

波龙点头："当然真的，我要为你花很多精神花很多钱的。"

"那……那我怎么当得起呢？我岂敢这么烦劳你？"她知道波龙绕着自己飞了那么久，现在要像苍蝇落下来，落自己花瓣上了。

"你自然当得起，这个不是问题。"波龙看看她，她没醉，好着呢，"明人不说暗话吧。我正要到欧洲去，我家里暂时不去的。我缺人呢，你可以到我外销办事处当我助手，我聘用你。我是公家身份，你不一样，我帮你往移民路子上去办。"

"也就是我会成为华侨？"她体会波龙的意思。

"是的，让你成为欧洲某国的正式公民。这是我对你的承诺。我是生意人，我答应你的，我一定办到、办好。"波龙很严肃。

"而我，我要做的是……你的助手？"她并不相信自己这句问话。

"你嘛，你凭良心好了。"波龙笑道，"我先帮你办到，然后我希望你跟我过个几年吧，不多，几年就好。我们一起在欧洲做生意，一起享受几年好日子。"

"哈哈哈，哈哈哈……"她笑了，笑得尽兴，"波龙，你坏水终于都吐出来了！"

丁芬芳跑上自己平庸的楼房去，听见波龙发动了汽车，要从小路上倒出去。她明白了圆舞浜通向极其高级的欧洲国家的一条路，波龙如同评书里的剪径强徒，对她念叨着：此山是我开，此树是我栽，要从此路过，留下你自己……

她眼前任何通往高级地区的路径几乎都是一个特色，高级地区是买买买一路买进去的，没有钱就用姿色。她知道自己有姿色，但姿色可不是用来出卖的呀，她，她有自尊心。

生活里很久没有男人了，喝了酒她感到欲望升腾，她知道自己缺乏体温般那种温暖、人体般那种压力。

她常在自己阳台上抽烟，袅袅烟雾里她看见汩汩流淌的一段安静的圆舞浜浜水。

自小这圆舞浜流淌在她生命里，是她丁芬芳生命里的一段水。秦陡岩第一次见她就很特异。那天她正在煎熬，感到羞耻和自卑，他不是从外头进来，而是从她自己的房间那边走出来，碰见她，在她身体上有轻轻的碰触，仿佛是一种暗喻，他来自她自己的领域。别人对她粗鲁，秦陡岩却彬彬有礼从妹妹身边椅子上站起来招呼她，打破了小玫对她布下的局，让她从那种羞辱中挣脱。她记得后来有一天出去买食物，看见秦陡岩骑在自行车上呆呆看着圆舞浜，好像被浜水迷住了。再后来她上自己阳台去抽烟看浜，正是她暗暗思春的难熬时刻，他竟然就在浜边，简直令她怀疑他是否专为她在那里守候。鬼使神差她一招手，事情就成了，男欢女爱一瞬间就点燃了她小小而冷寂的居室……

秦陡岩是谁？这是她常常自问的。

那个京城去到海边的男子，她也自问过“他是谁”，答案是有的：京城汉子是来让她从女孩变成女人的那个男人。不仅如此，也是叫她魂牵梦萦的唯一的那个男人。不过，老天没安排天长地久。

她终于明白女人生命里会有不同的男人，不同男人主宰女人不同的时间段。他们之间仿佛互不相干，就像在不同年代里跳进同一条河流游泳的人那般互不涉及，能保持愉悦。甚至她也发现河流在不同人游泳时也呈现不同的景色，无论流速、波纹抑或冷暖都全然不同。实情就是如此，不同水流蕴蓄不同的人事。

秦陡岩简直就是圆舞浜带来的男人，他搬来圆舞浜，在圆舞浜地区上大学，她认为他的性格也有圆舞浜阴柔的一面。他异于京城男子，他属于这东部大城，他表面上是尊重她的，尊重一切妇女，仿佛懂得女人就是水流本身，必须由她们容你探出头到水面呼吸，你才不会溺水。秦陡岩比京城男子有情调，细腻而富于感情，但这并不打动她。她对于长江下游养育的男人有一种负面情绪，她知道这种情绪产生于她对她阿爸的了解，然后推及秦陡岩。长江下游男人的种类是精明而不冲动的，他们很敏感也很能容忍，他们会在自己的感受上用力掩饰，同时及时调整自己在情感上的地位，简单说，他们不是一往情深的，他们会情深，但深度调整起来幅度也巨大。

和京城男子在一起，她渐感单调乏味，但那人却仿佛是不变和可靠的。和圆舞浜的他在一起，她从忠诚的枷锁里释放，不断同他彼此强调相互关系的暂时性，但却享受到了男女之间自由自在的乐趣。秦陡岩不能要求她表示从属关系，她同样也无法管束他行为。她可以和他不停地玩互相挑衅和互相勾引的游戏，体会荷尔蒙在两个人之间的舞步，他也在这种似乎稍纵即逝的关系里竭力展示他的幽默、潇洒、体贴或花样百出的优点，就像一只雄孔雀靠不停地开屏达到迷惑雌孔雀判断力的目的。他为了同她相处必须不停地努力，保持她的兴趣和好感。她不能不承认，女性心理的一个弱点就是明知这些讨好的花哨缺乏价值但依然喜欢不已。

秦陡岩是谁？她想，也许他是一个所谓的伴侣，其意义正在于陪伴自己度过这一段岁月。这么想，他就是个有始无终的角色，她并不计较他，比较放松地让时间流淌。无论结局如何，只愿彼此相处能快乐，一切顺其自然。她想，这应该也是有过失败经历的女人变得现实的方式。

秦陡岩带女生逛夜市，叫她嫉妒恚怒。但喝过酒她就原谅了他，他本不属于自己，何必嫉妒？横跨他暑假的军训本身就是一个变数，他自然而然离开，省得将来或许还让她伤心，她明白自己作为女人，心底总是软的。

不过，圆舞浜似乎并没终止它的魔力，大概秦陡岩是圆舞浜龙王的儿子（如果每道水都有个龙王）。她没想到自己欲念翻腾，到阳台上抽烟难受，竟然历史又重复了，他又冒出来了，又同样冲进了她的私人空间。

他们之间，语言常常退居次席，她和他在这方面不需要语言作为媒介。他热烈地吻住她，熟练地脱剥她的外衣，她只是顺从他柔和的暴力，不做反抗。他永远被她的顺从鼓舞，变得越来越强。在短暂的做爱时间里，他从他的阴柔里跑出来，不像长江下游的男人，倒像是抽象的有力的男人，使她得到满足……

一直到很多年后，当秦陡岩有了相当的年纪，成了大城有名的律师，他还在后悔当年自己是无力也无眼界的年轻大学生，对虹而言完全无助。

他没想到那是在年轻时代最后一次与虹见面。

虹竟是如此一位坐言起行的奇女子。他送虹回家之后好几天没接到她的电话，正好他又重新和圆舞浜边的女子打得火热，简直忘记了丁芬芳香巢外的其他世界。

等想起来跑去虹的宿舍找她，女生们惊奇他竟然不知道虹退学了，虹的父亲带着人取走了她一切的物品。她们并不知道发生些什么，都在猜测。他既然如此出现，女生们排除了同他有关的可能性。

秦陡岩猜想虹正在受到家庭压力，她应该不肯把潘海礁说出来，她的阿爸姆妈难道会轻易放过她？既然虹没召唤他，他又吃不准自己是否要挺身而出去帮虹。等他犹豫再三，终于找上门去，却见不到虹了。

虹的父亲，一个看上去城府很深的男人，仔细盘问了他的名字身份，请他进门坐下。虹的父亲取出一封信："我们知道你是虹的老同学，也是她的好朋友，这是她给你留的信。她已经去了香港，转学了，请你放心。"

他没可能问虹的情况，他只好说了几句祝福的话，在心绪不宁的虹的父亲陪送下，坐电梯下去，告别了他年轻时代青梅竹马的虹，彻底失去了她的音讯。

当然他没有太多悲伤，在虹之前，他已经经历了沈桐的出国。对于无奈的现实，他已有了接受的先例。有了第一次，第二次看上去就无妨了。虹的信很简洁，她的父亲肯定审查过。信只感谢他曾经的关照，祝福他今后的日子。

麻烦的不是秦陡岩的日子，他的日子过得很有规律：无数个白天就泡在图书馆里。现在他开始认真学习英语和法律，所以他的工作量翻了不止一倍。晚上，大部分时间他总回圆舞浜的家和父母一起吃晚饭，让他们放心，知道他用功于学业。然后他以回校的借口骑车横穿柳叶路，把脚踏车扔在丁芬芳楼下，钻进她房间。

自从差点拗断俩人关系的那些天之后，芬芳对他相当珍惜起来，和波龙的交往复归冷淡。她有时候在考量秦陡岩的前途，他能有多大出息？他读的是中文系，很难看到他赚钱发达的机会。没钱，她对他的前程是不抱多大期望的。她希望他有前途，最好能有机缘很快发达，到一个好的单位，分到好房子，那样，即便就此嫁给他，也未必不是个好选择。

他倒是同丁芬芳很坦率地谈他对她的想法。他肯定她最大的优点是性感，他总渴望同她做爱。他觉得她是女性世界的代表，他感佩她的肉体引发他狂野的兴致，他以“欲仙欲死”形容她给他的肉体享受，他点头说：“你要是决定同我结婚，我愿意从命，只要你从此之后不同其他男人交往。”丁芬芳笑着讽刺了他的农民性，她表示她要永远保持对男人世界的吸引力，并保有她和任何男人发生亲密关系的可能性和选择权。秦陡岩无可奈何地表示对她的尊重，只不过如此一来他就不应该考虑最终娶她为妻，因为那会使他无法处置自己的嫉妒，犯下不可饶恕的罪过。

有一天秦陡岩不经意地走过东综大前门，有辆车从校门里驶出来，一个人在驾驶座上透过车窗朝他挥手，他定睛一看，是许久未见的项木。

他跑过去：“你不住学校？见不到你。”

项木变得满脸肥肉，简直像被打肿了，他一笑，肥肉都横着抖：“我哪里还敢住学校？我今天回学校办点事。你最近没听说我？上帝对我不错，我发财了，我不是有名的‘倒爷’吗？你真不知道？”

他无所谓地耸耸肩：“一身铜臭有啥好得意？没兴趣。”

项木哈哈大笑，笑得噎住：“好好，老夫子，我就喜欢你这性格。你想不想听听沈桐的消息？”

“你有她消息？”秦陡岩倏地抬起眼，看项木。

“她出国了。”项木点头。

“哦。”秦陡岩点点头，“这个我知道。”

项木犹疑了一下：“老兄，我手头有点急事，回头找个机会我请你吃饭，再细聊怎样？我得赶时间。”

秦陡岩点点头，退后几步，心里对项木的态度充满愤恨。

项木发动了车，驶出去，又倒回来，隔着车窗对他说：“先同你说一句。她出国前我去找她喝咖啡的，她那时候不太顺利。她同我说你，她说她知道你对她真心真意！”

项木隔着车窗朝他竖了竖大拇指，绝尘而去。秦陡岩走进校园，没回到图书馆，走进东综大咖啡馆，要了杯最苦的咖啡，一边喝，一边伤心了半小时。周围没什么人，他看窗外，窗子蒙着生锈的铁丝网，还是有一只老得发白的螳螂趴在枯萎的丝瓜藤上……

秦陡岩记得是这个秋天快过去的时候，丁芬芳在协会举办的研讨会上认识了法国工程师让·克里斯多夫。让是个年轻人，比她大三岁，第一次来中国。协会安排丁芬芳陪同让参与大城里的一些展览和会见。让回到马赛之后给她写了第一封情书。

丁芬芳收到这封法国人用英文写的情书时告诉秦陡岩世界上有让这么一个卷头发亮眼睛的男人。秦陡岩读了让寄给她的情书，觉得情书写得很不错，情真意切。冬天过去迎来春天的时候，芬芳已经收到了让连续不停的十五封情书，而秦陡岩是这批情书共同的读者。春分那天，让打给丁芬芳长途电话，向她求婚。

他和她的做爱就在这一天完全结束了。丁芬芳在最后一次结束的时候狠狠在他肩膀上咬了一口，咬出了牙印和血，令秦陡岩大声呼痛。她哈哈大笑："就让我咬你一口吧，我都叫你给用旧了！"他有点责怪她说出粗鄙的话，但他为了这粗鄙的一句结束语，当场哭了。

自此之后秦陡岩没再走进她的香巢，但她仍旧来和他一起吃饭、说笑，并继续分享给他让的来信。他认为她完全该接受让的求婚，这样子，她的出国梦就圆了。他嘲笑她："你会想念圆舞浜的，我保证。时间大概会是你八十大寿那天，你会哭叫'叶落归根'。"

丁芬芳涉外婚姻要办的所有手续、出国前的一切准备工作都得到了秦陡岩的协助，他一旦当起"兄弟"，历来很讲义气，肯"两肋插刀"。不过，他拒绝出席在外滩和平饭店举行的让迎娶丁芬芳的婚礼。他没送她礼物，只把他所有的积蓄，包括本月的零用钱和伙食费，放在红包里给了她。

丁芬芳在搭乘国际航班之前从虹桥机场打传呼电话给秦陡岩，向他告别，请他到马赛去玩。他一迭连声对着话筒说："祝你走运，祝你快乐……"事后他后悔这些祝词老掉了牙，不能成为值得纪念和玩味的告别语。

真可谓“白茫茫大地真干净”，不过就是两年工夫，花朵都不见了，只剩下秦陡岩这一片叶子。

如果这时候他还把自己埋在图书馆里头，恐怕不久之后他就会成为父母的绝好接班人，从此与这不尽如人意的世界隔绝，过上完全与别人无关的人生。那样，如他父母和父母家那些邻居，不但过得没有明显的痛苦，就是有，也完全有能力用漠然的脸色遮掩住。

但秦陡岩想起父母和邻居的人生感到不寒而栗，他既然已被无可抗拒的势力剥夺了，他反倒无所忧惧了。

他还掉了所有的书，还把借书证撕得粉碎。他对圆舞浜失去了兴趣，他不想再体验圆舞浜的任何细节。他骑上他那马匹般的脚踏车来到《信号报》报社，甘婷婷疲倦地从大堆资料上抬起头，一边微笑着揉眼睛，一边问他：“军训真结束了？你还愿意回来帮忙吗？”

秦陡岩的风度起了微妙变化，他绝对有了一点军人的气质。他挺直他身板不露声色地说：“我身边所有人都走了，比潘海礁走得更远，现在我一个朋友也没有，我只认识你了。”

甘婷婷亲切地聆听他说话，像是世界上最了解他内心的人，她说：“既然如此，你回来做我的助手吧，我一个人实在忙不过来了，我们俩简直可以相依为命。”

她把窗边的办公桌清理出来。他坐下了。

这一年往后不久的某一个初夏，秦陡岩和甘婷婷都听说潘海礁又出现在东综大。之后听说他匆匆赶回深圳，半夜里游水到香港，一去无踪。

这个夏天给秦陡岩留下最深印象的不是校园里的事了，而是圆舞浜沿浜隙地到处开遍蜀葵。

这是鸟衔籽种下的野地蜀葵，本来花色粉红或紫红的蜀葵发生了普遍变异，成了花瓣带隐隐血色的大黑蜀葵……

图书在版编目 (CIP) 数据

蜀葵 1987 / 禹风著. -- 北京 : 北京十月文艺出版社，2020.12

ISBN 978-7-5302-2065-8

Ⅰ. ①蜀… Ⅱ. ①禹… Ⅲ. ①长篇小说—中国—当代 Ⅳ. ① I247.5

中国版本图书馆 CIP 数据核字 (2020) 第 128146 号

蜀葵 1987
SHUKUI 1987
禹风 著

出 版 北京出版集团
北京十月文艺出版社
地 址 北京北三环中路 6 号
邮 编 100120
网 址 www.bph.com.cn
发 行 新经典发行有限公司
电话（010）68423599
经 销 新华书店
印 刷 北京盛通印刷股份有限公司
版 次 2020 年 12 月第 1 版
2020 年 12 月第 1 次印刷
开 本 880 毫米 ×1230 毫米 1/32
印 张 12
字 数 230 千字
书 号 ISBN 978-7-5302-2065-8
定 价 52.00 元
质量监督电话 010-58572393
如有印装质量问题，由本社负责调换。